Jenny Green

Über den Dächern der Stadt

Jenny Green

Über den Dächern der Stadt

Roman

édition el!es
www.elles.de
info@elles.de
Umschlaggestaltung und Satz: graphik.text Antje Küchler
Umschlagfoto: © mucft – Fotolia.com
ISBN 978-3-95609-084-4

1

Sacramento?« Emma griff haltsuchend nach der Stuhllehne und umklammerte sie mit zittrigen Fingern. »Aber das kann doch ... Für wie lange, Kathrin?«

»Liebes, ich sagte doch gerade, dass ich es nicht genau sagen kann. Ein Jahr, vielleicht aber auch zwei oder länger. Es kommt ganz darauf an, wie gut es mit dem neuen Job läuft.« Kathrins Worte schossen wie spitze Eiszapfen durch den Raum. Kompromisslos. Verletzend.

Vorsichtig versuchte Kathrin Emma an der Schulter zu fassen, um sie an sich zu ziehen. Doch Emma dachte nicht im Entferntesten daran, die Stuhllehne loszulassen. Wie eine Wand schob sie den Stuhl zwischen Kathrin und sich.

»Wie wäre es denn gleich mit für immer?«, schrie sie aufgebracht. Enttäuschung und Wut mischten sich in ihre Stimme, während heiße Tränen ihr den Blick verschleierten.

Kathrin ließ die Arme sinken. »Beruhige dich doch erst einmal. Es ist doch alles gar nicht so schlimm, wie du denkst. Komm doch einfach mit mir. Wir könnten dort zusammen leben – schließlich kannst du an jedem Ort dieser Welt arbeiten. Du könntest dein Jahr Auszeit in der Sonne genießen und dich dem Schreiben widmen. Und sicher werden auch in Amerika gute Lehrer gesucht, wenn du in einem Jahr wieder in deinen Beruf einsteigen willst. Denk doch mal an Kalifornien, lange

Strände, der Ozean fast vor der Haustür ... Ein völlig anderes Lebensgefühl. Und wir könnten unser eigenes kleines Häuschen haben.« Mit immer weiter ausholenden Gesten untermalte Kathrin ihre Schilderung, als sei sie der Star einer schlechten Theateraufführung.

Doch Emma ließ sich nicht besänftigen. »Du machst es dir ja sehr einfach«, sagte sie bitter. »Vielleicht kannst du so einfach alles und jeden zurücklassen, aber ich hänge an meinem Leben hier.«

»Emma, ich bitte dich. Ist das wirklich dein Ernst? Du hängst an dieser lausigen Wohnung und an dieser Astrid? Sieh doch mal, was alles vor uns liegt. Wir könnten ein tolles Leben in Kalifornien führen. Ich habe einen sicheren Job, ein großzügiges Gehalt – überleg doch mal, was wir uns alles leisten könnten.« Kathrin schnalzte mit der Zunge, und ihre Augen glänzten.

Hitzig widersprach Emma: »Astrid ist einer der wichtigsten Menschen in meinem Leben. Wir sind von Kindesbeinen an befreundet, Kathrin. So etwas wirft man nicht so einfach weg, so etwas ist unersetzlich. Kannst du an nichts anderes denken als an Geld?« Wütend stieß sie sich von der Stuhllehne ab und trat einen Schritt auf Kathrin zu.

Die sah sie ungläubig an. »Dieser Job ist eine der größten Chancen, die ich jemals erhalten werde. Verstehst du das denn nicht?« Sie holte tief Luft. »*Ich* werde nach Sacramento gehen, mein Entschluss steht fest. Ich wäre vollkommen verrückt, diesen Job abzulehnen. Ich würde es ewig bereuen.«

Für einen Moment stockte Emma der Atem. Dann schüttelte sie den Kopf. »Verrückter als mich hier vor vollendete Tatsachen zu stellen? Eine so wichtige Entscheidung ohne mich zu treffen? Schön! Vielen Dank, dass ich mitreden durfte.« Sie schluckte, als ihr in vollem Umfang bewusst wurde, was hier gerade geschah. »Fünf Jahre, Kathrin. Fünf Jahre! Und du wirfst sie einfach weg? Dann weiß ich ja jetzt, was dir die Zeit mit mir bedeutet hat.«

Ihr Blick blieb an einem bunten Flyer an der Pinnwand hängen. *Mit dem Bulli quer durch die USA*. Die Worte kamen ihr in diesem Moment vor wie purer Hohn. Entschlossen ging sie auf den Flyer zu, riss ihn mit einem Ruck von der Pinnwand und anschließend in tausend Stücke, die wie Schneeflocken zu Boden rieselten.

Nun war es Kathrin, die den Kopf schüttelte. »Was ist nur los mit dir, Emma? Ich bin nicht diejenige, die alles wegwirft. Ich will schließlich, dass du mitkommst. Wir wollten doch ohnehin in die USA, es wäre ideal. Wo bleibt deine Spontanität? Warum bist du so verbissen und willst nicht mal darüber nachdenken?«

»Natürlich wollten wir das, Kathrin. Für ein paar Wochen. Eine kleine Auszeit, aber doch nicht, um dort zu leben.« Mit gesenktem Kopf kickte Emma die Papierschnipsel zur Seite. »Das ist doch Wahnsinn.«

»Das ist also dein letztes Wort?«

Emma hob den Kopf wieder. Sie schaute in Kathrins versteinerte Miene.

Kein Zeichen von Bedauern oder Verständnis. Eiskalt stellte Kathrin sie vor eine Wahl, die in Wirklichkeit eine Zwickmühle war: Entweder sie kam mit und gab alles auf, was sie in Regensburg liebte – oder die Beziehung war von diesem Moment an Geschichte. Eine stählerne Faust schien sich um Emmas Herz zu schließen. Fünf gemeinsame Jahre, gemeinsame Träume und Ziele. Nur wenige Stunden zuvor hatte sich alles so richtig angefühlt, geradezu perfekt. Sie hatte gerade die Bewilligung für ihr Sabbatjahr bekommen, ein ganzes Jahr Auszeit von ihrem Job als Lehrerin, um sich kleine und große Träume zu erfüllen. Sie wollte zusammen mit Kathrin zahlreiche Länder bereisen und die übrige Zeit für ein neues Buchprojekt nutzen. Aber vor allem wollte sie mit Kathrin einen weiteren Schritt nach vorn in ihrer Beziehung machen. Über eine gemeinsame Wohnung hatten sie schon gesprochen ... Und jetzt?

Emma konnte förmlich sehen, wie ihre Träume zerplatzten wie kleine rosa Seifenblasen, eine nach der anderen.

»Du packst also deine Koffer, steigst in den Flieger, und das war's dann?«, flüsterte sie. Plötzlich war ihr, als habe ihr Körper jegliche Energie verloren. Mit der völlig unvorhersehbaren Entscheidung, einfach alle Zelte abzubrechen und in die USA zu gehen, hatte Kathrin ihr fast buchstäblich den Boden unter den Füßen weggezogen. Erschöpft lehnte sie sich gegen die Küchenzeile.

Unterdessen griff Kathrin nach ihrem Mantel. »Wenn dir das Leben hier wichtiger ist als ein gemeinsames Leben mit mir, dann war es das wohl«, sagte sie, ohne jede Wärme in der Stimme. »Eine Fernbeziehung über diese Distanz kann ich mir nicht vorstellen. Wie soll das auch funktionieren?« Sie ging an Emma vorbei, ohne sie noch einmal anzublicken. »Ich komme morgen vorbei und hole meine letzten Sachen. In zwei Tagen fliege ich, vielleicht besinnst du dich bis dahin. Es ist allein deine Entscheidung.«

Die Wohnungstür fiel mit einem dumpfen Schlag ins Schloss, und alles, was Kathrin zurückließ, war eine bleierne Stille. Wie versteinert fixierte Emma die geschlossene Tür, doch nichts regte sich mehr.

Das konnte doch alles nur ein schlechter Scherz sein. Mit Sicherheit würde Kathrin jeden Moment zurückkommen und herzlich darüber lachen, dass Emma ihr diese unglaubliche Geschichte abgenommen hatte.

Sie *musste* zurückkommen. Sie konnte Emma doch nicht aus heiterem Himmel mitteilen, dass sie nach Sacramento ziehen und sie zurücklassen würde. Fünf Jahre Beziehung hakte man doch nicht innerhalb weniger Sekunden einfach ab. Das konnte nicht wahr sein.

Oder etwa doch?

Angetrieben von verzweifelter Hoffnung öffnete Emma die Tür zur Dachterrasse und eilte hinaus. Als sie ans Geländer trat und nach unten zur Straße sah, erkannte sie gerade noch die Rücklichter von Kathrins Auto, die kurz darauf endgültig verschwanden.

Nur Augenblicke später verließ sie auch der letzte Funke Kraft, und sie sank zu Boden. Zusammengekauert saß sie am Rand der Dachterrasse, während Regen auf sie niederprasselte und sich langsam mit ihren Tränen vermischte.

Jeder einzelne Regentropfen war wie eine Erinnerung an all die schönen Momente mit Kathrin, die jedoch nun zu Boden stürzten, um dort hart aufzuprallen und zu zerspringen. Wie konnte Kathrin so etwas tun? Einfach so, ohne jegliche Vorwarnung …

Emma umklammerte ihre nassen Hosenbeine und sah hinauf

zu den Wolken, die wie eine graue, schwere Decke über der Stadt hingen.

So hatte sie sich diesen ersten Tag ihrer Auszeit nicht vorgestellt. Ganz im Gegenteil.

2

Ich glaube, ich habe mich gerade verhört. Das kann doch wohl nicht ihr Ernst sein. Ist sie jetzt vollkommen größenwahnsinnig geworden?« Astrid starrte Emma mit offenem Mund an. Es schien sie nicht zu kümmern, dass sich bereits eine kleine Schlange vor ihrer Kasse gebildet hatte, die das Gespräch höchst interessiert verfolgte.

Emma warf einen Blick zu den wartenden Kundinnen, die daraufhin reflexartig in die verschiedensten Richtungen sahen. Ganz so, als hätte noch niemand bemerkt, dass sie den beiden Frauen förmlich an den Lippen klebten.

Astrids Laden war an diesem Tag gut besucht, und an ein privates Gespräch war eigentlich nicht zu denken. Doch Emma hatte nicht gewusst, wohin sie sonst hätte laufen können, mit all ihren konfusen Gedanken und all dem Schmerz. In ihrer Wohnung hatte sie es nicht mehr ausgehalten mit der ständigen Erinnerung an das Unvorstellbare. Daher war sie auf direktem Weg zu Astrid in den Laden geeilt, wo sie sich inmitten einer riesigen Kundenschar wiederfand. Das hier war alles andere als der richtige Ort, um ihrer besten Freundin ihr Herz auszuschütten.

»Ich denke, es ist besser, wir verschieben unser Gespräch auf später«, murmelte Emma, dann hob sie die Stimme etwas: »Ungeteilte Aufmerksamkeit ist nicht gerade das, was ich jetzt brauche.« Mit bohrenden Blicken sah sie einer rothaarigen Frau dabei zu, wie sie verlegen begann, in ihrem Stoffbeutel zu kramen. Vermutlich auf der Suche nach einem Loch, in dem sie sich schnellstmöglich verkriechen konnte. Emma hätte sie nicht aufgehalten. Sie hasste diese sensationslüsternen Frauen, die nur auf den nächsten Skandal warteten, um sich genüsslich das Maul darüber zu zerreißen. Was zählten schon die Gefühle der Betroffenen, solange man selbst etwas zu lachen hatte?

Emma kochte innerlich. Dabei war es eigentlich nicht nur die Ignoranz und Herzlosigkeit um sie herum, die sie aufwühlten; wenn sie ehrlich war, war es wegen Kathrin. Kaum dass sie nun wieder an sie dachte, konnte sie nur mit Mühe die Tränen zurückhalten. Noch immer stand sie unter Schock.

»Soll ich nach Feierabend einfach bei dir vorbeikommen?«, schlug Astrid mitfühlend vor. »Dann haben wir Zeit und vor allem Ruhe, um über alles zu reden.« Sie reichte Emma einen großen Schokomuffin über die Theke und lächelte aufmunternd.

»Aber vergiss den Wein nicht. Du weißt schon, den, der dich alles vergessen lässt.« Emma lachte, mehr gequält als fröhlich. Nach vielem – Schreien, Weinen, Fluchen, Schweigen – wäre ihr in diesem Moment eher zumute gewesen als nach Lachen.

Mit hängendem Kopf verließ sie Astrids Tee- und Schokoladenhaus in der Regensburger Altstadt, begleitet von den letzten neugierigen Blicken der Regensburger Klatschtanten, bis die schwere, rote Holztür hinter ihr zufiel.

Kathrin hatte sich nicht mehr gemeldet, nachdem sie ohne ein Wort die Wohnung verlassen hatte. So sehr Emma auch den ganzen Tag und die ganze vergangene Nacht auf eine Nachricht von ihr gewartet hatte – es passierte rein gar nichts. Sie schien es also wirklich ernst zu meinen. Hatte ihren Entschluss gefasst und sah keine Notwendigkeit, noch einmal mit Emma in Ruhe darüber zu sprechen.

Emma saß auf einer kleinen Bank am Donauufer, schaute auf das dunkelblaue Wasser und grübelte. Das Verhalten ihrer Freundin – Exfreundin, müsste man jetzt wohl sagen – ergab einfach keinen Sinn.

Was war Kathrin diese Beziehung eigentlich wert gewesen, wenn sie imstande war, sie einfach wegzuwerfen wie Altpapier? Hatte die gemeinsame Zeit keinerlei Bedeutung mehr für sie? Hatte sie ihr überhaupt je etwas bedeutet?

Auf der anderen Seite – war nicht Kathrin diejenige gewesen, die noch vor wenigen Wochen als Erste von einer gemeinsamen Wohnung gesprochen hatte, um den nächsten Schritt zu wagen?

Womöglich, wurde Emma klar, hatte sie da bereits von dem Angebot aus Sacramento gewusst. Es konnte gar nicht anders sein. So einen Jobwechsel mit Umzug nach Übersee organisierte man schließlich nicht innerhalb von zwei Tagen. Allein die Visumsformalitäten mussten doch Wochen, wenn nicht gar Monate gedauert haben ... Ganz klar, Kathrin hatte sie hintergangen. Und dennoch war sie ganz selbstverständlich davon ausgegangen, dass Emma ihrem geliebten Regensburg mir nichts, dir nichts den Rücken kehren würde, um ihr zu folgen. Schließlich bekam Kathrin meistens das, was sie wollte – egal, welche Abstriche andere dafür machen mussten.

Sie wollte etwas, sie bekam es.

Nur eben nicht jetzt.

Doch genau das bedeutete auch für Emma einen großen Verlust. Sie war glücklich mit Kathrin gewesen, hatte immer gedacht, dass sie sie nie mehr gehen lassen würde. Und jetzt ... Noch immer konnte Emma das Undenkbare nicht wirklich zu Ende denken. Sie konnte sich nicht einmal vorstellen, was sie tun oder sagen würde, wenn Kathrin noch einmal vorbeikam. Sollte sie versuchen, sie zu einem Gespräch zu zwingen? Sie aufzuhalten, bevor es zu spät war?

Aber wollte sie das überhaupt, nachdem Kathrin ihr das Herz aus der Brust gerissen hatte und darauf herumgetrampelt war? Wollte sie wirklich darum betteln, dass Kathrin bei ihr blieb? Abgesehen davon war es aussichtslos, Kathrin umzustimmen, das wusste Emma. So gut kannte sie Kathrin.

Sah so nun etwa Liebe aus, fragte sie sich müde. Rücksichtslos und egoistisch ... Was war nur in Kathrin gefahren, dass sie mit einem Mal so kalt und herzlos war und alles, was sie beide sich gemeinsam aufgebaut hatten, nicht einmal mehr wahrnahm? Und das offenbar nicht einmal so plötzlich, sondern schon seit Wochen?

Sie, Emma, konnte doch unmöglich eine Frau lieben, die nur an ihrem eigenen Glück interessiert war. Und doch liebte sie Kathrin. Oder war sich jedenfalls bis vor kurzem sicher gewesen, sie zu lieben.

»Soll sie doch abhauen und glücklich werden«, murmelte Emma, ehe sie entschlossen nach ihrer Tasche griff und von der Bank aufstand.

Als Emma wenig später zuhause ankam, konnte sie bereits von weitem Kathrins Auto in der Einfahrt stehen sehen, wie so oft in den letzten Jahren. Doch dieses Mal war es anders.

Der Kofferraum des Autos stand offen und gab den Blick frei auf Kisten voller Klamotten und Bücher. Lieblos zusammengeknüllt und durcheinandergewürfelt, als sei keine Zeit gewesen, in Ruhe alles zu verstauen. Anscheinend konnte es Kathrin nicht schnell genug gehen, sich aus Emmas Leben zu verabschieden. Emmas Magen krampfte sich zusammen, und schon wieder brodelte es in ihr.

Sie warf einen letzten Blick auf das Sammelsurium im Kofferraum. Am liebsten hätte sie eine Kiste nach der anderen gepackt und den Inhalt auf der Straße verteilt. Doch sie wollte sich keine Blöße geben, nicht vor der Frau, die in kürzester Zeit alles zerstört hatte, was sie die ganzen Jahre so eng verbunden hatte. Also riss sie sich zusammen und atmete tief durch, ehe sie sich auf den Weg zu ihrer Wohnung im obersten Stock machte.

Die Wohnungstür war nur angelehnt, und von drinnen drang Stimmengemurmel nach draußen ins Treppenhaus. Emma hielt inne und lauschte. Brauchte Kathrin für ihre wenigen Habseligkeiten, die sie in Emmas Wohnung angesammelt hatte, auch noch Helfer?

Als Emma schließlich die Tür öffnete, starrten ihr zwei grimmig dreinschauende Augenpaare entgegen und ließen sie einen Schritt zurückweichen. »Herr Beck, Frau Beck«, stammelte sie und blieb im Türrahmen stehen, da Kathrins Eltern den Eingang blockierten.

Kathrins Vater schob sich an ihr vorbei. »Ich warte dann besser unten auf euch. Beeilt euch, ich habe schließlich noch anderes zu tun«, brummte er. Für Emma hatte er nicht mehr übrig als ein kurzes Nicken.

»Hat mich auch gefreut, Sie zu sehen«, murmelte Emma, während Herr Beck im Treppenhaus verschwand.

Kathrins Mutter baute sich indessen vor Emma auf und musterte sie von Kopf bis Fuß. »Sie müssen ihn schon verstehen. Wir dachten wirklich, Ihnen würde mehr an unserer Tochter liegen. Aber da haben wir uns wohl alle getäuscht.«

Emma wusste gar nicht, wie ihr geschah. »Ist das Ihr Ernst?«, stotterte sie. »Ich soll ihn verstehen? Ich weiß ja nicht, was Kathrin Ihnen erzählt hat, aber mich hat sie mit ihrem Entschluss, nach Sacramento zu gehen, erst gestern überfallen. Ohne überhaupt mit mir vorher darüber gesprochen zu haben.«

Sie fühlte sich wie im falschen Film. Sollte sie nun als Sündenbock herhalten? Musste sie sich tatsächlich für etwas rechtfertigen, das sie nicht verbrochen hatte? Welche Märchen hatte Kathrin ihren Eltern aufgetischt?

Dass Kathrin sie einfach sitzen ließ, war schon schlimm genug. Aber ihr auch noch die Schuld zu geben – nein, dazu hatte sie kein Recht.

Mit einem »Darf ich bitte kurz vorbei. Danke« quetschte sie sich an Kathrins Mutter vorbei in ihre Wohnung. Widerwillig trat Frau Beck einen Schritt zur Seite, allerdings nicht ohne überheblich mit den Augen zu rollen.

Emma rang um Fassung. Aber sie durfte sich jetzt nichts anmerken lassen. Mit festen Schritten ging sie in die Küche.

»Ich bin gleich weg, keine Sorge«, sagte Kathrin und hob beschwichtigend die Hände.

»Was ist nur in dich gefahren? Drehst du jetzt völlig durch?« Emma trat auf Kathrin zu und nahm ihr das Buch aus der Hand, das diese soeben in einen Karton legen wollte. »Du verlässt mich, ohne mit der Wimper zu zucken, und deine Eltern geben mir auch noch die Schuld an allem. Ich glaub' das einfach nicht.«

Kathrin zuckte lediglich teilnahmslos mit den Schultern und griff erneut nach dem Buch, das Emma zurück auf den Tisch gelegt hatte.

»Das Buch war ein Geschenk an mich, falls du dich erinnerst«, fuhr Emma dazwischen. »Lass es einfach liegen. Und könntest du jetzt endlich mit mir reden?« Wütend griff sie nach Kathrins Handgelenk, so dass diese zum ersten Mal aufsah.

Ihr Blick ließ Emma erstarren. Die sonst so warmherzigen, grünen Augen waren eiskalt, als befinde sich kein Leben dahinter. Als sei die Kathrin, die sie kannte oder zumindest zu kennen geglaubt hatte, nicht mehr in diesem Körper. Eine völlig fremde Frau stand vor Emma.

Ein plötzlicher Schwindel erfasste sie. Es gab keinen Weg zurück. Sie standen an einer Kreuzung, an der jede von ihnen einen anderen Weg einschlagen würde.

»Ich kann nicht anders«, sagte Kathrin leise. »Es ist der einzig richtige Weg. Mein Vater denkt ...«

»Dein Vater?«, fiel Emma ihr unsanft ins Wort. »Was hat dein Vater bitte mit deiner Entscheidung zu tun?«

Kathrin seufzte und verschloss den letzten Karton. Ihre Hände umklammerten verkrampft die Rolle Klebeband. Als sie wieder sprach, hörte es sich an, als spule sie einen auswendig gelernten Text herunter. »Meine Eltern, nein, wir alle wissen, wie wichtig dieser Karriereschritt für mich und meine Zukunft ist. Es bringt mich nicht weiter, immer hier in dieser kleinen Firma zu arbeiten, ohne jegliche Herausforderung und Weiterentwicklung. Ich weiß, dass ich mehr erreichen kann, und ja, mein Vater hat recht, ich muss diese Chance ergreifen.«

»Seit wann befolgst du denn bitte den Rat deiner Eltern?« Emma raste vor Wut. Es war ihr egal, dass Kathrins Mutter das Gespräch von der Tür aus verfolgte und vermutlich im Sekundentakt die Augen verdrehte. Aber die nächsten Worte flüsterte sie doch: »Hast du vergessen, wie schwer sie es uns all die Jahre gemacht haben? Wie sehr sie sich gegen unsere Beziehung gestemmt haben? Natürlich kommt ihnen diese Möglichkeit gerade recht, uns doch noch auseinanderzubringen.«

»Emma, lass es gut sein.« Immer noch klang Kathrins Stimme distanziert und emotionslos. »Zum ersten Mal haben sie wirklich recht. Vielleicht ist es besser so, wie es ist. Manchmal sind Veränderungen im Leben unumgänglich. Unsere Vorstellungen vom Leben sind wohl doch zu verschieden. Wir sollten uns nicht weiter krampfhaft füreinander verbiegen.« Sie ergriff die Kiste und trug sie zur Tür, wo sie sich ein letztes Mal umdrehte. »Mach's gut, Emma. Vielleicht denkst du trotzdem einmal an mich.«

Dann war sie weg. Emma hörte ihre schnellen Schritte draußen auf der Treppe, dicht gefolgt von denen ihrer Mutter, die rasch leiser wurden. Doch die Tränen, die sich bei jenem letzten Blick in Kathrins Augen gesammelt hatten, waren Emma nicht entgangen. Offenbar war es für Kathrin doch nicht so einfach zu gehen.

Erst nach einer ganzen Weile wurde Emma bewusst, dass es sich gerade dadurch wirklich endgültig anfühlte. Kathrin hätte nicht gehen müssen. Es hätte ihr freigestanden, sich doch noch anders zu entscheiden. Doch sie war gegangen – und hatte damit die Trennung besiegelt.

Gedankenverloren schwenkte Emma ihr Glas mit dem letzten Schluck Rotwein. Das fast leere Glas schien die Leere in ihrem Innern widerzuspiegeln. »Ich begreife einfach nicht, warum sie einfach so gehen konnte. Ich versteh's einfach nicht. Was ist nur passiert?«

Sie drehte den Kopf zu Astrid, die auf dem zweiten Liegestuhl auf Emmas Dachterrasse in eine dicke Decke eingewickelt lag und in den Sternenhimmel sah.

Den ganzen Abend schon hatte Astrid versucht, Emma zu überzeugen, dass Kathrins Verhalten aufs äußerste zu verurteilen und ihr das Schlimmste zu wünschen sei. Doch Leere hin oder her – Emma schaffte es nicht, ein einziges schlechtes Wort über Kathrin zu verlieren. Der Gedanke an die tränenverschleierten Augen wenige Stunden zuvor ließ sie nicht los.

Und nun schien Astrid aufgegeben zu haben, denn sie antwortete nicht. Nur das leise Zirpen der Grillen war zu hören und vermischte sich mit dem Rauschen des Windes, der mit den Blättern der Bäume spielte, zu einer melancholischen Komposition.

»Vor zwei Tagen dachte ich noch, mit Kathrin die Richtige gefunden zu haben. Und jetzt?« Emma begann unkontrolliert zu kichern. Ihren letzten Schluck Wein verteilte sie dabei großflächig auf ihrem weißen T-Shirt, doch das störte sie nicht weiter. »Jetzt sitze ich hier, betrinke mich und bin ... wie hieß das gleich noch mal? Ach ja, Single!« Ihr Kichern steigerte sich zu einem lauten Lachen, das sich jedoch sogleich mit tiefen Schluchzern mischte.

Schnell schälte sich Astrid aus ihrer Decke und war mit einem

Satz bei Emma, um sie in den Arm zu nehmen und ihr beruhigend über ihren Rücken zu streichen. »Ist ja gut. Wäre sie die Richtige, würde sie bei dir bleiben und nicht einfach abhauen. Dann wäre ihr diese Beziehung wichtiger als jeder Job dieser Welt. So etwas hast du nicht verdient.«

Aber so gut es Astrid auch meinte, ihre tröstenden Worte bewirkten eher das Gegenteil. Zum ersten Mal an diesem Tag ließ Emma ihren Tränen freien Lauf, als habe sich eine Schleuse geöffnet. Mit einem Mal war die Schockstarre vorüber. Erst jetzt konnte Emma die traurige Wahrheit wirklich spüren, dass Kathrin mit großer Wahrscheinlichkeit nicht wiederkommen würde. Dass ein Kapitel ihres Lebens, das sie in Gedanken bereits weitergeschrieben hatte, abrupt beendet war. Die Trauer riss sie mit sich wie eine Flutwelle.

Astrid ließ Emma eine Weile weinen, bevor sie ein wenig von ihr abrückte, ihr Gesicht in beide Hände nahm und sie ernst ansah. »Meine Liebe, jetzt hör mir mal genau zu.«

Emma hob den Blick. Durch ihre tränenverhangenen, verquollenen Augen konnte sie Astrids Miene, in der sich Besorgtheit und Entschlossenheit mischten, nur schemenhaft erkennen.

»Du wärst nicht Emma Kross«, fuhr Astrid in bestimmten Tonfall fort, »wenn du dir das einfach gefallen lassen würdest. Nein, du lässt dich jetzt bestimmt nicht unterkriegen! Und schließlich hast du auch noch mich. Mich wirst du nicht so schnell los, selbst wenn du das wollen würdest.«

Emma mühte sich ein kleines Lächeln ab. Astrids Worte taten gut, auch wenn ihr Sinn Emma nicht wirklich erreichte. Solange es Freundinnen wie Astrid gab, gab es auch noch Hoffnung.

3

Einen wunderschönen guten Morgen, Weinkönigin! Komm, steh auf, die Sonne scheint. Oder kannst du etwa nicht?«

Mühsam öffnete Emma die Augen und blickte direkt in Astrids schadenfrohes Grinsen. Ihr Kopf quittierte die plötzliche Helligkeit mit heftigem Pochen.

»Darf ich dich gleich aus meiner Wohnung werfen? Oder soll ich noch etwas warten?«, brummte sie und vergrub ihr Gesicht im Kissen.

»Ach, mach dir keine Umstände. Ich wollte sowieso gerade gehen, manche Leute müssen nämlich morgens arbeiten«, flötete Astrid, als habe sie nachts zuvor kein einziges Tröpfchen Wein angerührt. »Frische Brötchen stehen auf dem Tisch. Und eine große Tasse Kaffee wäre bestimmt auch das Richtige für dich.«

Emma drehte den Kopf zur Seite und unternahm einen weiteren, mühevollen Versuch, die Augen zu öffnen. Sie brannten unangenehm. Astrid stand immer noch vor ihrem Bett und schien großen Spaß daran zu haben, sie so leiden zu sehen.

»Schön zu sehen, dass es wenigstens einer von uns gutgeht«, witzelte Emma und wagte ein Lachen. Keine gute Idee, denn es ließ ihren Kopf förmlich explodieren.

Astrid zuckte nur lächelnd mit den Schultern, doch dann verschwand das schadenfrohe Grinsen aus ihrem Gesicht. »Sag mal, kommst du heute Abend vielleicht ohne mich aus? Heute ist doch die erste Sitzung dieses Schwedischkurses, für den ich mich vor einiger Zeit angemeldet habe. Aber wenn nicht, dann kann ich auch ...«

»Hey, ja, klar. Du sollst doch nicht meinetwegen deinen Tagesplan über den Haufen werfen«, fiel Emma ihr ins Wort. Ruckartig setzte sie sich im Bett auf, um Astrid zu demonstrieren, in welch brillanter Verfassung sie sich befand.

Zumindest wenn man die Kopfschmerzen, die Übelkeit, die Schmerzen in allen Gliedern, vor allem im Nacken, ihr gebrochenes Herz und all die anderen kleinen und großen Narben unberücksichtigt ließ. Von der wilden Achterbahnfahrt, die ihr Körper gerade simulierte, ganz zu schweigen.

»Keine Sorge, ehrlich«, fuhr Emma mit tapfer zusammengebissenen Zähnen fort, »ich stelle mit Sicherheit nichts Dummes an. Dazu bin ich heute gar nicht in der Lage.«

»Am besten legst du dich einfach wieder hin, schläfst noch eine Runde, und ich rufe dich später in meiner Mittagspause an, um zu hören, wie's dir geht. Okay? Und du meldest dich bitte sofort, wenn du etwas brauchst.« Astrid hatte sich neben Emmas Bett gekniet und hielt ihre Hand.

Vorsichtig ließ sich Emma wieder zurück in die Kissen sinken. »Das hört sich nach einem sehr guten Plan an«, flüsterte sie zustimmend. »Danke für alles. Ich weiß gar nicht, was ich ohne dich tun würde.«

Astrid wehrte lächelnd ab. »Ach, kein Thema. Sollte ich einmal in dieser Lage sein, drehen wir den Spieß einfach um. Dann übernehme ich fast den ganzen Wein und die Kopfschmerzen, und du trägst mich dafür ins Bett.«

Wer war eigentlich auf die idiotische Idee gekommen, saurer Hering zum Frühstück würde den Kater vertreiben?

Angewidert saß Emma vor dem Teller mit ihrem Kater-Notprogramm und entschied spontan, dass die Kopfschmerzen doch auszuhalten waren. Mit einer schnellen Handbewegung schob sie den Teller zur Seite. Aus den Augen, aus dem Sinn ... wäre da nur dieser eklige Geruch nicht.

Emma hielt sich ihren dröhnenden Kopf, während sie überlegte, was sie nun mit diesem blöden Hering machen sollte. Immerhin lenkten die Kopfschmerzen von den anderen Schmerzen ab. Denen, die seit gestern Nacht die Leere in ihr füllten und schwer auf ihrem Herzen lasteten.

Drei leere Weinflaschen standen in der Ecke der Küche und starrten sie vorwurfsvoll an.

Hatte sie letzte Nacht wirklich so viel getrunken? Zumindest an die dritte Flasche konnte sie sich nicht mehr erinnern. Und wie und wann war sie überhaupt ins Bett gekommen, und was hatte Astrid sich alles anhören müssen? Emma wusste nicht, wann sie sich das letzte Mal so hatte gehen lassen.

Sie legte den Kopf auf die kühle Tischplatte und schloss die Augen.

Alles war still. Sie war ganz allein. An sich nichts Ungewöhnliches für sie: Emma brauchte ihren Freiraum und Ruhe, um zu arbeiten. Besonders nach einem anstrengenden Schultag und zahlreichen Korrekturaufgaben am Nachmittag liebte sie es normalerweise, sich abends und nachts dem Schreiben widmen zu können – allein mit der Stille, dem leeren Papier und den Worten, die wie von selbst in ihrem Kopf entstanden. Mehr brauchte sie in diesen Momenten nicht, um glücklich zu sein. Selbst als sie und Kathrin noch ein glückliches Paar waren, hatten sie die Nächte daher oft getrennt verbracht.

Doch jetzt war an Arbeit nicht zu denken, nicht einmal ansatzweise. Emma hatte zwar schon viele Künstler behaupten hören, dass Schmerz und Kummer sie kreativer machten, aber nachvollziehen konnte sie das nicht. Sie fühlte sich einfach nur gelähmt. Versteinert. Undenkbar, dass aus dieser bleiernen Last, die auf ihrer Seele ruhte und jede Inspiration erstickte, irgendetwas entstehen könnte.

Es machte ihr Angst. Wenn nun sogar ihre Kreativität versiegte, was gab ihrem Leben dann überhaupt noch Sinn?

Sie stand auf, ging zu dem einzigen Hängeschrank in ihrer spärlich eingerichteten Küche und entnahm ihm eine Packung Zigaretten, die sie dort als Notreserve verwahrte. Vor einem halben Jahr hatte sie sich geschworen, endgültig mit dem Rauchen aufzuhören – vor allem Kathrin zuliebe. Doch die war ja nun nicht mehr hier. Und alles andere war sowieso egal. Wozu also Rücksicht nehmen?

Emma zog eine Zigarette aus der Schachtel, kramte in der Schublade nach einem Feuerzeug und öffnete anschließend das Fenster. Ein kühler Luftzug bahnte sich seinen Weg in die stickige Wohnung. Emma setzte sich auf die Fensterbank, zündete sich die Zigarette an und sah hinunter in den kleinen, beschaulichen Innenhof.

Der Herbst hatte die Natur bereits fest im Griff. Goldbraunes Laub bedeckte den Rasen, nur hier und da lugten noch kleine Tupfer Grün hervor. Weitere Blätter tanzten durch die Luft und schwebten langsam zu Boden. Ein melancholisches Bild. Der Sommer hatte sich endgültig verabschiedet.

Genau wie Kathrin. Genau wie all die Träume und Pläne, die Emma noch vor wenigen Tagen gehabt hatte.

Sie nahm einen erneuten, tiefen Zug, ließ den Rauch dann langsam wieder aus ihrer Lunge strömen und sah zu, wie er sich auflöste und mit dem Wind davonzog. »Manchmal sind Veränderungen unumgänglich«, wiederholte sie trotzig Kathrins Worte.

Natürlich hatte sich Kathrin im Laufe der Beziehung verändert. Ebenso wie Emma selbst sich verändert hatte und wie es jedes Pärchen tat, das schon so viele Jahre zusammen war. Emma hatte daran nichts Beunruhigendes gefunden. Auch kleine Streitigkeiten hier und da, die meist schnell aus der Welt geräumt waren, hatten nie Anlass zur Sorge gegeben. So etwas gehörte doch zu jeder guten Beziehung.

Aber nie hatte Kathrin ein Wort darüber verloren, dass sie irgendwann Regensburg dauerhaft den Rücken kehren und zu neuen Ufern aufbrechen wollte. Dass sie sich in eine Richtung verändert hatte, die Emma nicht teilte, bei der Emma auf der Strecke bleiben würde – das hatte Emma nicht gemerkt.

Hätte sie es merken müssen? Merken wollen?

Emma hatte nur zwei Züge von der Zigarette genommen, als sie sie an der äußeren Fensterbank ausdrückte. Sie schmeckte nicht. Genauso wenig wie ihr der Herbst, die Stille und die Einsamkeit schmeckten.

4

Emma war noch nie der Typ Mensch gewesen, der sich aus Kummer im Bett verkroch und von allen abkapselte. Nein, sie wollte dem Kummer nicht den ersten Platz auf dem Siegertreppchen überlassen und sich ihm unterordnen. Die Situation würde nicht besser werden, wenn sie aufhörte, ihr Leben weiterzuleben.

Von Kindesbeinen an hatte Emma auf denkbar harte Weise lernen müssen, dass das Leben weiterging, egal welche Schicksalsschläge man zu bewältigen hatte und egal wie sehr die Trauer einen vereinnahmte. Und irgendwie hatte sie immer wieder auf den Weg zurückgefunden, der sie vom Schmerz wegführte. Sie wusste, dass es auch diesmal so sein würde. Aber sie wusste auch, dass sie diesen Neuanfang aktiv mitgestalten musste und es nichts brachte, sich in ihrem Schmerz zu suhlen.

Nachdem sie die Kopfschmerzen mit zwei Aspirin einigermaßen in den Griff bekommen hatte, verbannte Emma alles, was sie nur im Entferntesten an Kathrin erinnerte, auf den Dachspeicher. Vieles war ohnehin nicht übriggeblieben, da Kathrin das meiste selbst abgeholt hatte. Auch das Buch, das Kathrin ihr geschenkt und gestern beinahe mitgenommen hatte, lag nun in einer kleinen Kiste mit alten Fotos und diversen Erinnerungsstücken in einem staubigen Eck des Dachbodens.

Es war Emmas Lieblingskinderbuch. Ihr Vater hatte ihr oft daraus vorgelesen, früher, als sie noch klein gewesen war, aber irgendwann war es verschwunden. Und eines Tages, viel später, hatte Kathrin mit einem kleinen, verschnürten Päckchen vor ihrer Tür gestanden, in dem Emma mit ungläubigem Staunen eine Ausgabe dieses Buches gefunden hatte. Es war einer der schönsten Momente in ihrer Beziehung gewesen, und von da an hatte sie fast täglich in dem Buch geblättert. Doch jetzt noch einmal die Seiten zu berühren, die sie gemeinsam mit Kathrin so viele Male umgeschlagen hatte ... Was geschehen war, machte es unmöglich.

Auf dem Dachboden hielt sich Emma nur selten auf. Eine gute Voraussetzung dafür, die Sachen so schnell nicht wiedersehen zu müssen.

Sie verschloss die schwere Holztür mit einem großen Hängeschloss. Wenn Kathrin so einfach gehen konnte, konnte auch Emma sie einfach wegsperren. Auch wenn ihr Herz zunächst noch eine andere Sprache sprach: Sie war auf dem besten Wege, mit der Vergangenheit abzuschließen.

Ein wenig später stand Emma auf der Steinernen Brücke, die Arme auf dem Steingeländer aufgestützt. Unter ihr floss donnernd das reißende Wasser der Donau. Die Türme des Doms, die die anderen Gebäude der Altstadt weit überragten, wirkten bedrohlich vor dem Hintergrund schwerer, grauer Regenwolken. Beinahe gespenstisch – und doch so vertraut. Ein Stück Heimat.

Emma liebte den Dom und all die alten, schiefen Häuser des mittelalterlichen Stadtkerns. Jede Ecke dieser Stadt erzählte ihre ganz eigene Geschichte, und Emma verband viele schöne Erinnerungen mit ihnen.

Mit Kathrin teilte sie jedoch nur wenige davon, fiel ihr auf. Sie waren nur selten zusammen hier gewesen. Kathrin hatte keinen Sinn für die schönen Seiten dieser Stadt gehabt, für die romantischen Gassen und mittelalterlichen Bauten der Domstadt. Wofür, ging es Emma durch den Kopf, hatte Kathrin überhaupt Sinn gehabt außer ihrer Arbeit? Wichtige Aufträge hatten immer oberste Priorität. Alles andere war ihr egal gewesen in dieser Stadt. Alles außer Emma. Obwohl Emma inzwischen auch daran ihre Zweifel hatte.

Nur wenige Menschen mit bunten Schirmen verirrten sich an diesem kalten, verregneten Tag auf die Brücke. Und wenn, dann nur, um raschen Schrittes auf die andere Seite der Altstadt zu gelangen.

Auch Emma begann sich allmählich zu fragen, ob es tatsächlich eine gute Idee gewesen war, hierherzukommen. An diesem nasskalten Tag und noch dazu mit der Ungewissheit, was sie erwarten würde. Das Telefonat vorhin hatte mehr Fragen aufgeworfen als beantwortet. Aufregung braute sich in ihr zusammen.

Der Anruf war vor einer Stunde gekommen. Seit knapp drei Jahren hatte sie darauf gewartet und eigentlich schon gar nicht mehr damit gerechnet. Aber nun kam er gerade recht als willkommene Ablenkung von all den trübsinnigen Gedanken, die sie unaufhörlich plagten. Er hatte sie neugierig gemacht. Deshalb hatte sie, statt Erklärungen zu verlangen, in dieses merkwürdige Treffen eingewilligt.

Die Minuten verstrichen nur langsam, während Emma regungslos auf den Fluss starrte. Dann endlich hörte sie Schritte, die sich eindeutig ihr näherten. Sie blickte erwartungsvoll auf.

»Hätte ich gewusst, dass es heute gar nicht mehr zu regnen aufhören würde, hätte ich gleich ein nettes Café vorgeschlagen.« Der Mann in dem braunen Mantel und dem Hut, der ihn verwegen aussehen ließ, lächelte, als er zu den grauen Wolken nach oben blickte und die Hände ausbreitete, als wolle er den Regen einfangen. »Aber ich liebe diesen Ort einfach zu sehr. Ich habe ihn all die Jahre so sehr vermisst.«

»Ja, zugegeben, ein ziemlich spezieller Treffpunkt bei diesem Wetter.« Emma schmunzelte und ging dem schlaksigen Mann die letzten Meter entgegen. Der Regen perlte von ihrer Lederjacke.

»Du hast dich gar nicht verändert«, stellte er fest, als Emma vor ihm stand und er sie eingehend gemustert hatte. »Du siehst immer noch bezaubernd aus.«

»Wie ein begossener Pudel trifft es wohl besser«, scherzte Emma. Die eisblauen Augen, die ihr schalkhaft entgegenblitzten, ließen sie die jüngsten Ereignisse fast vergessen. »Wie lange ist es mittlerweile her, Jack? Drei Jahre?«

Der Mann strich sich über seinen teilweise schon grauen Dreitagebart und nickte. »Ich war lange weg, viel zu lange, Emma. Ich hoffe, bis zum nächsten Treffen vergeht nicht wieder so viel Zeit.«

»Meine Tür steht jederzeit für dich offen, das weißt du doch«, erwiderte Emma. Sie sah ihn fragend an, dann konnte sie ihre Wissbegierde nicht mehr zügeln: »Wo warst du überhaupt? Niemand wusste, wo du dich nach deiner Reise nach Indien aufgehalten hast. Du warst wie vom Erdboden verschluckt. Und irgendwie ist es seltsam, dich nun plötzlich wiederzusehen, so unvermittelt. Du kannst dir sicher vorstellen, dass ich mit vielem gerechnet habe, nur nicht mit einem Anruf von dir.«

Der Mann räusperte sich und ließ seinen Blick zu den Schiffen schweifen, die über die Wellen des Flusses trieben. »Ich erzähle dir alles gern in Ruhe beim nächsten Mal, Emma, und dann kannst du mich mit Fragen löchern. Versprochen. Heute bin ich aus einem ganz anderen Grund hier. Ich brauche deine Hilfe. Es gibt da ein Jobangebot für dich ... ein sehr gutes sogar. Und die Zeit eilt etwas, daher wollte ich dich unbedingt heut noch sehen.«

»Ein Jobangebot?« Emma starrte ihn verblüfft an. Ihr alter Freund tauchte nach Jahren ohne ein Lebenszeichen endlich wieder auf, wie aus dem Nichts, um sie sogleich um etwas zu bitten – die Situation war beinahe surreal. Vor allem weil Emma darauf brannte zu erfahren, wo er all die Jahre gesteckt hatte. Eigentlich war also eher er ihr etwas schuldig als umgekehrt.

»Es ist nichts Schlimmes, Emma«, holte Jack sie aus ihren Gedanken zurück. »Ich hatte einer Schulklasse versprochen, mit ihnen gemeinsam an einem Projekt zu arbeiten. Das war für dieses Schuljahr geplant. Vor einigen Tagen habe ich aber ein Angebot einer Universität bekommen, in den kommenden zwei

Semestern ein paar Seminare zu betreuen. Was natürlich eine große Chance mich bedeutet, endlich wieder Fuß zu fassen und das zu tun, was ich liebe, nämlich Studenten unterrichten.« Er lächelte etwas verlegen.

»Und wie kann ich dir nun dabei helfen?« Emma wusste immer noch nicht, was er nun genau von ihr wollte. »Du weißt, dass ich eigentlich einen Job habe? Ich hatte mir nur ein Sabbatjahr genommen, um mehr Zeit für das Schreiben zu haben.«

Jack war sofort Feuer und Flamme: »Aber das trifft sich doch gut, Emma. Ich meine, du bist Lehrerin, du kannst gut mit Kindern, und vor allem – du liebst das Schreiben. Du bist wie gemacht dafür!«

»Ich kann gut mit Kindern? Ein besseres Argument ist dir nicht eingefallen?« Ironisch zog Emma eine Augenbraue hoch.

»Du kennst mich doch, Emma.« Jacks schmaler Mund formte ein Lächeln. »Jedenfalls ... ich habe mich gefragt, ob du vielleicht das Projekt übernehmen willst. Die Schule wäre damit einverstanden, dass ich es an dich abtrete. Außer natürlich, du arbeitest gerade an etwas anderem.«

»Ach, mit der Schule hast du auch schon gesprochen?« Nun musste Emma doch schmunzeln. Das war wieder einmal typisch Jack. Spontane, verrückte Unternehmungen waren schon immer sein Markenzeichen gewesen. Doch seine Einfälle waren immer spannend und bereichernd, und daher konnte Emma ihm nicht einmal böse sein. »Vielleicht solltest du mir erst ganz genau erklären, um welche Art Projekt es sich genau handelt, bevor ich dir zusage«, meinte sie. »Im Moment verstehe ich nur Bahnhof. Und wenn ich für dich einspringen soll, würde ich schon ganz gern wissen, worauf ich mich einlasse.«

»Nur zu gern. Du wirst es lieben, glaub mir. Es ist zumindest eine sehr interessante Erfahrung, etwas Außergewöhnliches. Ein derartiges Projekt wird selten auf die Beine gestellt.« Jacks Grinsen wurde immer breiter, sein Gesicht leuchtete förmlich. »Komm, lass uns ins nächste Café in der Altstadt gehen«, schlug er vor. »Da kann ich dir alles in Ruhe und vor allem im Trockenen erklären.«

5

J . . . Jack ist wieder hier? Seit wann? Und wo hat er überhaupt gesteckt?« Wie ein aufgescheuchtes Huhn kam Astrid durch den Laden gefegt. »Bist du dir denn wirklich sicher, dass du ihn nicht verwechselt hast? Warum sollte er plötzlich wieder hier auftauchen nach all der Zeit?« Atemlos stand sie Emma gegenüber.

»Ja, er ist wirklich hier. Seit wann genau, weiß ich leider auch nicht. Und wo er war – auch keine Ahnung. Aber wir haben uns gestern getroffen, nachdem er mich völlig unerwartet angerufen hatte.«

»Dann hast du also tatsächlich mit ihm geredet.« Astrid schien die Welt nicht mehr zu verstehen. »Er muss doch irgendetwas gesagt haben. Du musst doch etwas wissen.«

Emma zuckte entschuldigend mit den Schultern. »Er wollte noch nicht so recht mit der Sprache rausrücken. Ich habe versucht, ihn aus der Reserve zu locken, aber er hat mich hingehalten und mich auf ein anderes Mal vertröstet. In erster Linie wollte er mich wegen eines Projekts sehen, das er an mich abtreten will.«

»Was für ein Projekt denn? Moment, warte kurz, ich schließe den Laden schnell ab, und dann erzählst du mir alles in Ruhe.« Aufgeregt kramte Astrid in den Tiefen ihrer Hosentasche und verschwand um die Ecke.

Emma hatte es sich an einem Tischchen an der breiten Fensterfront von Astrids kleinem Tee- und Schokoladengeschäft bequem gemacht, als diese nach einer Weile zurückkam und gekonnt zwei Tassen heiße Schokolade und zwei Stück Kuchen auf einem Tablett balancierte.

»Jetzt erzähl schon«, drängte sie, während sie eine Tasse und einen Kuchenteller vor Emma abstellte. »Wie hat er ausgesehen? Wie geht es ihm?« Angespannt umklammerte sie ihre eigene Tasse. Emma wunderte sich, dass sie sich nicht die Hände an dem heißen Getränk verbrannte.

»Er sieht gut aus«, antwortete sie, »er hat sich kaum verändert. Ein paar Falten mehr, das ein oder andere graue Haar, aber er hat immer noch dieses schelmische Grinsen.« Bei der Erinnerung daran musste Emma selbst lächeln. So lange hatte sie dieses Grinsen vermisst.

Doch ihr Lächeln fror ein, als sie sah, wie Astrids Gesicht sich verzerrte. Sie schien vor Wut zu kochen. Von ihrer Neugier auf Emmas Bericht keine Spur mehr.

»Dass er sich überhaupt noch hierher traut, nach allem, was war«, zischte sie. »Ich hätte erwartet, er wäre klüger. Wäre er doch einfach dort geblieben, wo auch immer er war. Da könnte er von mir aus so viel Schaden anrichten wie er will. Musste es ausgerechnet wieder Regensburg sein? Ausgerechnet hier, wo er einen riesigen Scherbenhaufen hinterlassen hat?«

Emma seufzte und streckte ihre Hand nach Astrids aus. »Ich weiß doch, aber es ist lange her, Astrid. Da kann man doch ...«

»Lange her? Willst du ihn jetzt wirklich verteidigen?«, fiel ihr Astrid schroff ins Wort und kippte beinahe ihre Tasse um. »Nur weil es lange her ist, soll man das Geschehene einfach unter den Teppich kehren?«

»Natürlich will ich ihn nicht in Schutz nehmen, ganz und gar nicht«, protestierte Emma. »Aber...«

»Nichts aber! Weißt du nicht mehr, was er meiner Schwester angetan hat, als er in dieser Nacht-und-Nebel-Aktion einfach verschwunden ist? Kannst du dich etwa nicht mehr daran erinnern, wie viele Sorgen sich Cornelia gemacht hat, weil sie dachte, es wäre ihm etwas zugestoßen? Jacks Verhalten ist wirklich nicht zu entschuldigen. Das war einfach grausam! Das macht doch kein normal denkender Mensch, der einen Funken Anstand besitzt!«

»Wie könnte ich das nur vergessen?«, gab Emma klein bei. Natürlich erinnerte sie sich nur zu gut daran, wie sehr Cornelia in dieser Zeit gelitten hatte. Sie war am Boden zerstört gewesen und nur sehr langsam wieder auf die Beine gekommen.

»Er ist keinen Deut besser als Kathrin«, fügte Astrid hinzu und rammte wütend ihre Gabel in das Stück Kuchen vor ihr.

Emma zuckte zusammen und sah ihre Freundin entgeistert an.

Doch Astrid hatte recht, das wusste sie. Niemand hatte damals verstanden, warum Jack sich aus dem Staub gemacht und

Cornelia zutiefst verletzt zurückgelassen hatte. Und nun teilte sie dieses Schicksal mit Cornelia und musste selbst die schmerzhafte Erfahrung machen, aus heiterem Himmel sitzen gelassen zu werden, obwohl sich doch alles vermeintlich perfekt angefühlt hatte. Ihr Mund wurde trocken. Sie schluckte krampfhaft, brachte aber dennoch kein Wort heraus.

Schweigend saßen Emma und Astrid sich gegenüber, stocherten in ihrem Kuchen und wagten kaum, einander anzuschauen. Jacks Rückkehr riss alte Wunden auf und streute Salz in die neuen. Keine von beiden war in der Lage, die Spannung, die in der Luft lag, zu brechen, und so herrschte minutenlang unbehagliche Stille.

Irgendwann stand Astrid wortlos auf, stellte Teller und Tassen zurück auf das Tablett und verschwand in der Küche. Emma hörte, wie sie dort lautstark mit dem Geschirr hantierte. Die Neuigkeiten hatten sie offensichtlich aufgewühlt. Emma konnte es ihr nicht verdenken.

Dann kam Astrid zurück, ihren Mantel über dem Arm. »Ich muss leider los, Emma. Du weißt doch – ich habe jetzt immer mittwochsabends den Schwedischkurs.« Mit einem entschuldigenden Schulterzucken deutete sie auf den Mantel.

»Tut mir leid, ich wollte dich nicht aufhalten.« Schnell stand Emma auf und griff nach ihrer Jacke, die über der Stuhllehne hing.

»Emma?« Astrid ging einen zögernden Schritt auf Emma zu, legte ihr die Hand auf die Schulter und sagte leise: »Vielleicht sollten wir Cornelia einfach nichts von Jacks Rückkehr erzählen. Ich weiß nicht, wie sie es aufnehmen würde. Am besten, sie weiß von nichts, dann muss sie sich nicht unnötig Gedanken machen. Gerade jetzt, wo sie doch endlich mit ihm abgeschlossen hat.«

Emma nickte verständnisvoll. »Keine Sorge, ich werde ihr sicher nichts sagen.«

Lächelnd zog Astrid Emma in eine enge Umarmung. Als sie sie wieder losließ, fragte sie: »Sehen wir uns morgen? Dann kannst du mir auch von diesem Projekt erzählen, das Jack dir angeboten hat. Vielleicht hat zumindest in diesem Punkt Jacks Rückkehr etwas Gutes.«

»Klar, gern«, stimmte Emma zu. Dass Astrid anscheinend den ersten Schock über Jacks Rückkehr einigermaßen verdaut hatte, löste einen Knoten in ihrem Inneren. »Wie wäre es mit morgen Abend? Du kommst vorbei, und wir gehen spazieren und vielleicht später essen? Marion kann doch morgen den Laden zumachen, oder?«

»Du kennst die Arbeitspläne meiner Mitarbeiterinnen bald besser als ich«, lachte Astrid und zog Emma zur Ladentür. »So, und jetzt los, es ist schon höchste Zeit. Ich will schließlich nicht zu spät kommen.«

Immer wieder hatte Emma den Brief der Schule gelesen, den Jack ihr mitgegeben hatte. Die netten Worte des Direktors klangen ermutigend. Sie stellte fest, dass sie mit der Zeit immer mehr Gefallen an dieser außergewöhnlichen Idee fand.

Bis Jack aufgetaucht war, hatte sie geglaubt, nach Kathrins Verschwinden erst einmal nichts auf die Reihe zu bekommen. Ihre Versuche, sich auf die Arbeit an einem neuen Buch zu konzentrieren und sich damit abzulenken, waren kläglich gescheitert. Aber vielleicht war dieses Schulprojekt besser geeignet, um rasch wieder auf die Beine zu kommen und ihren eigenen Weg zu gehen, als die vergeblichen Bemühungen im stillen Kämmerlein. Je eher sie anfing, ihr Leben wieder in geordnete Bahnen zu lenken, umso besser – da war ein solcher Anstoß nur hilfreich.

Entschlossen stand Emma von ihrem Sofa auf und ging in den Flur, wo sich das Telefon befand. Mit flinken Fingern wählte sie die Nummer, die als Kontakt in dem Einladungsschreiben vermerkt war. Und ehe sie sich's versah, hatte sie der Schule ihr Einverständnis gegeben, das Projekt an Jacks Stelle zu leiten.

Nun gab es kein Zurück mehr. Ein leises, aber nicht unangenehmes Kribbeln breitete sich in ihrem Magen aus.

»Nein, Kathrin, ich vergrabe mich hier sicher nicht und weine dir nach«, flüsterte Emma in den Raum, als sie den Brief an die Pinnwand heftete und einen zufriedenen Blick darauf warf. »Was du kannst, kann ich schon lange. Es geht auch ohne dich.«

Ein wenig später stand sie in ihrem kleinen Wohn- und Arbeitszimmer vor ihrer Bücherwand und suchte konzentriert eine Buchreihe nach der anderen ab. Irgendetwas musste sie doch haben, das für das Projekt nützlich sein würde.

Bei dieser neuen Aufgabe war sie in ihrem Element. Sie liebte das Unterrichten. Selbst wenn sie sich ein Jahr Auszeit gönnte, freute sie sich sehr darauf, auch während dieses Jahres wieder mit Schülern arbeiten zu können. Natürlich war es wunderbar, so viel freie Zeit zum Schreiben zur Verfügung zu haben, doch die Schule hätte ihr gefehlt. Das Projekt schien somit wie gemacht für sie.

Emma lächelte erfreut, als sie endlich das richtige Buch aus dem Regal zog: *Der Dreißigjährige Krieg 1618-1648.*

Mit dem Buch in der Hand ließ sie sich in den bequemen Schaukelstuhl neben der Bücherwand fallen und blätterte die ersten Seiten durch. Das Kribbeln wurde stärker, eine richtige Euphorie ergriff von ihr Besitz, wie beim Antritt einer spannenden Reise oder während der ersten Momente eines Films, den man schon immer hatte sehen wollen. Das war der Beweis: Kathrin konnte ihren Antrieb und ihre Begeisterung für ihre Arbeit nicht bremsen.

Im Stillen dankte sie Jack für diese großartige Möglichkeit, den Kummer im Keim ersticken zu können. Oder ihn zumindest für eine Weile zu verdrängen. Ein gebrochenes Herz würde nicht so schnell heilen, das wusste Emma, aber die Ablenkung würde den Schmerz etwas lindern. Die Arbeit würde ihr in jedem Fall weniger Zeit lassen, sich den Kopf über Kathrin zu zerbrechen.

6

Ich habe eingekauft. Du kochst«, begrüßte Astrid Emma mit einem dicken Grinsen und hob ihr zwei schwere Einkaufstaschen entgegen.

Emma sah etwas irritiert auf die zwei randvollen Taschen. »Soll ich für eine ganze Fußballmannschaft kochen, oder hast du seit Tagen nichts gegessen?«

»Na ja ... ich dachte, da unser Spaziergang heute wortwörtlich ins Wasser fällt, machen wir uns einen netten Mädchenabend zuhause. Und da ich mir sicher bin, dass dein Kühlschrank wie immer gähnend leer ist, habe ich gleich etwas mehr eingekauft.« Astrid drückte Emma die Taschen in die Arme und schob sich an ihr vorbei in die Wohnung, in der das Kaminfeuer eine behagliche Wärme verbreitete.

»Ich hoffe für dich, in diesen Taschen befindet sich kein Wein«, rief Emma ihr nach, während sie ihre Last in die Küche schleppte. »Von dem hab ich nun wirklich letztens schon genug gehabt. Es sei denn, du willst dir noch einmal die halbe Nacht mein Gejammer anhören.«

»Nein, kein Wein. Also ... na ja ... nicht ganz, aber etwas, das noch viel besser ist. Und ich achte schon darauf, dass du nicht zu viel davon trinkst. Schließlich will ich auch etwas abhaben.« Astrid hatte ihren Mantel über die Stuhllehne geworfen und stand nun neben Emma, die neugierig die Taschen durchwühlte.

»Meinst du die Unmengen an Salat und Gemüse?« Emma unterbrach ihre Suchaktion und sah Astrid verwundert an. Die strahlte wie ein kleines Kind über das ganze Gesicht, als würde jeden Moment der Weihnachtsmann um die Ecke schleichen und ihnen frohe Weihnachten wünschen.

»Gemüse ist gut für die Figur, meine Liebe. Aber nein, das meinte ich nicht. Schau doch mal in die andere Tasche«, flötete Astrid. Emma musste schmunzeln. So aufgeregt hatte sie Astrid schon lange nicht mehr erlebt.

Dann zog sie eine Flasche hervor. »Und was genau soll das sein?« Sie betrachtete das Getränk skeptisch. »Was bitte ist Glögg?«

»Das ist schwedischer Glühwein. Eine Empfehlung meiner Schwedischlehrerin.« Astrid errötete urplötzlich, versuchte das aber sogleich zu verstecken, indem sie Emma die Flasche aus der Hand nahm und sich wegdrehte. »Bei den Temperaturen genau richtig, findest du nicht? Ich meine, wer sagt denn, dass man Ende September keinen Glühwein trinken darf?« Umständlich hantierte sie mit dem Verschluss. »Schließlich gibt es doch auch schon Lebkuchen, Weihnachtsstollen und ...«

»Wer ist bei den Temperaturen genau richtig? Der Glühwein

oder die Lehrerin?«, prustete Emma los.

»Emma, du bist unmöglich«, entgegnete Astrid ertappt und hielt Emma die Flasche unter die Nase. »Ich bekomm sie nicht auf. Hilf mir lieber.«

Astrids hilfloses und zugleich schelmisches Grinsen ließ Emma endgültig lauthals loslachen. Sie fiel ihrer Freundin um den Hals. »Dass ich das noch erleben darf. Frau Unnahbar plötzlich ganz durch den Wind. Es geschehen noch Wunder.«

Astrid wand sich schnell aus Emmas Umarmung und fuchtelte abwehrend mit den Händen in der Luft herum. »Wir haben uns nur gut unterhalten, nichts weiter. Könntest du jetzt bitte anfangen zu kochen, ich verhungere gleich ... Willst du das wirklich verantworten?«

»Leider hast du keine Zutaten für Köttbullar eingekauft«, stichelte Emma weiter und fing sich damit einen freundschaftlichen Klaps auf den Hintern ein.

»Du hast dich mal wieder selbst übertroffen«, stellte Astrid anerkennend fest und klopfte sich auf den vollen Bauch. »Wenn ich mir dir zusammenleben würde, würde ich irgendwann platzen.«

»Komm ja nicht auf die Idee, dass ich jetzt jeden Tag für dich kochen könnte«, grinste Emma und legte ihr Besteck zur Seite. »Dafür habe ich gar keine Zeit, schließlich beginnt ab nächste Woche mein neuer Job.«

Astrid erschrak sichtlich. »Oh, tut mir leid, Emma. Ich plappere ständig von dem Schwedischkurs, dabei hast du die großartigen Neuigkeiten«, entschuldigte sie sich beschämt.

»Ach, ich hab dir gern zugehört. Lotta muss ja eine sehr interessante Frau sein.« Emma zwinkerte Astrid über den Tisch zu.

»Schluss jetzt damit«, erklärte Astrid, »jetzt bist du an der Reihe. Nun erzähl endlich! Was für ein Job? Wolltest du nicht eigentlich die Auszeit nutzen, um an einem neuen Buch zu arbeiten?«

Statt zu antworten, kippte Emma mit dem Stuhl leicht nach hinten, um den Brief der Schule an der Pinnwand zu erreichen. Mit zwei Fingern bekam sie ihn an einer Ecke zu fassen und riss ihn mit einem schnellen Ruck ab, so dass der Magnet, der ihn an

Ort und Stelle gehalten hatte, im hohen Bogen durch die Küche flog.

»Lies am besten einfach selbst«, forderte sie Astrid auf und reichte ihr den Brief über den Tisch. »Und dann will ich hören, was du davon hältst.«

Vergnügt verfolgte sie, wie sich Astrids zunächst konzentrierter Gesichtsausdruck zu einer erstaunten und letztendlich strahlenden Miene wandelte. »Du sollst zusammen mit einer Klasse einen historischen Jugendroman schreiben? Ein ganzes Schuljahr lang?«

»Genau so ist es«, bestätigte Emma lächelnd. »Die Kinder schreiben die Geschichte selbst. Ich helfe ihnen dabei, indem ich ihnen Tipps gebe, mit ihnen zusammen Ideen sammle und gemeinsam mit ihrer Geschichtslehrerin Korrektur lese und kleine Überarbeitungen vornehme.«

Astrid hörte interessiert zu. »Das klingt ja wirklich sehr spannend. Von so etwas habe ich bisher noch nie gehört. Ich dachte immer, Schule ist hauptsächlich staubtrockenes Lernen, zumindest wenn ich mich da an unsere Schulzeit erinnere. Gerade was Geschichte betrifft ... Wobei dein Unterricht natürlich eine Ausnahme ist.« Sie schmunzelte.

»Schon gut, ich kenne deine Einstellung zur Schule«, lachte Emma. »Aber es ist wirklich etwas ganz Besonderes. Zum einen ist es sehr zeitaufwendig, und zum anderen traut sich nicht jeder Lehrer ein derartiges Projekt neben dem eigentlichen Unterricht zu. Oder in diesem Fall eine Lehrerin. Ich weiß nicht, ob ich so etwas mit einer meiner Klassen gewagt hätte oder in Zukunft wagen würde. Aber man weiß ja nie – vielleicht bringt mich diese Sache auch auf den Geschmack.«

Astrid überflog noch einmal die letzten Zeilen des Briefes. »Nächste Woche sollst du dich also schon in der Klasse vorstellen? Das geht ja wirklich Knall auf Fall. So viel zu deiner Auszeit – die Schule lässt dich wohl nicht so ganz los.«

»Ja, nächsten Montag sehe ich zum ersten Mal die Klasse«, bestätigte Emma, »eine achte Klasse, um genau zu sein. Und morgen Nachmittag habe ich ein erstes Vorgespräch mit der Lehrerin. Bisher kenne ich nur ihren Namen, das war's. Ich habe selbst auch nicht geglaubt, so schnell wieder ein Klassenzimmer von innen zu sehen, aber ich muss sagen, ich freue mich schon sehr darauf.« Sie warf einen Blick zu der noch geschlossenen Flasche, die neben dem Herd stand, und ergänzte: »Angesichts meines Termins morgen glaube ich, es ist besser, du trinkst den Glögg allein. Oder vielleicht mit Lotta ... bei einem netten Abendessen zu zweit.«

Astrid streckte ihr die Zunge heraus.

7

Mit klopfendem Herzen betrat Emma die leere Eingangshalle der Realschule. An ihre eigene Schule war sie natürlich gewöhnt, aber dieser Ort, ein paar Kilometer außerhalb Regensburgs, war Neuland für sie. Hier sollte sie sich also nun öfter aufhalten.

Die Schule war wie leergefegt, die meisten Lichter schon gelöscht. Aber schließlich war es bereits kurz vor fünf und die Schüler längst zuhause.

Emma sah sich neugierig um. Trotz der Fremdheit schien die Umgebung vertraut: Sie erinnerte Emma an das Gymnasium, das sie selbst einmal besucht hatte. Mit einem Mal wurden ihre alten Schulfreunde vor ihrem inneren Auge lebendig, das Gerangel auf dem Pausenhof und Frau Koch, die nette alte Dame vom Kiosk, die ihr oft etwas zugesteckt hatte, weil sie eng mit ihrer Mutter befreundet gewesen war. Es schien, als sei sie erst gestern das kleine Mädchen gewesen, das in der ersten Reihe sitzen musste, weil sie es nicht lassen konnte, mit Astrid zu schwätzen. Und plötzlich erinnerte sie sich auch an die alte, knallrote Schultasche, die sie mehr als alles andere gehasst hatte. Jeden Morgen auf dem Schulweg hätte sie sie am liebsten in den nächsten Graben geworfen. Doch ihre Mutter hatte es nicht für nötig befunden, eine neue zu kaufen, weil die alte einfach nicht kaputtgehen wollte. Seit dieser Zeit hegte Emma eine herzliche Abneigung gegen jegliche Rottöne – und eine kleine Schultasche war daran schuld.

Wehmütig dachte Emma an diese Zeit, in der die Farbe ihrer Schultasche ihr größtes Problem und die Welt ansonsten noch in Ordnung gewesen war. Als ihre Mutter noch nach der Schule auf sie gewartet und sich angehört hatte, was während des Schultages alles passiert war …

Doch schnell wischte sie die aufsteigende Melancholie beiseite. Das hier war nicht der richtige Augenblick für sentimentale Gedanken.

Wo war denn nun das Lehrerzimmer? Dort sollte sie sich mit Frau Brecht treffen. Doch niemand war zu sehen, den Emma hätte fragen können. Erst als sie einige Male orientierungslos hin und her gelaufen war, erblickte sie ein kleines, unscheinbares Schild im Treppenhaus, das ihr den richtigen Weg wies.

Die Treppe nach oben, den ersten Gang rechts, die dritte Tür links: Hier musste es sein. Emma sah an sich herab und zupfte ein letztes Mal ihren Schal zurecht, ehe sie vorsichtig anklopfte. Sie lauschte angestrengt, doch es tat sich nichts. Abermals klopfte sie, dieses Mal lauter, doch wieder nur Stille.

Emma ließ die Hand sinken und warf einen Blick auf ihre Armbanduhr, um sich zu vergewissern, dass sie zur richtigen Zeit hier war. Genau in diesem Augenblick vernahm sie eilige Schritte und ein Fluchen, als ein Berg von Papieren oder Ähnliches zu Boden zu fallen schien.

Automatisch trat Emma einen Schritt von der Tür weg und sah in die Richtung, aus der die Geräusche kamen. Kurz darauf kam eine zierliche, aber sportliche Frau um die Ecke gebogen, beladen mit einem dicken Stapel Papier, der bereits wieder zu kippen drohte. An ihrer Schulter wippte eine schwere Tasche, die sie ebenfalls am Rutschen hindern musste, während sie gleichzeitig etwas hilflos versuchte, einen Schlüssel aus ihrer Manteltasche zu ziehen.

Schnell eilte Emma auf die Frau zu, ehe erneut ein Unglück geschehen konnte. »Kann ich Ihnen helfen?«, fragte sie und streckte ihre Hände nach den Papieren aus. »Ich nehme Ihnen den Stapel ab.«

Die Frau sah mit großen Augen auf. »Oh ja, danke, das wäre sehr lieb. Tut mir leid, ich habe Sie gar nicht gesehen. Manchmal denke ich, ein Schubkarren wäre besser für die ganzen Unterlagen.« Sie lächelte Emma an.

Dieser stockte für einen Moment der Atem. Doch schnell fing sie sich wieder und nahm den Papierstapel in Empfang, den ihr die Frau erleichtert entgegenhielt.

Mit der nun freien Hand sperrte sie dann zielstrebig die Tür auf, vor der Emma eben noch gestanden hatte, und bat Emma herein. Sie legte ihre Sachen auf einem Tisch ab und lächelte Emma erneut an. »Sie müssen dann wohl Frau Kross sein?«

»Und Sie Frau Brecht?«, vergewisserte sich Emma und streckte ihr zur Begrüßung die Hand entgegen. »Es freut mich sehr, hier sein zu dürfen.« Ihr Herz pochte schnell. Das musste die Aufregung sein, die Nervosität angesichts dieses neuen und spannenden Projekts, das nun endgültig Realität wurde.

»Nein, nein, mich freut es, dass Sie das Projekt mit mir in Angriff nehmen wollen. Wissen Sie eigentlich, auf was Sie sich hier einlassen?« Ein schalkhaftes Glitzern strahlte Emma aus Frau Brechts Augen entgegen. Ganz kurz nur, doch lange genug, um Emma beinahe schon wieder aus der Fassung zu bringen. *Welch unverschämt süßes Lächeln,* dachte Emma und musste schlucken.

Sie begann sich tatsächlich zu fragen, worauf sie sich hier gerade einließ …

Doch Frau Brecht holte sie schneller wieder aus ihren Gedanken zurück, als ihr in diesem Moment lieb war. »Ich heiße übrigens Lisa. Frau Brecht klingt so formell. Es reicht, wenn ich den ganzen Vormittag von den Kindern so angesprochen werde. Außerdem dürften wir ja im gleichen Alter sein.« Ihr Lächeln war einfach umwerfend.

»Ich heiße Emma«, erwiderte Emma. Reflexartig sah sie sich im Zimmer um, ob irgendwer ihre Unterhaltung mitbekommen und möglicherweise seine Schlüsse daraus ziehen könnte. Doch alle anderen Lehrer und Lehrerinnen hatten anscheinend bereits den Heimweg angetreten.

»Darf ich dir einen Kaffee anbieten, Emma?«, fragte Lisa. »Ich brauche dringend einen, am besten einen doppelten, sonst schlafe ich an Ort und Stelle ein.«

Emma nickte zustimmend und sah Lisa nach, als diese zur Kaffeemaschine ging. Zum ersten Mal hatte sie Gelegenheit zum Durchatmen, zum Verdauen dieser überraschenden Begegnung. Lisa war so anders als Emma sie sich, mehr unbewusst als bewusst, bis vor wenigen Minuten vorgestellt hatte. Sie hatte eine ältere, ruhige Geschichtslehrerin um die fünfzig erwartet. Auf keinen Fall hatte sie mit einer derart attraktiven Frau gerechnet.

Außerdem war Lisa alles andere als ruhig. Während sie die Kaffeemaschine betätigte, redete sie wie ein Wasserfall, erzählte von ihrem anstrengenden Vormittag, ohne dass Emma danach gefragt hätte. Und alt konnte man sie nun wirklich nicht nennen. Nein, sie war jung und hübsch, sehr hübsch sogar. Mit ihrer jugendlichen, frischen Art war sie vermutlich eine äußerst beliebte Lehrerin.

Schließlich kam Lisa mit zwei randvollen, dampfenden Tassen wieder an den Tisch. Emma nahm eine davon dankend entgegen und setzte sich auf den Stuhl, auf den Lisa deutete.

»Um welches Thema soll es denn in diesem Roman genau gehen?«, begann Emma das Gespräch, als Lisa ihr gegenüber Platz genommen hatte. »Der Brief der Schule hat dazu leider nur grobe Angaben gemacht. Ich weiß bisher eigentlich nur, in welcher Zeit der Roman spielen soll.«

»Genau – die Schüler dachten an die Zeit des Dreißigjährigen Krieges.« Lisa stand auf, zog aus ihrer Ablage das Geschichtsbuch der siebten Klasse und reichte es Emma. »Den haben sie im letzten Schuljahr behandelt, also können sie auf vorhandenes Wissen zurückgreifen.«

Emma legte das Buch zur Seite, ohne es genauer anzusehen. »Und wer soll der Protagonist sein? Auf welcher Seite soll er stehen – auf der katholischen oder der protestantischen?«

»Oh, ich sehe schon, du kennst dich mit der Thematik aus. Das macht die ganze Angelegenheit natürlich einfacher«, sagte Lisa erleichtert. »Ist das nur ein persönliches oder auch berufliches Interesse?«

»Um genau zu sein, bin ich selbst Lehrerin«, erklärte Emma. »Für Englisch, Sport und Geschichte an einer Realschule in Regensburg. Allerdings habe ich mir dieses Jahr eine Auszeit genommen, ein Sabbatjahr sozusagen. Ich wollte mir ein paar Monate Zeit nehmen, um mich ausschließlich dem Schreiben zu widmen.«

»Oh, sehr gut. Das sind die besten Voraussetzungen für das Projekt. Die Kinder werden davon mit Sicherheit profitieren.« Lisas Lippen formten sich erneut zu diesem bezaubernden Lächeln, als sie Emma ansah. Dann fuhr sie mit ihrer Erklärung fort: »Also, es soll eine Liebesgeschichte werden. Die Mädchen sind davon natürlich begeistert.«

»Die Jungen wohl eher weniger?«, meinte Emma schmunzelnd. Die entsetzten Gesichter der Dreizehn-, Vierzehnjährigen konnte sie sich nur zu gut vorstellen. »In dem Alter ist die Liebe ohnehin ein schwieriges Thema.«

Lisas Lächeln war zu einem breiten Grinsen geworden. »Sie haben mir versprochen, tapfer zu bleiben.« Kaum hatte sie diesen Satz ausgesprochen, schien sich ein Schatten über ihr Gesicht zu legen. Sie wandte sich kurz von Emma ab, sah aus dem Fenster, durch das die letzten warmen Herbstsonnenstrahlen fielen, und seufzte ganz leise. Doch als sie sich zurück zu Emma drehte, war der Schatten verschwunden. »Darf ich dich vielleicht zu einem Kaffee in der Stadt einladen?«, schlug sie vor. »Ich bin froh, wenn ich die Schule für heute hinter mir lassen kann.«

Emma hatte nichts dagegen, im Gegenteil. Lisa war ihr nicht nur auf Anhieb sympathisch und schien eine kompetente Lehrerin zu sein, sie hatte auch etwas an sich, das Emma faszinierte. Auch wenn sie noch nicht genau sagen konnte, was es war. Aber sie wollte es gern herausfinden.

»Die Kinder werden dich mögen, da bin ich mir sicher.« Lisas blaue Augen leuchteten Emma über ihre Kaffeetasse hinweg entgegen. »Einige von ihnen haben bereits Bücher von dir kennengelernt, soweit ich weiß. Aber auch so wirst du mit ihnen super zurechtkommen.«

»Glaubst du wirklich?« Emma konnte die Unsicherheit in ihrer Stimme nicht ganz verbergen. »Schließlich bekommen sie mit mir eine weitere Lehrerin vorgesetzt, nicht nur eine Schriftstellerin … Und bisher habe ich immer allein an meinem Schreibtisch gesessen, um an meinen Büchern zu arbeiten. So etwas mit einer ganzen Schulklasse in Angriff zu nehmen, ist also auch für mich eine ganz neue Erfahrung.«

Die beiden Frauen saßen schon ziemlich lange in einem kleinen Café in der Regensburger Altstadt zusammen. Obwohl sie bisher nur die Einzelheiten des Projekts besprochen hatten, bekam Emma gar nicht mit, wie die Zeit verging. Sie genoss Lisas Nähe, fühlte sich wohl in ihrer Gegenwart. Für ein erstes Aufeinandertreffen, ein berufliches Aufeinandertreffen wohlgemerkt, hätte es nicht besser laufen können.

Auf Emmas Bedenken hin wandte Lisa nun ein: »Das ist zwar eine ganz andere Arbeitsatmosphäre, aber ich bin mir sicher, dass du dank deiner Erfahrung als Lehrerin gut damit klarkommen wirst. Und ich glaube, es wird dir auch Spaß machen.« Ein begeistertes Funkeln trat in ihre Augen. »Die Klasse ist ein echter Glücksgriff. Mit vielen kreativen Köpfen, wie ich finde. Nicht mit jeder Klasse kann man ein derartiges Projekt stemmen.«

Emma nickte zustimmend. Es war schön zu sehen, wie sehr Lisa ihren Beruf liebte. Sie freute sich darauf, die Begeisterung, mit der Lisa tagtäglich den Unterricht meisterte, bald selbst mitzuerleben.

Sie verließen das Café und standen nach ein paar Schritten wieder vor Lisas Auto. Lisa hatte Emma den kurzen Weg in die Stadt mitgenommen, nachdem Emma zu dem Termin in der Schule zuvor mit dem Bus gefahren war.

»Soll ich dich noch nach Hause bringen?«, fragte Lisa.

Emma sah hoch in den sternenklaren Himmel und schüttelte den Kopf. »Danke. Das ist wirklich nett von dir, aber ich glaube, die frische Luft wird mir guttun. Außerdem wohne ich nicht weit weg von hier.«

Für einen kurzen Moment schien Enttäuschung in Lisas Augen aufzublitzen, aber vielleicht bildete Emma sich das nur ein. Eine Sekunde später lächelte Lisa sie schon wieder an. »Ich freue mich jedenfalls auf die erste Stunde mit dir.«

Emma erwiderte das Lächeln und nickte. »Ich mich auch. Die Arbeit wird mit Sicherheit interessant und aufregend.«

Sie trat einen Schritt zurück, als Lisa ihre Autotür öffnete, einstieg und dabei bemerkte: »Ich bin mir sicher, nicht nur die Arbeit.« Dann lächelte sie Emma ein letztes Mal zu. Ehe Emma antworten konnte, schloss sie die Tür und ließ Emma irritiert auf dem nächtlichen Parkplatz zurück.

»Nicht nur die Arbeit ...«, wiederholte Emma murmelnd Lisas Worte und sah ihr nach, als das Auto an der nächsten Kreuzung verschwand.

8

Erzähl, wie war das erste Treffen mit der Geschichtslehrerin? Denkst du, ihr kommt ein ganzes Jahr miteinander aus?« Astrid wischte die Tische in ihrem Laden ab und stellte die Stühle darauf, während Emma am Tresen stand und ihr Blick sich in den märchenhaften Pralinen und Schokoladenkreationen verlor.

»Ja, ganz gut soweit«, gab sie Astrid abwesend zur Antwort.

Verwundert ließ Astrid den Lappen sinken. »Ganz gut soweit? Das ist alles?« Mit schnellen Schritten bewegte sie sich in Emmas Richtung. »Sag bloß, die Frau ist der gleiche Drachen wie Frau Haslohr, unsere Geschichtslehrerin aus der sechsten Klasse?«

Emma bekam gar nicht mit, dass Astrid inzwischen neben ihr stand. »Nein, das eher nicht«, murmelte sie und starrte weiter auf die Auslage.

»Na gut ... dann vielleicht eine kleine, graue, langweilige Maus, und du hast Angst, das Jahr zieht sich wie Kaugummi?«

»Nein, das auch nicht.«

»Emma!«

Astrids plötzliche Vehemenz ließ Emma aufschrecken. »'tschuldige, ich war gerade woanders. Was wolltest du wissen?«

»Ja, das habe ich gemerkt«, antwortete Astrid vorwurfsvoll. »Was ist denn heute nur los mit dir?«

»Nichts ist los, Astrid. Ich bin nur etwas ... etwas durcheinander, mehr nicht«, versuchte Emma abzuwiegeln.

Nach dem Treffen mit Lisa war Emma nicht nach Hause, sondern zu Astrid in den Laden gegangen. Sie hatte sich zu unruhig, zu rastlos gefühlt, um sich daheim allein auf irgendetwas konzentrieren zu können. Warum, wusste sie selbst nicht genau. Es war schließlich nur ein einfaches Treffen gewesen. Ein berufliches Treffen. Nicht mehr, aber auch nicht weniger. Ohnehin war in ihrem Kopf kein Platz für irgendwelche anderen Frauen, solange Kathrin ständig durch ihre Gedanken geisterte.

Astrid legte ihr beruhigend eine Hand auf die Schulter. »Durcheinander? Sag mir doch einfach, was vorgefallen ist. Diese Frau muss dich ja regelrecht verstört haben. Oder bereust du es mittlerweile, dass du deine Auszeit nicht außerhalb der Schule in vollen Zügen ausnutzt? Ich meine, das könnte ich durchaus verstehen.«

»Diese Frau ...«, begann Emma zögernd. Im nächsten Moment bereute sie ihre Worte bereits, als Astrid triumphierend grinste.

»Aaaah, jetzt verstehe ich! Sie war jung, charmant und gutaussehend?«

»Mhm.« Emma missfiel Astrids feine Spürnase.

»Das heißt, sie hat dir gefallen?«, ermittelte Astrid weiter. Ihr Grinsen wurde immer breiter.

»Astrid, lass das. Ich bin nicht zu solchen Späßen aufgelegt, seit Kathrin ... du weißt schon.« Emma verschränkte die Hände hinter dem Kopf, wandte sich ab und schritt langsam durch den Laden, weg von Astrid.

Doch die folgte ihr. »Du denkst also, weil Kathrin sich aus dem Staub gemacht und alles kaputtgemacht hat, darf dir keine andere Frau mehr gefallen? Willst du jetzt mit Augenbinde durch das Leben laufen?«

Emma blieb stehen. »Sehr witzig. Nein, ich habe einfach genug von Frauen. Die perfekte Beziehung, die wahre Liebe oder ehrliche Gefühle ... das sind doch alles Lügengeschichten. Das hast du doch gesehen.« Sie schloss die Augen und atmete einmal tief durch. »Das eine Mal hat gereicht. Außerdem ist es gerade mal ein paar Tage her. Ich will mir jetzt einfach jeden weiteren Ärger ersparen.«

»Kathrin hat dich zutiefst verletzt, ja. Und ich weiß, dass es verdammt wehtut. Aber genieß es doch, wenn dir eine andere Frau gefällt. Ihr Lächeln, ihr Humor oder was auch immer. Daran ist doch nichts Schlimmes.« Astrid griff in einen Teller Pralinen und hielt Emma eine davon unter die Nase. »Du darfst dein Leben genießen, Emma. Und wenn du eine Praline isst, heißt das noch nicht, dass du die ganze Packung essen musst.«

»Was muss ich mit Pralinen ...?« Verwirrt sah Emma erst die Praline, dann Astrid an.

»Ich meine«, verdeutlichte Astrid, »gut, dann hast du eben erst mal die Schnauze voll von Beziehungen. Das wundert mich nun auch nicht. Aber heißt das, dass du nicht wenigstens etwas Spaß haben darfst? Etwas Ablenkung tut dir sicher gut.« Astrid hielt Emma erneut die Praline hin. »Und jetzt iss endlich, bevor ich es tun muss. Meinen Hüften würde das gar nicht gefallen.«

Astrids gespielt wütender Blick entlockte Emma nun doch ein winziges Lächeln. Sie griff nach der Praline. »Du bist unmöglich, wirklich.«

»Kathrin ist weg, Emma«, sagte Astrid mit Nachdruck. »Ich weiß, es ist schwer ... aber du darfst weiterleben. Du darfst und sollst dich irgendwann auch wieder verlieben. Und wenn nicht verlieben, dann wenigstens gutaussehenden Kolleginnen hinterherschauen. Genieß die süßen Seiten des Lebens!«

»Aber ich verliebe mich mit Sicherheit nicht mehr. Nicht jetzt und nicht in den nächsten dreißig Jahren«, widersprach Emma. »Ich komme ganz gut mit mir allein klar. Und natürlich mit dir und deinen Pralinen.«

Lachend nahm Astrid den gesamten Teller und reichte ihn Emma. »Na dann, nur zu. Geht aufs Haus.«

Astrid war es wieder einmal gelungen, sie aufzumuntern. Doch kaum zuhause angekommen, prasselten der Kummer und die Einsamkeit, die sie all die Tage zu verdrängen versucht hatte, doch wieder auf Emma ein.

Es stimmte, Lisa hatte sie auf andere Gedanken gebracht. Gedanken, die sie kaum zuzulassen wagte. Und das, obwohl Lisa doch eigentlich eine Fremde war – wenn auch eine wunderschöne, noch dazu intelligente und charmante Fremde und zukünftige Arbeitskollegin.

Doch auch diese Ablenkung war nur kurzzeitig gewesen. Die Gedanken an Kathrin waren einfach noch zu mächtig, zu drängend, sie ließen sich nicht weiter auf Abstand halten. Kathrin hatte sich kein einziges Mal nach ihrem Verschwinden gemeldet. Emma wusste nicht einmal, ob sie bereits in Sacramento angekommen war. Vermutlich genoss sie dort längst ihre neu gewonnene Freiheit.

All die Fragen, die sie zurückgelassen hatte, hämmerten nun in Emmas Kopf. Sie hätte gern gewusst, wie es Kathrin ging, wo sie war und was sie dachte. War die Trennung ihr genauso schwergefallen wie Emma? Und war ihre Arbeit wirklich der einzige Grund, der sie von Emma weggetrieben hatte?

Emma warf sich auf ihr Bett und starrte Löcher in die Luft. Sich nach fünf Jahren an die Einsamkeit zu gewöhnen, war hart. Es war eigenartig, jetzt nicht mit Kathrin zu reden, ihr nicht von dem Schulprojekt erzählen zu können. Sonst hatten sie doch alles miteinander geteilt.

Aber hätte Kathrin Emmas Begeisterung für dieses Projekt überhaupt nachvollziehen können? Kathrin konnte Kinder nicht ausstehen, sie machte einen großen Bogen um sie, wenn sie sie nur in der Ferne sah. Kinder waren für sie nur lästige Nervensägen. Sie war alles andere als ein Familienmensch – eine Tatsache, die immer schon an Emma genagt hatte, ohne dass sie es sich offen eingestanden hätte. Emmas Begeisterung für den Lehrerberuf hatte sie nie verstehen können, ihre Liebe zur Schriftstellerei dagegen eher. Sie mochte Emmas Bücher und respektierte ihre Arbeit. Doch trotz allem – das ging Emma erst in diesem Moment auf – war nicht sie es gewesen, die Emma anspornte und inspirierte. Diese Rolle fiel meist Astrid zu, die Emmas Ideen mit glühendem Enthusiasmus aufnahm, weiterspann und oft sogar eigene Einfälle beisteuerte. Kathrin hingegen hatte Emmas Schreiben eher kopflastig betrachtet, hatte logische Fehler aufgezeigt und an Kleinigkeiten herumgekrittelt.

Emma hatte Kathrins schlechte Seiten und ihre Kritik während der Beziehung entweder ignoriert oder schöngeredet. Vor allem Astrid gegenüber – wobei ihr immer schon unterschwellig klar gewesen war, dass diese ihr kein Wort glaubte. Doch jetzt wurde Emma langsam selbst bewusst, wie unterschiedlich sie und Kathrin in manchen Dingen doch waren. Genau genommen in viel zu vielen Dingen.

Der Abstand zwischen ihnen ließ plötzlich vieles klarer werden, worauf die Nähe den Blick verstellt hatte.

Vielleicht hatte Kathrin deswegen so einfach gehen können – weil sie diese Dinge eher gespürt und sich eingestanden hatte? Emma hätte eine solche Trennung nie übers Herz gebracht. Trotz allem, trotz all der Meinungsverschiedenheiten und unterschiedlichen Interessen, hatte sie Kathrin geliebt, bis zuletzt.

Aber was für eine Liebe war das, fragte sie sich nun. Eine Illusion, die nur so lange standhielt, wie man alles Schlechte ausblendete und nur die guten Seiten sah ... Musste nicht jede Liebe zwangsläufig auf dieser Täuschung basieren?

Emma hatte neben ihren historischen Jugendromanen auch oft über Liebe geschrieben, über all ihre Ecken und Kanten, über Happy Ends und die wahre Liebe. Doch mit einem Mal wusste sie selbst nicht mehr, was Liebe eigentlich bedeutete.

Hatte sie sich all die Jahre selbst belogen? Hatte Kathrin sie jemals wirklich geliebt? Und immer wieder die Frage: Wenn ja – hätte sie dann so einfach gehen können?

Emmas Kopf begann zu pochen. Ihre Beziehung schien ihr auf einmal wie ein einziges großes Rätsel. Und Kathrin hatte anscheinend nur die Flucht als Lösung gesehen.

9

Jack? Ich habe nicht damit gerechnet, dich so schnell wieder zu sehen. Komm doch rein.« Etwas überrumpelt von dem unerwarteten Besuch öffnete Emma die Wohnungstür.

Wenn sie ehrlich war, war sie an diesem Tag auf keinerlei Besuch vorbereitet. Sie sah an sich herab: Ihre alte Jogginghose und die dicken Stricksocken sprachen deutlich von einem gemütlichen Tag auf der Couch, mit Kaminfeuer und alten Schwarzweißfilmen – allein.

Jack ließ sich davon aber offenbar nicht beeindrucken. »Ich habe gehört, du hast den Job angenommen? Das freut mich sehr.« Langsam schlenderte er an Emma vorbei in den Flur, nahm seinen Mantel ab und legte ihn auf eine alte Truhe. Den Hut behielt er auf.

»Ich sehe, du bist sehr gut informiert, Jack«, gab Emma zurück und bat ihn mit einer Handbewegung in die Küche.

»Der Direktor ist immerhin ein alter Freund von mir. Er hat mir von deiner Zusage erzählt.« Er grinste schelmisch, dann sah er sich neugierig um. »Ist Kathrin heute gar nicht hier? Hätte mich gefreut, sie mal wieder zu sehen.«

Emma schluckte schwer. Doch sie befahl sich selbst, stark zu bleiben. »Sie ist in Sacramento«, sagte sie, und ihre Stimme zitterte nur ein ganz kleines bisschen.

»Sacramento?« Jack hatte an dem kleinen Küchentisch Platz genommen und sah Emma verdutzt an. »Nicht gerade um die Ecke.«

»Sie arbeitet dort. Willst du Kaffee? Oder lieber Tee?« Emma hoffte, dass er den Wink verstehen und das Thema nicht weiter verfolgen würde.

»Aha«, brummte er nur und rieb sich seinen Dreitagebart, wie er es auch früher oft getan hatte, wenn er nachdachte.

»Willst du mir jetzt endlich erzählen, wo du all die Jahre gesteckt hast?«, erkundigte sich Emma, während sie, mangels Festlegung von seiner Seite, ihrer eigenen Vorliebe nachgab und Kaffee einschenkte. »Du hast hier ein ganz schönes Schlachtfeld hinterlassen. Ist dir das überhaupt bewusst?« Sie stellte eine Tasse vor ihm ab.

Plötzlich wirkte Jack bedrückt. Er wandte den Blick ab, als müsse er überlegen. »Ich konnte nicht bleiben, Emma«, sagte er nach einer kurzen Pause. »Auch wenn ich gewollt hätte. Ich hatte keine andere Wahl. Und ja, ich weiß durchaus, was ich angerichtet habe, und ich bin sicher nicht stolz darauf.«

»Es gibt immer einen Weg, wenn man nur will«, fuhr Emma ihn an – schärfer als sie beabsichtigt hatte. Der Gedanke an Kathrin und die Parallelen zwischen Jacks und Kathrins Verhalten ließ die Wut in ihr aufbrodeln.

»Es gab keinen anderen Weg«, wiederholte Jack langsam. »Glaubst du wirklich, ich hätte Cornelia einfach so sitzen gelassen? Ich habe sie geliebt, Emma. Mehr als je eine andere Frau zuvor.«

»Muss ja die ganze große Liebe gewesen sein, wenn du trotz allem einfach abhauen konntest«, erwiderte Emma sarkastisch. »Wo warst du also?« Es war schwer vorstellbar, wie Jacks Beteuerungen zu seinem jahrelangen Untertauchen passten.

»Na gut, ich war in Indien ...«, begann Jack.

Emma unterbrach ihn: »Ich weiß, dass du in Indien warst. Du wolltest Urlaub machen, durch das Land reisen und nach vier Wochen zurückkommen.« Musste sie ihm denn jedes Wort aus der Nase ziehen?

Jack zupfte nervös an seiner Hutkrempe. »Nein, du verstehst mich falsch. Ich war die ganze Zeit in Indien. Die ganzen drei Jahre. Du weißt doch sicher noch, dass ich mit meinem letzten Buch nicht vorangekommen bin und der Verlag Druck gemacht hat und mir den Vorschuss nicht zahlen wollte. Und mein Vertrag an der Uni sollte auch nicht verlängert werden. Ich wusste nicht, wie es weitergehen sollte. Ich stand im luftleeren Raum und wusste in dem Moment nicht vor und zurück.«

»Und deswegen bleibst du drei Jahre in Indien und sagst niemandem, wo du bist?« Emma blieb misstrauisch. Ausreichend erschien ihr diese Erklärung nicht.

Jack fiel es sichtlich schwer weiterzusprechen. »Na ja, das ist leider nicht alles. Ich hatte Schulden, Emma. Sehr hohe Schulden. Bei meiner Familie, bei der Bank und, und, und ... Ich wollte einfach nicht, dass Cornelia darunter leidet oder meinetwegen auf alles, was ihr wichtig war, verzichten musste.«

»*Du* warst ihr wichtig! Auf *dich* musste sie verzichten«, fiel Emma ihm ins Wort, aber schon nicht mehr so schroff. Es war ihm anzusehen, wie unangenehm diese Unterhaltung für ihn war.

Er schüttelte den Kopf. »Das weiß ich doch. Aber ich wollte, dass Cornelia glücklich ist ... und das hätte sie mit mir und meinen Problemen niemals sein können. Sie wusste ja nichts von den Schulden. Deshalb habe ich ihr nichts gesagt und bin abgehauen in der Hoffnung, das alles so schnell wie möglich in den Griff zu bekommen. Damals habe ich doch nicht im Traum daran gedacht, dass daraus ganze drei Jahre werden würden.«

Jacks Worte klangen unwirklich in Emmas Ohren, geradezu haarsträubend. Richtig überzeugt war sie immer noch nicht.

»Wir hätten dir doch helfen können«, wandte sie ein.

Doch Jack lächelte nur. »Nein, das hättet ihr ganz sicher nicht. Du weißt nicht, von welchen Beträgen ich spreche. Und das ist auch besser so. Ich kann nicht mehr rückgängig machen, was passiert ist. Es tut mir einfach nur furchtbar leid, ob du es mir glaubst oder nicht.« Bei den letzten Worten wurde seine Stimme brüchig. Er nahm einen großen Schluck Kaffee. »Wie geht es Cornelia denn?«, fragte er vorsichtig.

»Es war die Hölle für sie. Kein Wunder, wenn der eigene Partner von einem auf den anderen Tag verschwindet und sich nicht mehr meldet.« Emma biss sich auf die Lippen, sie musste sich räuspern. »Aber es geht ihr mittlerweile wieder gut. Glaub mir, es hat lange genug gedauert, bis sie wieder an diesem Punkt angekommen war. Und das soll auch so bleiben, Jack. Ich weiß zwar nicht, wie du deine Probleme letztendlich gelöst hast, das will ich vielleicht auch gar nicht wissen – aber es ist sicher besser für Cornelia, wenn du sie in Ruhe lässt.«

Jack hob abwehrend die Hände und nickte. »Keine Sorge. Ab morgen bin ich in Heidelberg, um an der Universität zu arbeiten. Ich habe nicht vor, sie mit meiner Anwesenheit zu belasten.«

»Es ist für alle besser so, glaube mir«, bekräftigte Emma. Doch sie war nicht ganz bei der Sache; sie musste erst für sich ordnen, was sie gerade erfahren hatte. Einem Impuls folgend stand sie auf. »Ich muss leider los, ich …«

»Schon gut«, unterbrach Jack, »ich wollte ohnehin gehen. Danke, dass du mir zumindest zugehört hast.« Er griff nach seinem Mantel und hob zum Abschied seinen Hut. »Ich hoffe, wir sehen uns irgendwann wieder.«

»Ich hab Neuigkeiten. Wobei ich immer noch überlege, ob es nur ein böser Traum war.« Emma hatte wieder an dem kleinen Holztisch am Fenster Platz genommen, der mittlerweile zu ihrem Stammplatz in Astrids Geschäft geworden war. Seit Kathrin nicht mehr in Regensburg war, hatte sie es zu einer Art Ritual gemacht, nach Ladenschluss hier vorbeizukommen, um nicht allein daheim zu sitzen und zu grübeln.

»Oh, das trifft sich gut. Ich muss dir nämlich auch etwas erzählen«, erwiderte Astrid aufgeregt. Sie strahlte wie ein Honigkuchenpferd, als sie an Emmas Tisch kam und sich zu ihr setzte.

»Dann du zuerst«, meinte Emma. »Ich kann gute Neuigkeiten gebrauchen.«

Sofort sprudelte es aus Astrid heraus: »Du glaubst nicht, wer heute in meinem Laden aufgetaucht ist und mich zum Essen eingeladen hat.«

So sehr hatte Astrid in letzter Zeit nur wegen einer ganz bestimmten Frau gestrahlt. Die Antwort war also klar. Aber um Astrid nicht die Freude zu nehmen, es selbst zu verkünden, schwindelte Emma: »Ich habe keinen blassen Schimmer.«

Astrids Lippen formten den Namen »Lotta«, und ihre Augen funkelten dabei noch mehr als sonst. Sie sprühte geradezu vor Energie und Freude.

Emma hätte sich gern genauso überschwänglich mit ihr gefreut. Doch Jacks Besuch hatte ihr gehörig auf den Magen geschlagen. Sie konnte sich nur zu einem gequälten Lächeln durchringen.

»Ich freue mich auch sehr, vielen Dank«, sagte Astrid beleidigt, als sie Emmas Gesichtsausdruck sah.

Sogleich beteuerte Emma: »Nein, ich freue mich wirklich mit dir, ganz ehrlich. Ich hatte nur Besuch heute, der mich immer noch beschäftigt. Aber ich find's toll, dass Lotta dich um ein Date gebeten hat. Das ist doch großartig.«

»Weiß ich doch, Emma.« Astrid schien schon wieder besänftigt. »Aber von was für einem Besuch sprichst du eigentlich? Klingt jedenfalls ziemlich unangenehm.« Das helle Funkeln strahlte immer noch aus ihren Augen.

»Jack war bei mir«, rückte Emma mit der Sprache heraus. »Er stand heute Nachmittag plötzlich vor meiner Tür. Wollte sich anscheinend verabschieden, bevor er nach Heidelberg geht.«

»Ach, er geht also nach Heidelberg? Wenigstens weit weg von Cornelia«, kommentierte Astrid, sichtlich erleichtert.

»Ich bin ganz deiner Meinung. Aber ... er hat mir auch endlich erzählt, wo er all die Jahre war.«

»Erzähl schon«, drängte Astrid prompt, die Fäuste vor Anspannung geballt.

»Er war in Indien, die ganzen drei Jahre. Das ist zumindest

seine Version. Angeblich hatte er eine Menge Schulden und wollte Cornelia nicht zur Last fallen.« Emma atmete tief durch. Jacks Geheimnis hatte sie mehr belastet, als ihr bewusst gewesen war, und sie war froh, es ausgesprochen zu haben. »Irgendwie eine absurde Geschichte, findest du nicht?«

Astrid runzelte die Stirn. »Schulden? Cornelia hätte ihm doch geholfen. Warum hat er nie erwähnt, dass er Probleme hatte?«

»Hab ich ihm auch gesagt. Aber er wollte sie da nicht mit reinziehen. Anscheinend muss es ein ganzer Berg an Schulden gewesen sein.«

»Und nimmst du ihm diese Geschichte ab?«

»Das habe ich mich auch schon gefragt. Das alles klingt zu unglaublich, beinahe wie eine Ausrede«, gab Emma zu und zuckte mit den Schultern. »Also – nein, ich weiß nicht, ob er die Wahrheit gesagt hat. Und ich glaube nicht, dass wir das jemals herausfinden werden.«

Astrids Knöchel waren bereits weiß, als sie endlich ihre Hände wieder öffnete und entschlossen auf die Tischplatte schlug. »Wir sollten all die Feiglinge, die sich so einfach aus dem Staub gemacht haben, vergessen. Und damit meine ich nicht nur Jack.«

Nachdenklich strich sich Emma eine Locke hinters Ohr. »Vielleicht hast du recht. Nein – ganz sicher hast du recht. Sollen sie doch alle bleiben, wo der Pfeffer wächst!«

10

Schaut bitte einmal alle nach vorn! Das hier ist Frau Kross. Sie wird mit uns gemeinsam das ganze Schuljahr an unserem Roman arbeiten. Von den ersten Entwürfen bis zum fertigen Manuskript.« Mit einer Handbewegung bat Lisa Emma, ein Stück vorzutreten. Dann wandte sie sich wieder an ihre Klasse: »Ich habe euch bereits kurz von Frau Kross erzählt. Sie ist Lehrerin an einer Realschule in Regensburg und zudem Schriftstellerin.«

Emma hatte sich bisher im Hintergrund gehalten. Als sie nun einen Schritt nach vorn neben Lisa trat, sprangen sofort alle Kinder wie auf Kommando auf und begrüßten ihren Gast. »Guuuuten Mooorgen, Frau Kross«, tönte ein Chor von 25 Stimmen.

Ein nervöses Prickeln erfasste Emma, als alle Augenpaare sie neugierig musterten. Eigentlich war sie es doch gewohnt, vor einer Klasse zu stehen. Sie hatte auch schon häufiger Lesungen in Schulklassen gehalten, war mit ihren Jugendromanen sogar durch halb Deutschland gereist. Doch dies war etwas völlig anderes. Hier war sie weder Lehrerin noch Autorin. Oder vielleicht war sie auch irgendwie beides, Lehrerin *und* Autorin. Jede Woche würde sie diese Klasse von nun an besuchen und dabei ein ganzes Buch entstehen lassen. Diese Schülerinnen und Schüler hatten Erwartungen an sie, denen sie zum ersten Mal gegenüberstand, und bis zu diesem Morgen war sie sich nicht sicher gewesen, ob sie sie erfüllen konnte.

Bereits in den frühen Morgenstunden hatte sie wach gelegen – die Aufregung hatte sie nicht mehr schlafen lassen – und fieberhaft überlegt, was sie sagen würde, wenn sie endlich vor der Klasse stünde. Doch als sie nun die Begrüßung freundlich erwiderte und mit ihrer kurzen Vorstellung begann, stellte sie fest, dass das aufrichtige Interesse der Kinder an ihr selbst und an ihrer Arbeit den Einstieg leichter machte als befürchtet. Einige Schüler stellten Fragen, und Emma war überrascht, dass ein paar von ihnen nicht nur das ein oder andere ihrer Bücher gelesen hatten, sondern sich sogar noch genau an Einzelheiten erinnern konnten. Sie fühlte sich geschmeichelt – und willkommen, fast schon in die Klassengemeinschaft integriert. Lisa hatte nicht übertrieben: Diese Klasse schien tatsächlich ein echter Glücksgriff zu sein.

Emma sah in die aufgeregten, fröhlichen Gesichter der Schüler und Schülerinnen und wusste, dass es die richtige Entscheidung gewesen war, diese Aufgabe anzunehmen. Der Anfang war schon mal gut gelaufen. Sie wandte sich zu Lisa um und schenkte ihr ein erleichtertes Lächeln.

Auch Lisa lächelte zufrieden. Sie bat die Klasse in freundlichem, aber bestimmtem Ton, sich zu setzen und ihre Materialien auf den Tisch zu legen: das Zeichen, dass die Stunde nun offiziell begann.

»Franziska«, wandte sie sich an ein Mädchen in der ersten Reihe, das hektisch noch ein letztes Heft auf den Tisch legte, ehe es nach vorn sah. »Würdest du Frau Kross bitte das Plakat vorstellen, das wir bereits für unsere beiden Hauptpersonen angelegt haben?«

Franziska nickte eifrig, sprang auf und eilte zur hinteren Wand des Klassenzimmers, um dort ein großes, blaues Poster aus einem Schrank zu holen. Mit kleinen, schnellen Schritten brachte sie es nach vorn zu Emma. Sie warf ihr einen nervösen Blick zu. Emma lächelte aufmunternd, in der Hoffnung, ihr die Angst dadurch ein bisschen nehmen zu können.

»In unserer Geschichte soll es um Maximilian und Johanna gehen«, begann Franziska zu erklären, zuerst leise und stockend. Doch ihre Stimme wurde immer sicherer, als sie weitersprach und dabei auf die entsprechenden Stichpunkte auf dem Plakat deutete. »Maximilian ist Katholik und wohnt mit seinen Eltern in Regensburg. Dort lernt er Johanna kennen, eine Protestantin. Ihre Eltern haben im Krieg alles verloren, was sie besaßen, und sind nach Regensburg geflüchtet.«

»In welcher Zeit soll unsere Geschichte spielen, Tobias?«, fragte Lisa einen Jungen mit lockigem Wuschelkopf, als Franziska ihre Ausführungen beendet hatte.

»Sie beginnt 1625. Ähm ... also, im Dreißigjährigen Krieg.« Tobias sah seinen Banknachbarn hilfesuchend an. Dieser nickte sogleich zustimmend, und auch Lisa war mit der Antwort zufrieden.

Franziska hatte sich mittlerweile wieder an ihren Platz gesetzt, und Emma ließ sich mit dem Poster auf einem freien Stuhl am Fenster nieder. Zwar hatte sie bereits bei ihrer ersten Besprechung im Café von Lisa die wesentlichen Ideen erfahren, die die Klasse bereits gesammelt hatte; aber sie hier säuberlich aufgelistet zu sehen, regte ihre Phantasie an und ließ erste konkrete Vorstellungen aufkeimen. Als Lisa wieder das Wort ergriff, war es allerdings nicht mehr ganz einfach, sich auf diese literarische Inspiration zu konzentrieren. Emmas Gedanken verirrten sich allzu oft in eine ganz andere Richtung, die nur noch ansatzweise mit dem Roman zu tun hatte.

Während Lisa geschichtliche Daten und die Eckpunkte der Geschichte an der Tafel auflistete, die die Schüler ihr diktierten, hing auch Emmas Blick an der Tafel – aber nicht an den Buchstaben in weißer Kreide, sondern an der Frau, die sie fein säuberlich dort anbrachte. Ihre Augen verfolgten die flinken Bewegungen von Lisas Hand, wanderten über die leicht gebräunten Arme bis zu Lisas Gesicht, wo sie einen Moment verweilten.

Emma hatte ihre Schulfreundinnen früher stets belächelt, wenn sie aufgeregt über den jungen, neuen Lehrer getuschelt und eifersüchtig herumgezickt hatten, wenn er einer anderen Schülerin scheinbar mehr Aufmerksamkeit entgegenbrachte. Sie selbst hatte das Gefühl nie kennengelernt, sich in einen Lehrer oder in ihrem Fall in eine Lehrerin zu verlieben. Keine ihrer ehemaligen Lehrerinnen war ihr besonders attraktiv erschienen. Es waren eben ihre Lehrerinnen, mehr oder weniger nett, das war alles. Lisa dagegen ... Wenn sie eine Lehrerin wie Lisa gehabt hätte ...

Emma hielt kurz die Luft an, als sie sich bei diesem Gedanken ertappte, und sah zu Boden. Auch wenn sicherlich niemand mitbekommen hatte, welchen Tagträumen sie nachhing, spürte sie, wie ihr das Blut in die Wangen stieg.

»Wie fandst du die erste Stunde?« Lisa stand dicht neben Emma, um den Strom Schüler vorbeizulassen, der aus dem Klassenzimmer in die Pause drängte. »Denkst du, wir bekommen das gemeinsam hin? Ist das Projekt in dieser Form problemlos umsetzbar?«

Emma konnte Lisas Arm an ihrer Seite spüren, während diese noch ein kleines Stückchen enger an sie heranrückte, um den Gang freizumachen. Sie drehte den Kopf zur Seite und sah den letzten Schülern nach, die aus dem Klassenzimmer hasteten.

Ehe sie sich wieder an Lisa wandte, tat sie einen tiefen Atemzug, um das Ziehen in ihrer Magengegend zu vertreiben. »Ich wusste ja vorher nicht, was genau auf mich zukommt«, beantwortete sie Lisas Frage, »aber ich bin sehr zuversichtlich. Die Schüler haben Spaß und vor allem gute Ideen. Eine sehr gute Ausgangslage also. Ich bin sehr optimistisch, was die Durchführbarkeit angeht.«

Lisa schien erleichtert, aber zugleich bildete sich eine Sorgenfalte auf ihrer Stirn. »Das Ganze ist für mich auch absolutes Neuland. Ein Jahr klingt so lang, aber für ein ganzes Buch ... ich weiß nicht so recht.«

»Du hast Bedenken, dass die Zeit nicht ausreichen könnte?«, fragte Emma überrascht. Das war das erste Mal, dass Lisa Zweifel zeigte.

Diese sah nachdenklich aus. »Du siehst ja, wie schnell zwei Unterrichtsstunden zu Ende gehen. Auch wenn die Schüler da anderer Meinung sind ... Die ganze Recherche allein benötigt schon sehr viel Zeit. Und der eigentliche Geschichtsunterricht soll natürlich nicht vernachlässigt werden.«

Emma sah zur vollgeschriebenen Tafel und nickte. »Die Recherchearbeit ist äußerst aufwendig, gerade für ein historisches Jugendbuch – das stimmt.« Sie strich sich über die Wange, während sie angestrengt überlegte. »Und wenn das Schreiben selbst auf den Nachmittag verlegt wird? Ich meine, die ganze Klasse kann ohnehin nicht gemeinsam Satz für Satz schreiben ... im Unterricht stehen eher das Ideensammeln und das Erstellen des Handlungsverlaufs im Vordergrund. Wie wäre es denn damit: Ich könnte eine Gruppe von Schülern nachmittags betreuen, die das Schreiben übernehmen wollen. Vielleicht einmal pro Woche?«

Lisa strahlte Emma an und stellte ihre Tasche, die sie sich gerade erst auf die Schulter gehievt hatte, zurück auf den Boden. »Das wäre großartig.« Gleich darauf schüttelte sie vehement den Kopf. »Aber nein – ich will dir nicht mehr Arbeit aufhalsen, als vorher abgesprochen war. Ich bin froh, dass du dieses Projekt überhaupt unterstützen willst.«

»Lisa, ich meine es ernst. Wenn sich ein paar Schüler bereit erklären, außerhalb der Schulzeit an dem Buch zu arbeiten, bin ich sofort dabei. Und zwar wirklich gern«, wiederholte Emma nachdrücklich ihr Angebot. »Wir wollen doch alle, dass die Geschichte den Vorstellungen der Schüler entspricht und richtig gut wird. Und mir macht die Arbeit mit ihnen Spaß, das habe ich heute schon festgestellt. Also warum nicht?«

Lisa überlegte kurz. »Wir können uns gern mit der Betreuung

der Gruppe abwechseln«, meinte sie dann. »Unter dieser Bedingung nehme ich dein Angebot an. Dann frage ich am besten morgen gleich mal in der Klasse nach, wer sich dieser Gruppe anschließen würde, okay? Ich habe da schon ein paar Kandidaten im Kopf, die besonders begeistert bei der Sache sind. Die würden sicherlich gern auch mal nachmittags hierbleiben, um sich noch mehr einzubringen.«

»Gib mir einfach Bescheid, wann ich wo sein soll«, lächelte Emma. Dabei ertappte sie sich dabei, wie sie bereits wieder viel zu lange Lisas Blick gefangen hielt.

Aber sie konnte nicht anders. So sehr sie sich auch dagegen wehrte.

11

Siebzehnter Oktober. Sekundenlang starrte Emma auf das Kalenderblatt, dann riss sie es ab und zerknüllte es. Genau in diesem Moment hätte sie eigentlich das Flugzeug Richtung Dublin besteigen und sich auf ein paar gemeinsame Tage freuen sollen. Genau genommen auf die erste von vielen gemeinsamen Reisen in den nächsten Monaten, von denen sie mit Kathrin schon so lange geträumt hatte.

Die beiden Flugtickets lagen unberührt neben ihrem neuen Reisepass, den sie extra vor ein paar Wochen noch beantragt hatte, auf Emmas Schreibtisch. Doch die Plätze im Flugzeug würden leer bleiben.

Mit einer zornigen Handbewegung wischte Emma die Tickets vom Schreibtisch und mit ihnen all die herumliegenden Dokumente, Stifte und Bücher. Sie wollte stark sein, wollte dem Kummer und der Verzweiflung nicht die Oberhand lassen. Aber es war so schwer ... Schon spürte sie die Tränen aufsteigen, und ein dicker Kloß bildete sich in ihrer Kehle.

Wie sollte sie jemals wieder einer Frau vertrauen, nachdem Kathrin ihr Vertrauen so grausam zerstört hatte? Wie sollte sie sicher sein, dass sie nicht erneut so tief verletzt werden würde, wenn sie ihr Herz ein weiteres Mal öffnete? Es war völlig klar: Nur sie selbst konnte sich schützen, indem sie ihr Herz abschottete und der Liebe keinen weiteren Eintritt in ihr Leben erlaubte.

Durch tränenverschleierte Augen sah Emma auf das Chaos, das sie angerichtet hatte. Sie hob ein paar Blätter auf und legte sie zurück auf den Schreibtisch. Als sie jedoch gerade nach den Büchern greifen wollte, ließ das Klingeln ihres Handys sie zusammenschrecken.

Sie ließ das Buch, das sie schon in der Hand gehabt hatte, zurück auf den Boden fallen und atmete tief durch. Erst dann ging sie in die Küche, um dem viel zu schrillen Geräusch ein Ende zu bereiten.

»Kross«, meldete sie sich mit leicht zitternder Stimme.

»Hey, Emma, hier ist Lisa.« Die fast schon vertraute, fröhliche Stimme am anderen Ende der Leitung ließ Emmas Atem für einen Moment stocken. »Ich wollte mich doch wegen der Nachmittagsgruppe bei dir melden.«

»Ähm, ja, genau«, brachte Emma nur hervor. Sie legte ihre kühle Hand über die geschwollenen Augen.

Für einen kurzen Augenblick herrschte Stille in der Leitung. Dann fragte Lisa vorsichtig: »Störe ich gerade? Ich kann auch gern später wieder anrufen, wenn es gerade nicht so passt, kein Problem.«

»Nein, nein, du störst nicht«, erwiderte Emma rasch. »Hast du denn etwas erreicht?«

»Ja, allerdings. Vier Mädchen und zwei Jungen würden gern die Arbeit übernehmen. Wir hatten an Donnerstagnachmittag, ab etwa vierzehn Uhr gedacht, wenn du Zeit hast? Dann könnten die Schüler nach der letzten Stunde noch eine kleine Mittagspause einlegen, bevor es mit dem Schreiben losgeht.«

»Donnerstagnachmittag? Ja, das sollte passen«, antwortete Emma so kurz wie möglich. Doch das Zittern in ihrer Stimme bekam sie kaum unter Kontrolle.

»Emma, ist alles in Ordnung bei dir?« Jetzt klang Lisa besorgt. »Ich ... oh, tut mir leid. Das geht mich wirklich nichts an.«

Emma schluckte hart, und der Kloß in ihrem Hals wurde zumindest etwas kleiner. »Alles in Ordnung, wirklich. Mir fällt heute nur einfach die Decke auf den Kopf, das ist alles.« Etwas Besseres fiel ihr nicht ein. Aber was hätte sie auch sonst sagen sollen? *Ich heul mir gerade die Augen aus wegen einer Frau, die mich eiskalt von einem auf den anderen Tag gegen eine neue Arbeitsstelle eingetauscht hat?*

Sie kannte Lisa kaum. Und Lisa kannte ihre Geschichte nicht, sie hatte keine Ahnung, was vorgefallen war, und das war auch gut so. Sie waren Arbeitskolleginnen, mehr nicht. Privates hatte in diesem Gespräch nichts verloren.

Nach kurzem Schweigen sagte Lisa: »Weißt du was, ich bin gerade in der Stadt unterwegs. Also, wenn du willst – ich hätte nichts gegen Gesellschaft einzuwenden.«

Das kam nun doch sehr überraschend. Der Gedanke, mit Lisa den Nachmittag zu verbringen, war schön, sehr schön sogar, wenn Emma ehrlich war. Doch sie fühlte sich leer und ausgezehrt, ohne jede Energie und unfähig, unter Leute zu gehen.

»Ich bin heute wohl keine allzu gute Gesellschaft«, versuchte Emma das Angebot vorsichtig abzulehnen. Es war besser so.

Aber Lisa ließ sich nicht so leicht abwimmeln. »Ach, komm schon. Frische Luft und ein kleiner Spaziergang haben noch immer geholfen, schlechte Gedanken zu verdrängen.«

Emma sah sich in ihrer Wohnung um. Nichts als Leere und Stille. Ein Ort, der sie an diesem Tag nur noch mehr runterziehen würde, das wusste sie.

»Dann hoffe ich doch sehr, dass du recht behältst«, gab Emma schließlich nach und bemühte sich, optimistisch zu klingen. Vielleicht tat ihr etwas Ablenkung tatsächlich gut. »Treffen wir uns in etwa einer halben Stunde an der alten Wurstkuchl?«

Die Sonnenstrahlen gaukelten einem den schönsten Sommertag vor, und solange man die fallenden Herbstblätter und die fast schon eisigen Temperaturen außer Acht ließ, hätte man diesem idyllischen Eindruck beinahe Glauben schenken können. Doch die Realität sah anders aus. Emma klappte den Kragen ihres Mantels nach oben, um sich gegen den beißenden Wind zu schützen, der unbarmherzig durch die engen Gassen pfiff.

Normalerweise wäre ihr bei so einem Wetter nichts lieber

gewesen als ein warmes Kaminfeuer und eine Tasse heißer Tee. Doch bei dem Gedanken daran, wer sie in wenigen Augenblicken erwarten würde, spürte sie die Kälte kaum.

Lisas Anruf war ihre Rettung gewesen. Hätte sie sich nicht gemeldet, dann hätten die tristen Gedanken Emma vermutlich von Minute zu Minute weiter in einen Sumpf aus Kummer und Selbstmitleid gezogen. Sie hätte mit sich selbst oder einem Glas Wein über die Liebe philosophiert und wäre zwangsläufig zu einem vernichtenden Fazit gekommen: Liebe ist etwas für Masochisten oder Verrückte.

Nun schlenderte sie die letzten Meter der Straße Richtung Wurstkuchl entlang. Kurz bevor sie das kleine, historische Gebäude erreichte, hielt sie inne und sah um die Ecke Richtung Donau.

Der Duft von Bratwürsten und Sauerkraut lag in der Luft. Doch Emma nahm ihn kaum wahr. Im sicheren Schatten des Gebäudes verweilend, hatte sie nur Augen für die Frau, die neben dem Eingang wartete. Ihre schulterlangen blonden Haare waren vom Wind ganz zerzaust.

Emma musste lächeln. Zum ersten Mal an diesem Tag musste sie tatsächlich lächeln.

Hatte Lisa nicht gesagt, frische Luft würde ihr guttun? Wie recht sie gehabt hatte. Emma sah zu, wie der Wind mit Lisas Haaren spielte, und es tat ihr tatsächlich gut, es erfüllte die Leere in ihr mit einem angenehmen Kribbeln. Sie lehnte sich gegen die kalte Steinmauer und versank regelrecht in Lisas Anblick.

Erst nach ein paar Minuten riss sie sich aus ihrem Versteck los und ging langsam die letzten Schritte auf Lisa zu. Als diese Emma entdeckte, versuchte sie hektisch, ihre Haare unter Kontrolle zu bringen.

»Lass doch, die Frisur steht dir«, sagte Emma schmunzelnd. Am liebsten hätte sie die Hand ausgestreckt, um Lisa ein paar Strähnen aus dem Gesicht zu streichen.

»Ich weiß nicht«, lachte Lisa verlegen, »ich will Tina Turner lieber keine Konkurrenz machen.«

Wie schon zuvor verschlug Lisas Lachen Emma die Sprache. Sie musste sich abwenden und sah den Weg an der Donau entlang hinab, einem alten Ehepaar hinterher, das Händchen haltend spazieren wankte. Wie schaffte Lisa es nur, sie mit wenigen Worten oder einem einzigen Lächeln so aus der Fassung zu bringen? Ein Lächeln konnte der Anfang vom Ende sein ...

Mit einem Mal wurde ihr das Herz schwer wie Blei. Ein Lächeln, Sympathie, Anziehung oder etwas mehr – und was blieb zum Schluss? Nichts als endloser Schmerz und Narben. So lief es doch jedes Mal. Und genau das war es, was Emma nicht noch einmal wollte.

»Emma? Hallo! Woran denkst du denn gerade?« Lisa hatte eine Hand auf Emmas Oberarm gelegt. Erst jetzt bemerkte Emma, dass sie mit ihren Gedanken offenbar eine ganze Weile weit weg gewesen war.

»An Kaminfeuer und heißen Tee«, sagte sie schnell und hoffte, nicht zu erröten bei dieser kleinen Notlüge. Aber schließlich konnte sie Lisa kaum erzählen, an was – oder besser gesagt, an wen – sie gerade wirklich gedacht hatte.

»Kaminfeuer und heißer Tee, hmm ... was würdest du dazu sagen, wenn ich mit beidem dienen könnte?« Lisas Augen strahlten Emma an.

Emma lächelte. »Du meinst so richtig schönes, knisterndes, wärmendes Feuer und dazu eine Tasse heißen, dampfenden Tee? Wo willst du denn das so schnell hernehmen?« Sie vergrub ihre kalten Hände in der Jackentasche. »Lagerfeuer an der Donau?« Ihre Hände hätten nichts dagegen einzuwenden gehabt. Sie war so kopflos aus ihrer Wohnung gerannt, um der Enge und der Einsamkeit zu entfliehen, dass sie an Handschuhe nicht gedacht hatte.

»Lagerfeuer klingt zwar gut, aber ... nein. Lass dich doch einfach überraschen.« Lisa zwinkerte geheimnisvoll, hakte sich bei Emma unter und zog sie entschlossen mit sich.

»Du hast wirklich nicht zu viel versprochen«, stellte Emma fest. Sie stand in Lisas Wohnung vor dem prasselnden Feuer im Kamin und wärmte ihre Hände, die sich noch immer anfühlten wie Eisklumpen und nur allmählich auftauten.

»Hast du etwa gedacht, ich bluffe?«, antwortete Lisa in gespielt vorwurfsvollem Ton, als sie mit zwei Tassen Tee aus der Küche zu Emma ins Wohnzimmer zurückkam und sich neben sie ans Feuer stellte.

Emma schüttelte lächelnd den Kopf und nahm eine der Tassen entgegen. »Natürlich nicht. Aber schön hast du es hier. Richtig gemütlich.« Sie ließ ihren Blick durch das einfach, aber sehr behaglich eingerichtete Zimmer wandern. »Der Kamin und alles ... es hat etwas Skandinavisches, finde ich. Das gefällt mir.«

»Meine Mitbewohnerin stammt ursprünglich aus Schweden«, erklärte Lisa. »Sie wohnt zwar bereits seit ihrer Kindheit in Deutschland, aber man merkt, welches Herz in ihrer Brust schlägt. Und sie hat sich hier, was die Wohnungseinrichtung betrifft, so richtig ausgetobt. Das kommt dabei heraus, wenn man ihr freie Hand lässt.«

»Deine Mitbewohnerin?« Emma sah Lisa fragend an.

»Ja, wir wohnen seit der Studienzeit zusammen. Wir verstehen uns super und haben die WG bis heute aufrechterhalten. Ich meine, nur weil man kein Student mehr ist, heißt das doch noch lange nicht, dass man auch die schöne WG-Zeit aufgeben muss. Und Kosten sparen tut es auch.«

Lisas Mitbewohnerin war also nur eine Freundin, keine Lebensgefährtin. Erleichterung machte sich in Emma breit, die sie selbst ein wenig überraschte.

Um nicht weiter darüber nachdenken zu müssen, sah Emma sich erneut in Lisas Wohnzimmer um. Ihr Blick fiel auf ein kleines Regal in der Ecke, in dem sich alte Bücher stapelten. Neugierig ging sie ein paar Schritte darauf zu und deutete mit einer Handbewegung darauf: »Sind das deine? Wie alt sind diese Bücher?«

Lisa folgte Emmas Blick. »Die meisten stammen aus dem 19. Jahrhundert, Anfang 20. Jahrhundert. Alte Schulbücher, Klassiker der deutschen Literatur und so weiter. Ich habe ein Faible für alte Bücher, wie du sicher unschwer erkennen kannst. Ich habe jahrelang sämtliche Flohmärkte danach abgesucht.«

Interessiert stellte Emma ihre Tasse auf dem Kaminsims ab. »Darf ich sie mir vielleicht etwas genauer anschauen?«

»Klar, gern. Interessierst du dich für alte Bücher?« Lisa war Emma gefolgt und setzte sich auf die Couch, direkt neben das Regal.

Emma lachte. »Das fragst du eine Schriftstellerin?« Sie griff nach einem Buch. »Aber ich habe selbst nur wenige, zumindest was derart alte Schätze anbetrifft. Ich sammle eher alte Schallplatten.«

»Ach, wirklich? Was denn zum Beispiel?«

»Johnny Cash, Ella Fitzgerald, Muddy Waters ... Ich mag vor allem die gute alte Blues- und Jazzmusik, aber auch Rock'n'Roll aus den 50er und 60er Jahren. Man merkt einfach, wie viel Herzblut in dieser Musik steckt. Da kann selbst ich die Füße nicht stillhalten – und ich bin eigentlich ein ausgesprochener Tanzmuffel.« Emma grinste, als sie vorsichtig das alte Schulbuch aufschlug und die ersten Seiten umblätterte.

Als sie nach einigen Augenblicken von dem Buch aufsah, stand Lisa direkt neben ihr. Emma hatte sie nicht aufstehen hören. Sie sah Emma einfach an, ohne etwas zu sagen.

Unvermittelt begann Emmas Herz heftig zu klopfen. Sie versuchte sich wieder auf das alte Buch zu konzentrieren, das sie fester umklammerte als nötig. Doch die Buchstaben schienen vor ihren Augen zu verschwimmen. Ihr wurde schwindelig.

Als Lisa ihr das Buch vorsichtig aus der Hand nahm und zur Seite legte, suchte Emma panisch nach etwas, woran sie Halt finden könnte. Doch ehe sie sich bewegen konnte, hatte Lisa ihr bereits die Hände auf die Taille gelegt. Nur wenige Zentimeter trennten sie voneinander. Der Schwindel verstärkte sich. Ein Kribbeln braute sich in Emmas Magen zusammen, drang in ihre Arme und Beine vor bis in die Fingerspitzen und drohte sie vollkommen zu überwältigen.

Lisa beugte sich noch ein wenig näher zu ihr, bis ihre Wange Emmas sanft berührte. »Ich bin froh, dass du hier bist«, hörte Emma Lisas Stimme ganz nah an ihrem Ohr. Das Kribbeln verwandelte sich in zuckende Blitze.

»Ich ... ich auch«, stammelte Emma. Sie versuchte ruhig zu atmen. Aber es misslang gründlich. Lisas Wärme hüllte sie ein, jede noch so kleine Berührung sandte Stromstöße durch ihren Körper.

Wie automatisch legte Emma die Arme um Lisa, ohne genau zu wissen, was sie hier tat. Sie kannte Lisa doch kaum. Sie waren Fremde. Lisa war eine Arbeitskollegin, mehr nicht. Und noch dazu war Emma vor wenigen Stunden noch am Boden zerstört gewesen. Wegen Kathrin.

Kathrin? Wer war das noch mal? Lisa hatte das Wunder vollbracht, die düsteren Erinnerungen gänzlich zu vertreiben. Einfach durch ihre Anwesenheit. Nirgends wäre Emma in diesem Moment lieber gewesen als hier, bei ihr. Alles andere schien mit einem Mal ganz weit weg. Warum sollte sie das nicht einfach genießen?

Langsam suchten sich Lisas Lippen ihren Weg zu Emmas und küssten sie so sanft, so behutsam, dass es eigentlich nur der Hauch einer Berührung war. Doch allein diese zarte Andeutung eines Kusses ließ Emma alles um sich herum vergessen. Sie hob eine Hand, legte sie in Lisas Nacken und zog sie ganz nah an sich heran. Berührte ihr Lippen erneut.

Vorsichtig begannen Lisas Finger an Emmas Seiten entlangzuwandern. Der Druck ihrer Lippen wurde stärker, fordernder, sie pressten sich aneinander …

Da fiel mit lautem Krachen die Wohnungstür zu. Erschrocken fuhren Emma und Lisa auseinander. Der innige Moment war dahin.

»Lasst euch nicht stören, Mädels! Ich bin gleich wieder weg.« Ein Emma unbekanntes Frauengesicht schob sich durch die Wohnzimmertür, auf dem sich ein breites Grinsen abzeichnete.

»Hast du noch nie etwas von Privatsphäre gehört?«, fuhr Lisa die Frau im Türrahmen scharf an, erntete aber lediglich ein schadenfrohes Glucksen.

»Keine Sorge, ihr seid mich schon wieder los. Ich hatte nur meine Tasche liegen lassen. Ich wünsche euch beiden noch viel Spaß«, flötete die Frau, und gleich darauf fiel die Tür hinter ihr erneut ins Schloss.

Emma schlug das Herz bis zum Hals. Sie ging ein paar Schritte durch das Zimmer und atmete tief ein und aus, um den Schreck zu verdauen. Nach einer Weile beruhigte sich ihr Puls tatsächlich ein wenig, aber das Gefühl der Verwirrung und Überforderung ließ sich nicht so leicht abschütteln. Wo war sie hier nur hineingeraten?

»Es tut mir leid, ich weiß nicht, was in sie gefahren ist«, versuchte Lisa die Situation zu retten.

Doch Emma konnte sie nur entschuldigend ansehen. »Ich gehe jetzt besser, sei mir nicht böse.« Sie griff nach ihrem Mantel und dem Schal.

Lisa stand an die Wand gelehnt vor ihr und fuhr sich durch die Haare. Ihr Gesichtsausdruck hatte fast etwas Verzweifeltes. »Emma, bitte bleib doch. Ich wusste nicht, dass ...«

»Es ist in Ordnung, Lisa. Du kannst doch nichts dafür. Ich glaube, es ist trotzdem besser, wenn ich jetzt gehe.«

Die Verzweiflung wich aus Lisas Blick. Sie kaute auf ihrer Unterlippe und sah Emma geknickt an. »Wir sehen uns also Donnerstag?«

Emma nickte und lächelte Lisa ein letztes Mal an, bevor sie sich umdrehte und aus der Wohnung verschwand.

Während sie sich immer weiter von Lisas Wohnung entfernte, schien sich Emmas Herzschlag mit jedem Schritt zu beschleunigen. Sie war sich kaum bewusst, dass sie wie ein aufgescheuchtes Tier durch die halbe Stadt hetzte. Ihr Gehirn war ebenso ausschließlich wie vergeblich damit beschäftigt, zu begreifen, was gerade passiert war.

Sie hatte Lisa geküsst. Und es hatte sich gut angefühlt. Genau genommen viel zu gut.

Wie konnte es sich gut anfühlen, nachdem Kathrin ihr Herz in kleine Stücke zerrissen hatte?

Kathrin war erst zwei Wochen weg. Zwei Wochen, in denen kein Tag vergangen war, an dem Emma nicht an sie hatte denken müssen. Und plötzlich war Lisa in ihrem Leben aufgetaucht und schaffte es irgendwie immer wieder, sie all das vergessen zu lassen. Und noch viel mehr.

Sie löste etwas in ihr aus, was sie vollkommen überrumpelte.

Emma wusste nicht, wie lange sie ziellos durch die Gassen der Altstadt gehastet war, aber irgendwann konnte sie nicht mehr und ließ sich erschöpft auf den kalten Stufen eines Brunnens nieder. Kaum saß sie ruhig da, war es ihr, als fühle sie Lisas weiche Lippen wieder auf den ihren. Allein die Erinnerung an den Kuss verursachte ein Kribbeln in ihr, das völlig neu schien, ja, das nicht einmal Kathrin bei ihr ausgelöst hatte in der letzten Zeit. Lisa hatte ihren Tag mit Licht erfüllt, wo Emma selbst nur Nebel gesehen hatte.

Aber auch wenn sie den Gedanken an das eben Geschehene nicht verdrängen konnte – gleichzeitig schob sich tief in ihr ein schwerer Riegel vor ihr Herz. So schön es auch gewesen war, es war gefährlich. Es durfte nicht wieder passieren.

12

Das gibt's doch nicht! Aber das ist doch … wow … ich weiß gar nicht, was ich sagen soll.« Astrid fiel Emma um den Hals und strahlte über das ganze Gesicht. »Oh Emma, ich freu mich so für dich.«

»Stopp, stopp, stopp – nein, Astrid, es ist nicht großartig.« Emma wand sich aus Astrids stürmischer Umarmung und hob abwehrend die Hände. »Gar nichts ist großartig. Verstehst du denn nicht?«

Astrid ließ die Arme fallen und sah Emma verständnislos an. »Nein, Emma, ich verstehe dich wirklich nicht. Du hast mir doch gerade eben noch erzählt, dass ihr beide einen wunderschönen Nachmittag zusammen verbracht habt.« Sie stemmte die Hände in die Hüften: »Du kannst wohl kaum bestreiten, dass es dir gefallen hat. Dein Lächeln, als du vorhin vor meiner Tür gestanden hast, hat doch schon alles gesagt.«

»Nein … ich meine, ja, wir hatten einen schönen Nachmittag.« Emma ließ sich auf einen der Stühle an Astrids Küchentisch fallen und fuhr sich durch die Haare. »Aber so weit hätte es trotzdem niemals kommen dürfen. Ich weiß gar nicht, warum ich das überhaupt zugelassen habe.«

»Ihr habt euch geküsst, na und? Davon geht doch jetzt nicht die Welt unter. Oder war es etwa so schlimm?«, scherzte Astrid. Doch Emmas Blick ließ sie sofort verstummen.

Emma seufzte tief, vergrub ihr Gesicht in den Händen und schüttelte langsam den Kopf. »Nein, es war wirklich sehr schön«, flüsterte sie kaum hörbar und seufzte erneut. »Aber ich will das nicht. Du hast doch gesehen, was Gefühle wert sind. Kathrin ist nach fünf Jahren einfach gegangen. Einfach so, ohne ein Wort zu sagen. Sie hat mich vor vollendete Tatsachen gestellt und unsere Beziehung abgehakt wie eine Einkaufsliste. Wenn das Liebe sein soll, dann nein danke, ohne mich. Ich will jetzt nicht in die nächste Enttäuschung stolpern.« Sie nahm die Hände vom Gesicht, legte sie auf den Tisch und ballte sie zu Fäusten.

Astrid hatte ihren bemutternden Blick aufgesetzt, den Emma nur allzu gut kannte und nicht unbedingt liebte. Dieser Blick leitete meist eine Moralpredigt ein.

»Nicht jede Frau ist wie Kathrin«, wetterte Astrid auch schon los. »Du darfst dir doch von ihr nicht das Recht nehmen lassen, wieder glücklich zu sein. Egal wann und mit wem. Das wäre ja noch schöner.«

Emma hätte sich am liebsten die Ohren zugehalten. Was brachte das? Sie kannte das doch alles schon.

»Astrid, ich meine es ernst. Ich will dieses ganze Gefühlstheater nicht mehr«, sagte sie müde. »Wie oft soll ich es dir denn noch sagen, bis du aufhörst, mir ständig diese Vorträge zu halten?« Die letzte Frage kam in schärferem Ton als beabsichtigt. Sofort bereute Emma ihre Gereiztheit – schließlich meinte Astrid es ja nur gut. »Kathrin hat mich gerade einmal vor wenigen Wochen verlassen«, fuhr sie etwas ruhiger fort und hoffte, dass das Thema damit erledigt war. Eigentlich wollte sie überhaupt nicht weiter darüber sprechen.

»Du sollst doch nicht gleich in die nächste Beziehung oder was auch immer springen«, gab Astrid zurück, »das sage ich doch gar nicht. Hab einfach Spaß und sei glücklich, egal wie.«

»So glücklich wie du?« Emma sah Astrid an der Nasenspitze an, dass diese noch einiges zu erzählen hatte. Astrids spitzbübisches Lächeln, als sie Emma vorhin die Tür geöffnet hatte, war allzu verräterisch gewesen. Und der Themawechsel kam Emma nun ohnehin gerade recht.

»Ich weiß gar nicht, was du meinst«, erwiderte Astrid unschuldig, doch das Lächeln bekam sie dabei kaum aus dem Gesicht.

»Ach, komm schon. Ich kenne dich doch. Leugnen hat gar keinen Zweck.« Emma streckte ihre Hand nach Astrids aus. »Wenn ich schon Pech mit der Liebe habe, lass mich wenigstens an deinem Glück teilhaben.«

Astrids Augen strahlten, als sie sich Emma gegenübersetzte und ihre Hand drückte. »Ach, Lotta ist einfach wundervoll«, begann sie, und ihre Stimme wurde dabei ganz sanft. »Sie ist so anders als die Frauen, die ich bisher getroffen habe. Sie ist aufmerksam, kreativ, interessant ...«

»Sie hat dir wohl ganz schön den Kopf verdreht«, stellte Emma fest, als Astrid eine kurze Pause machte und verträumt vor sich hin lächelte.

Astrid grinste nur. Aber sie musste gar nichts weiter sagen. Emma wusste auch so, dass ihre beste Freundin gerade auf Wolke sieben schwebte. Es war lange her, dass sie Astrid das letzte Mal so verliebt gesehen hatte.

Emma stand auf, ging einmal um den rustikalen Küchentisch und beugte sich hinunter zu Astrid, um sie in den Arm zu nehmen. »Ich freue mich so für dich. Das ist die beste Neuigkeit seit langem«, flüsterte sie ihr ins Ohr und drückte sie fest an sich.

»Und du könntest das auch haben, wenn du nur wolltest«, erwiderte Astrid, ohne Emma dieses Mal aus der Umarmung zu entlassen. »Ich will nur, dass du wieder lachen kannst. Nicht mehr und nicht weniger.«

»Ich weiß, Astrid. Aber momentan bin ich ohne das ganze Liebeschaos besser dran, glaub mir.« Emma ließ ihre Freundin los. »Ich brauche erst einmal etwas Zeit für mich. Ich muss mich darauf besinnen, was ich selbst will.«

»Na gut ... wenn du so davon überzeugt bist, lasse ich dich ab jetzt damit in Frieden. Dann habe ich jetzt aber noch einen kleinen Anschlag auf dich vor«, verkündete Astrid und schob Emma sanft zur Seite, um aufstehen zu können. »Lotta feiert morgen Abend ihren Geburtstag im *Line Eight,* und ich würde dich sehr gern dabei haben.«

»Ich auf Lottas Party? Aber ... ich kenne sie doch gar nicht. Und ich würde euch doch nur stören.« Emma stand beim besten Willen nicht der Sinn danach, das fünfte Rad am Wagen zu sein. Allein in der Ecke sitzen konnte sie auch zuhause, ohne dabei abschätzige Blicke zu kassieren. Und den beiden Turteltauben mit ihren Stimmungsschwankungen den Abend verderben, das wollte sie auch nicht.

»Bitte, Emma«, drängte Astrid. »Ich würde mich sehr freuen, wenn ihr beide euch kennenlernt. Und außerdem werden noch mehr Freunde und Arbeitskollegen von Lotta dort sein. Ich bin ja nicht der einzige Gast.« Diese Tatsache schien sie beinahe zu bedauern. Kein Wunder.

Doch Emma zögerte. »Ich weiß nicht. Die kenne ich doch auch alle nicht. Und außerdem – wer weiß, wie lange der Kurs morgen in der Schule dauert.« Es war eine verzweifelte Ausrede, die Astrid ihr bestimmt nicht abnehmen würde.

Und natürlich wischte diese sie sofort mit einer entschiedenen Handbewegung vom Tisch: »Du wirst die Schüler kaum bis neun Uhr abends in der Schule behalten, oder? Sie würden dich verfluchen. Und außerdem kennst du schließlich mich. Du bist doch sonst nicht so kontaktscheu, wenn es darum geht, neue Leute kennenzulernen.« Astrid setzte ihren Dackelblick auf.

Emma konnte sich ein Grinsen nicht verkneifen – Astrid hatte es wieder einmal geschafft. »Schon gut, ich werde vorbeischauen. Aber rechne nicht damit, dass ich allzu lange bleibe.«

»Das werden wir ja sehen«, lachte Astrid und ging zu ihrem Kühlschrank. »Ein kühles Bierchen zur Feier des Tages?«

13

Bist du mit den Kindern klargekommen, oder sind sie dir auf der Nase herumgetanzt? Sie waren heute im Unterricht schon so aufgedreht. Keine Ahnung, was mit ihnen los war.« Lisa half Emma, die nicht benötigten Blätter und Stifte aufzuräumen. Emma entging nicht, dass sie sie dabei kaum aus den Augen ließ.

Ihr war unbehaglich zumute unter diesen Blicken. Der Kuss und die überraschende Störung durch Lisas Mitbewohnerin schienen zwischen ihnen in der Luft zu hängen, geradezu greifbar. Doch keine der beiden hatte es bisher gewagt, die andere darauf anzusprechen.

Scherzhaft versuchte Emma die Stimmung aufzulockern: »Sehe ich etwa so aus, als könnte ich mir gar keinen Respekt verschaffen? Mit einer Lehrerin den Nachmittag in der Schule verbringen ist sicher nicht die Lieblingsbeschäftigung von Schülern, aber ich glaube, unsere erste Schreib-Session hat ihnen trotzdem viel Spaß gemacht.«

»Wahrscheinlich genau deshalb. Weil du eben nicht ihre Lehrerin bist, sondern in ihren Augen in erster Linie die Schriftstellerin bei diesem Projekt. Das ist ein großer Pluspunkt«, stellte Lisa fest und griff nach dem letzten Stift, den Emma in der Hand hielt.

Als sie dabei Emmas Hand kurz berührte, stellten sich die feinen Härchen auf Emmas Unterarm auf. Ein Schauer lief ihr über den Rücken. Schnell ließ sie den Stift los, zog ihre Hand zurück und begann geschäftig die Stühle im Raum zurechtzurücken, obwohl sie bereits ordentlich an ihren Plätzen standen.

Lisa schien Emmas Unsicherheit bemerkt zu haben. Sie legte die Packung mit den Stiften schwungvoll auf dem Tisch ab, genau vor Emmas Nase, so dass diese zusammenzuckte. »Wir müssen nicht darüber reden, wenn du das denkst. Es ist doch alles in Ordnung. Zumindest für mich.«

Emma senkte ertappt den Blick. »Über was reden?«

»Du weißt genau, was ich meine.« Lisa ging um den Tisch herum auf Emma zu, doch Emma wich im gleichen Moment reflexartig einen Schritt zurück.

»Es tut mir leid, ich kann das einfach nicht«, erwiderte sie mit zittriger Stimme. Sie wagte nicht, den Blick wieder zu heben, aus Angst davor, was sie vielleicht in Lisas Augen sehen würde.

Lisa war regungslos stehen geblieben und stützte sich mit einer Hand auf die Stuhllehne. »Was kannst du nicht, Emma?«

»Das hier. Ich meine …«, stammelte Emma und wusste selbst nicht genau, was sie sagen wollte. Wollte sie es denn wirklich nicht?

»Es war nur ein Kuss, Emma«, sagte Lisa sanft. »Zugegeben, ein sehr schöner Kuss. Aber …« Sie stockte und schien nach den richtigen Worten zu suchen. »Deshalb müssen wir doch nicht ein großes Gefühlsdrama daraus machen.«

Nun sah Emma doch überrascht auf. Mit dieser Reaktion hatte sie nun wirklich nicht gerechnet. »Müssen wir nicht?«

In ihr kämpfte Erleichterung mit einer gewissen Enttäuschung. Lisa bedeutete der Kuss offenbar nicht so viel, wie sie insgeheim gehofft hatte – ohne dass ihr das wirklich bewusst gewesen wäre. Doch Emma konnte ja selbst noch nicht so richtig einordnen, was der Kuss für sie bedeutete. Es war verwirrend.

»Nein, müssen wir nicht.« Lisa begann zu lächeln und näherte sich Emma langsam. Dieses Mal wich Emma nicht vor ihr zurück. »Ich fand den Tag mit dir wirklich schön, und ich hätte sicher nichts dagegen, dich näher kennenzulernen«, fuhr Lisa fort, »aber ich bin nicht der Typ Frau, der sich kopfüber in eine Beziehung stürzen will. Du musst dich also zu nichts verpflichtet fühlen.«

»Wenn das so ist ... dagegen hätte ich sicher auch nichts.« Emma hatte ihr Lächeln wiedergefunden. »Gegen das Kennenlernen meinte ich natürlich.«

»Gut, dann sind wir uns ja einig«, stellte Lisa zufrieden fest. »Ich bin kein Anhänger von komplizierten Beziehungen. Lass uns einfach genießen, was ist, okay?«

»Du hast recht. Es ist gut, wie es ist«, erwiderte Emma und bückte sich nach ihrer Tasche.

Lisa, die bereits an der Tür auf sie wartete, bemerkte grinsend: »Wobei dir diese Unsicherheit ganz gut steht.«

»Aber dir steht dieses schadenfrohe Grinsen nicht gut zu Gesicht«, konterte Emma überlegen. Als sie an Lisa vorbei aus dem Raum ging, schaute sie ihr tief in die Augen.

Kein Zweifel, mit dieser Situation konnte sie sich anfreunden. Sie genoss diesen Flirt in vollen Zügen. Zwischen ihr und Lisa lag eine Spannung in der Luft, die nicht zu leugnen war; doch da sie sich nun einig waren, das einfach so auszukosten, wie es war, brauchte Emma nicht zu fürchten, irgendwelche Grenzen zu überschreiten oder falsche Hoffnungen zu wecken. Es war gut, sich ausgesprochen zu haben. Und es sah ganz so aus, als habe Astrid recht gehabt: Manchmal war es am besten, zu genießen, was passierte, ohne allzu viel über die Folgen nachzudenken.

14

Emma stand an einem der hölzernen Stehtische in der Ecke der Kneipe und nahm einen Schluck von ihrem Bier. Von Minute zu Minute füllte sich die Kneipe mehr, so dass bald alle Tische belegt waren. Reges Treiben herrschte um sie herum.

Sie war früher hier als mit Astrid abgesprochen, und Astrid war daher auch noch gar nicht da. Doch Emma hatte es vorgezogen, hier zu warten. Wenn sie allein in ihrer Wohnung die Zeit totgeschlagen hätte, wäre sie nur der Versuchung verfallen, stundenlang zu grübeln. Hier war sie wenigstens unter Menschen.

Interessiert betrachtete sie die Leute um sich herum, verfolgte Bewegungen und Mimik einzelner Personen. Schon immer hatte Emma gern das Geschehen in ihrer Umgebung beobachtet. Schließlich bot das Leben selbst den besten Stoff für neue Geschichten. Und genau das machte ihre Arbeit aus: Sie wollte Augenblicke einfangen und wunderbare Geschichten daraus weben.

Selbstvergessen umklammerte Emma ihr Bier und hielt Szenen, Gestalten, Gesichtsausdrücke im Gedächtnis fest. Sie bemerkte erst, dass sie Gesellschaft bekommen hatte, als Astrid schon eine ganze Weile neben ihr gestanden und sie angestarrt haben musste.

»Frau Schriftstellerin beobachtet mal wieder unschuldige Menschen, die von ihrem Glück nichts wissen und irgendwann in einem ihrer Bücher landen?« Astrid folgte Emmas Blick zu einem Tisch voller junger Menschen, vermutlich einer Gruppe Studenten, die mit ihren Getränken anstießen und lauthals gegen die Musik anschrien.

»Ich habe mir nur die Zeit vertrieben«, erwiderte Emma. Verwundert sah sie sich nach Astrids Begleitung um. »Bist du allein gekommen?«

»Lotta kommt erst gegen halb neun, wenn du das meinst. Sie muss noch auf ihre Mitbewohnerin warten oder so.« Astrid sah zur Tür, in der offensichtlichen Hoffnung, dass sich diese jeden Moment öffnen und ihrer Sehnsucht ein Ende bereiten könnte.

»Soll ich dir etwas zu trinken holen? Zur Überbrückung sozusagen?«, bot Emma ihr an und griff nach ihrer eigenen Bierflasche, die bereits leer war.

»Ja, danke. Dann für mich bitte auch ein Bier«, stimmte Astrid zu, ohne dabei ihren Blick von der Tür abzuwenden.

Grinsend bahnte sich Emma einen Weg zur Theke. Astrids ungewohnte Aufregung war beinahe ansteckend. Das an sich war schon bemerkenswert, denn wenn es um Frauen ging, war Astrid eigentlich eher der abgeklärte Typ. Sie nahm die Dinge, wie sie kamen, und hatte daraus nie ein großes Drama gemacht. Frauen kamen und gingen, doch schon lange hatte Astrid keine näher an sich herangelassen. Beziehungen, sagte sie, seien nicht ihr Ding. Sie liebte ihre Freiheit. Aus diesem Grund war es in letzter Zeit nie zu mehr als flüchtigen Affären gekommen.

Doch Lotta hatte es anscheinend geschafft, Astrids harte Schale zu knacken. Und Emma wusste, dass dies etwas zu bedeuten hatte.

Als sie mit zwei Bier in der Hand zu ihrem Tisch zurücksteuerte, sah sie, dass Astrid nicht mehr allein war. Die Frau dicht neben ihr, mit der sie offenbar in ein angeregtes Gespräch vertieft war, konnte Emma von weitem in der dunklen Ecke kaum erkennen. Doch dann drehte die Frau ihr Gesicht ein wenig in ihre Richtung, und Emma fielen fast die Bierflaschen aus der Hand.

Das konnte doch nicht wahr sein!

Woher kannte Astrid Lisas Mitbewohnerin? Und warum musste diese gerade heute Abend hier auftauchen?

Emma stand mit offenem Mund da. Ihr Kopf war völlig leer, sie hatte keine Ahnung, was sie sagen oder tun sollte.

Die Frau hatte sie nun auch gesehen und allem Anschein nach wiedererkannt, denn sie hob grinsend die Hand. Astrid zwinkerte Emma vielsagend zu. Das konnte nur bedeuten, dass es sich bei der Frau um Lotta handeln musste.

Am liebsten hätte Emma schleunigst die Flucht ergriffen. Das war doch alles ein blöder Scherz!

Hilfesuchend sah sie sich um, aber sie wusste, dass sie keine andere Wahl hatte, als an den Tisch zurückzukehren. Schließlich konnte sie Astrid nicht einfach ohne Erklärung stehen lassen und abhauen.

Sie atmete ein paarmal tief durch, umklammerte die beiden Flaschen noch fester und ging auf die beiden zu. Dabei versuchte sie ihre Unsicherheit wegzulächeln und gelassen zu wirken. Ganz anders als Astrid, die über das ganze Gesicht strahlte, als Emma endlich bei ihnen angekommen war und die beiden Bier auf den Tisch stellte.

»Emma, das ist Lotta. Lotta, das ist Emma«, stellte Astrid die beiden einander vor, und Emma reichte der Frau ihre Hand über den Tisch.

»Freut mich, dass wir uns kennenlernen«, sagte sie mit fester Stimme und fixierte Lottas Blick.

»Mich auch«, erwiderte Lotta grinsend. »Letztes Mal musste ich leider viel zu schnell wieder weg. Schade eigentlich.«

Astrids Augen weiteten sich überrascht. Ihr Blick zuckte zwischen Lotta und Emma hin und her. »Das gibt's doch nicht. Ihr kennt euch?«

»Wir hatten bereits das Vergnügen. Allerdings viel zu kurz und ohne uns vorstellen zu können.« Lotta hielt Emmas Hand immer noch in einem festen Griff, und ihr Grinsen wurde noch breiter, falls das überhaupt möglich war.

Emma zog ihre Hand zurück. »Im Prinzip kennen wir uns gar nicht«, stellte sie nachdrücklich klar.

Astrid sah Emma eindringlich an. Ganz offensichtlich wusste sie nicht, was sie von der Situation halten sollte.

»Ich erzähl dir ein andermal, was passiert ist«, flüsterte Emma ihr beschwichtigend zu und schob schnell hinterher: »Sie ist wirklich toll.«

Der Versuch, Astrid zu beruhigen, war erfolgreich. Sichtlich entspannt griff diese nach Lottas Hand, die auf dem Tisch ruhte.

Emma verfolgte die Szene mit einem Lächeln. Auch Lotta schien Astrids Nähe sehr zu genießen. Es war richtig süß, wie die beiden ineinander aufgingen. Nach kurzer Zeit hatten sie nur noch Augen füreinander und Emma allem Anschein nach vergessen.

Erst jetzt beruhigte sich Emmas Herzschlag. Was für ein Schreck … Das Leben hatte sich einmal mehr für sehr witzig gehalten. Doch so glücklich wie Astrid mit Lotta war, würden sie sich bestimmt noch öfter über den Weg laufen. Also war es wohl das Beste, die erste, eher missglückte Begegnung mit Humor zu sehen und unter der Kategorie »dumm gelaufen« einzuordnen.

Emma ließ ihren Blick erneut durch die Kneipe wandern – und dann erinnerte sie sich. Hatte Astrid nicht vorhin erzählt, dass Lotta ihre Mitbewohnerin zu dieser Feier mitbringen wollte? Also Lisa? In diesem Moment war ihre Gelassenheit endgültig Geschichte.

Mit erneut wild klopfendem Herzen suchte sie angestrengt jeden Winkel der Kneipe ab. Aber keine Spur von Lisa. Vermutlich hatte die es sich anders überlegt – oder hatte etwas Besseres vor.

Aber etwas Besseres als die Geburtstagsfeier ihrer Mitbewohnerin? Das konnte sich Emma auch nicht vorstellen, so wie Lisa von ihrer engen Freundschaft zu Lotta gesprochen hatte. Sie erwog kurz, Lotta einfach nach Lisa zu fragen. Doch bei der Erinnerung an Lottas schadenfrohes Grinsen, als sie sie beide miteinander erwischt hatte, verwarf sie die Idee schnell wieder.

Nach einer kleinen Ewigkeit – Emma kam es zumindest so vor – lösten sich Astrid und Lotta aus ihrer Zweisamkeit, und Lotta ging ihren gastgeberischen Pflichten nach und nahm weitere Gäste in Empfang, die in die Kneipe strömten und das Geburtstagskind begrüßten. Zurück blieb Astrid mit einem Honigkuchenpferdgrinsen, das man vermutlich auch am anderen Ende der Stadt noch sehen konnte.

»Ist sie nicht toll?«, schwärmte sie, als sie und Emma wieder allein am Tisch standen.

Emma sah Lotta nach und nickte. »Sie macht dich glücklich. Also ist sie es wohl.«

Astrid nickte ebenfalls und sah Emma neugierig an. »Was hatte das vorhin eigentlich zu bedeuten?«

»Was meinst du?« Emma wusste ganz gut, was Astrid meinte. Aber es war nicht unbedingt das, worüber sie jetzt sprechen wollte.

»Dass ihr euch bereits kennt«, erklärte Astrid. »Oder nicht kennt. Oder wie auch immer.«

»Ach, das. Das ist gar nicht so wichtig«, wehrte Emma ab und sah betont unbeteiligt zu der großen Uhr über dem Tresen.

»Mich würde es aber schon interessieren«, bohrte Astrid nach und stupste Emma in die Seite. »Jetzt erzähl schon. Woher kennst du Lotta?«

Es half alles nichts, Astrid würde keine Ruhe geben. Emma räusperte sich. »Lotta ist Lisas Mitbewohnerin. Und sie ist gerade ins Wohnzimmer geplatzt, als ...«

»Als ihr euch geküsst habt?«, vollendete Astrid den Satz und begann zu lachen.

Emma sah ihre Freundin vorwurfsvoll an. »So lustig ist das nun auch wieder nicht.«

»Na ja ... die Vorstellung ist schon ziemlich lustig. Aber nun mal ernsthaft, das ist doch nicht schlimm. Vielleicht hätte Lisa es ihr sowieso erzählt.«

In Emmas Magen begann es bei diesem Gedanken heftig zu ziehen. Wahrscheinlich hatte Lotta Lisa danach ohnehin bereits gelöchert und wusste bestens Bescheid ...

»Lisa kommt später übrigens auch noch. Sie hatte noch etwas zu erledigen, deshalb ist Lotta doch allein gekommen«, fuhr Astrid fort und lächelte. »Sie wird sich bestimmt freuen, dich hier zu sehen.«

»Ich glaube, ich gehe bald nach Hause«, erwiderte Emma mit einem erneuten Blick auf die Uhr.

Doch Astrid widersprach vehement. »Nichts da, meine Liebe. Du bringst dich selbst um einen schönen Abend. Die Feier geht doch jetzt erst richtig los.« Sie legte eine Hand auf Emmas Rücken. »Hast du denn schon wieder vergessen, was ich dir gesagt habe? Du sollst dich nicht wieder zuhause verkriechen und vor dem davonlaufen, was dir in Wahrheit guttut.«

Emma vergrub ihre Hände in den Hosentaschen und straffte die Schultern. »Okay, bevor du mich noch zwanzigmal daran erinnerst – ich bleibe noch ein bisschen. Zufrieden?«

»Sehr zufrieden sogar«, nickte Astrid lächelnd. Dann deutete sie mit einem Zwinkern zum Eingang. »Aber vor allem wünsche ich dir jetzt einen wunderschönen Abend.«

Emmas Blick folgte Astrids Geste und blieb wie gebannt an der Tür des Lokals kleben.

Lisa hatte sich soeben einen Weg in die inzwischen brechend

volle Kneipe gebahnt und sah sich suchend um. Ein paarmal hob sie die Hand zum Gruß, stellte sich auf Zehenspitzen und lächelte, als sie Lotta endlich entdeckte.

Die beiden begrüßten sich mit einer Umarmung, und Emma entging nicht, dass Lotta anschließend mit einer Kopfbewegung in Richtung ihres Tisches deutete. Tuschelnd steckten beide die Köpfe zusammen. Als Lotta sich wieder zu einer Gruppe Männer gesellte, schaute Lisa in Emmas Richtung und lächelte ihr umwerfendes Lächeln.

Ihre Blicke trafen sich. Emmas Herz machte einen kleinen Sprung.

Sanft strich Astrid mit der Hand über Emmas Rücken und beugte sich zu ihr. »Ich gehe dann mal zu Lotta. Wir sehen uns später wieder.«

Als Astrid sich von Emmas Seite entfernte und an Lisa vorbei zu Lottas Gruppe ging, nickte sie Lisa lächelnd zu. Dann war sie auch schon in der Menschenmenge verschwunden.

Auch Lisa sah Astrid noch kurz hinterher, ehe sie sich auf den Weg zu Emma machte. Für einen kurzen Moment hielt Emma die Luft an. Lisa sah atemberaubend aus. Die wild zerzausten Haare fielen ihr strähnig ins Gesicht, und ihre Augen strahlten wie Sterne, als sie Emma ansah. Das Jeanshemd, das sie zu der locker sitzenden Chinohose trug, schmeichelte ihrer sportlichen Figur.

Emma konnte ihren Blick nicht von Lisa abwenden. Sie merkte, wie ihre Hände feucht wurden, und spielte nervös mit ihrem Bierdeckel. Jetzt bloß nicht die Kontrolle verlieren.

»Ich wusste gar nicht, dass du heute auch hier bist«, begrüßte Lisa Emma und blieb nur wenige Zentimeter vor ihr stehen.

»Und ich wusste nicht, dass Lotta deine Mitbewohnerin ist«, entgegnete Emma mit einem Grinsen. »Ich bin eigentlich nur hier, weil Astrid mich dazu überredet hat.«

Lisa nickte wissend. »Dann warst du wohl ziemlich überrascht, Lotta so schnell wiederzusehen.«

»Das kann man wohl sagen«, bestätigte Emma und schüttelte den Kopf. »Das Leben steckt voller verrückter Zufälle.«

»Zum Glück aber auch voll schöner Überraschungen«, fügte Lisa hinzu und biss sich auf die Unterlippe.

Emma konnte nicht anders, als Lisa ununterbrochen anzusehen. Sie hatte absolut nicht damit gerechnet, ihr so schnell wieder zu begegnen, aber sie hatte auch nichts dagegen. Ganz und gar nicht. Wenn sie ehrlich war, hatte sie es insgeheim bedauert, dass es bis zu ihrem Wiedersehen in der nächsten Unterrichtsstunde noch mehrere Tage dauern würde.

Doch nun stand Lisa mit diesem bezaubernden Lächeln vor ihr, das ihr Herz unweigerlich höher schlagen ließ. Sie musste sich regelrecht zwingen, sich nicht darin zu verlieren.

»Möchtest du etwas trinken? Ich würde dich gern einladen«, durchbrach sie das kurze Schweigen.

Damit holte sie offenbar nicht nur sich selbst, sondern auch Lisa in die Realität zurück. Lisa gab sich einen sichtbaren Ruck und deutete auf einen Tisch in der anderen Ecke des Lokals, der gerade frei geworden war: »Wenn du dich dafür mit mir an den freien Tisch dort hinten setzt?«

»Gern«, lächelte Emma, »ich bin gleich bei dir.«

Als Emma wenige Minuten später mit den Getränken zu ihr an den Tisch kam, stellte Lisa zufrieden fest: »Hier ist die Musik wenigstens etwas leiser, und man versteht sein eigenes Wort, ohne sich anschreien zu müssen.«

Emma nickte zustimmend. »Ich glaube, ich werde langsam alt. Vor ein paar Jahren konnte mir die Musik nicht laut genug sein.«

»Wem sagst du das«, lachte Lisa. »Aber schließlich müssen wir ja mittlerweile ein gutes Vorbild für unsere Schüler abgeben.«

Emma verzog amüsiert die Lippen. »Wenn deine Schüler wüssten, dass du es faustdick hinter den Ohren hast ...«

Ein gespielt empörter Blick traf Emma. »Was willst du mir jetzt damit sagen?«

»Ach, ich glaube, das weißt du ganz gut«, feixte Emma und hob ihr Glas, um mit Lisa anzustoßen.

Lisa zwinkerte ihr zu und griff ebenfalls nach ihrem Getränk. »Glaub ja nicht, dass ich deine Unterstellungen einfach so hinnehme.«

Die Zeit verging wie im Flug. Lange hatte Emma nicht mehr so viel und herzlich gelacht und sich so frei gefühlt, wie sie es an diesem Abend mit Lisa tat. Es war, als habe sich ein Schalter umgelegt oder eine Tür geöffnet, die sie bisher daran gehindert hatte, Lisas Nähe zuzulassen. Plötzlich schienen die ganze Verzweiflung und der Kummer der letzten Wochen weit weg, als hätte es sie nie gegeben. Mit Lisa schien das alles völlig bedeutungslos.

Astrid und Lotta beobachteten sie ab und zu aus sicherer Entfernung, aber Emma bekam nichts davon mit. Sie hing förmlich an Lisas Lippen.

»Manche würden es auch Freundschaft mit kleinen Extras nennen«, schmunzelte Lisa gerade und sah Emma mit einem Blick an, der ihr ganz schwindlig werden ließ. »Hast du noch nie davon gehört?«

Emma hob fragend eine Augenbraue. Ihr Puls beschleunigte sich, als sie sich vorsichtig erkundigte: »Und was ist dann der Unterschied zu einer Beziehung?«

»Man verbringt Zeit miteinander, genießt die gemeinsamen Stunden, doch die Liebe wird aus dem Spiel gelassen. Mit der Liebe kommen doch meistens erst die Probleme ... all die Verpflichtungen und die Abhängigkeit voneinander. Nur Freundschaften haben doch wirklich Bestand – oder sehe ich das falsch?«

Emma traute ihren Ohren kaum. Das klang gewagt. »Und so etwas soll wirklich funktionieren?«, hakte sie nach. »Ich meine ... klar, Affären können eine Weile wunderbar laufen und Spaß machen. Aber eine richtige Freundschaft, die andererseits doch weit über freundschaftliche Nähe hinausgeht? Ist das nicht widersprüchlich?«

»Nein, so etwas funktioniert, wenn man die Schnauze voll von Beziehungen hat«, bekräftigte Lisa und lächelte. »Und wenn beide sich in diesem Punkt einig sind.«

»Und das hast du?«

»Die Schnauze voll von Beziehungen? Ja, das kann man so sagen.« Lisa winkte ab. »Ich will gewisse Dinge genießen, ohne sie in eine komplizierte und letztendlich enttäuschende Beziehung verpacken zu müssen.«

Emma nickte verständnisvoll. »Ja ... ich glaube, ich weiß genau, was du meinst.«

»Ich verstehe.« Lisa sah Emma lange an, bevor sie weitersprach: »Warum sollte dann eine Freundschaft mit gewissen Vorzügen keine bessere Lösung sein?«

15

In der Dunkelheit des frühen Morgens schälte sich Emma aus dem Bett und tastete nach ihrer Kleidung.

»Du musst noch nicht gehen, Emma«, klang es verschlafen neben ihr.

»Hast du nicht auf die Uhr geschaut?«, flüsterte Emma, weil sie es um die Uhrzeit für unangemessen befand, laut zu sprechen. »Musst du nicht in die Schule?«

»Hättest du mich vorher gefragt, dann hättest du dich nicht zu dieser unmenschlichen Zeit aus dem Bett quälen müssen«, brummelte Lisa. »Ich habe dieses Halbjahr freitags keinen Unterricht. Also komm wieder zurück ins Bett.« Mit sanfter Aufforderung klopfte sie auf den Platz neben sich.

Emma hatte inzwischen ihr T-Shirt gefunden, es übergezogen und schob nun den Vorhang sacht zur Seite, um einen Blick nach draußen zu erhaschen. Doch die Stadt lag noch in ihrem dunklen Gewand vor ihr. Nur wenige vorbeifahrende Autos erhellten die nahegelegene Hauptstraße. »Ich weiß nicht ...«, murmelte sie. »Ich will Lotta nicht über den Weg laufen. Und jetzt schläft sie bestimmt noch. Also wird sie nicht mitbekommen, dass ich hier war, wenn ich mich gleich aus dem Staub mache.«

»Lotta ist doch überhaupt nicht hier«, brummte Lisa schlaftrunken.

Emma zog den Vorhang wieder zu und drehte sich fragend zu Lisa, die ihr Gesicht im Kissen vergraben hatte.

»Sie ist bei Astrid. Es gibt also keinen Grund, warum du jetzt schon gehen solltest«, drang Lisas gedämpfte Stimme durch das Kissen.

Emma musste lächeln. Langsam ging sie zurück Richtung Bett und blieb kurz davor stehen.

Nur die Decke verhüllte Lisas nackten Körper. Emma erinnerte sich lebhaft an das Gefühl ihrer warmen Haut, als Lisa sich eng an sie geschmiegt hatte. Schon stieg die Sehnsucht in Emma auf, diese Wärme erneut zu spüren.

Der vergangene Abend hatte einen Verlauf genommen, den sich Emma zuvor in ihren kühnsten Träumen nicht ausgemalt hätte. Irgendwann hatten sie und Lisa sich heimlich von der Feier entfernt und waren zum zweiten Mal in Lisas Wohnung gelandet. Doch dieses Mal war es nicht bei einem Kuss geblieben.

Emma schloss die Augen, als sie an die sanften Berührungen von Lisas Händen auf ihrem Körper zurückdachte, die allmählich drängender und fordernder geworden waren. So vertraut und zugleich so atemberaubend neu und aufregend ... Bei der bloßen Erinnerung begann alles in Emma zu beben.

Auf einmal spürte sie Lisas warme Hand in ihrer, und sie öffnete die Augen wieder.

»Du kannst gern in der Eiseskälte durch die Stadt laufen. Oder aber den Luxus eines warmen Bettes genießen«, startete Lisa einen neuen Versuch und zog Emma langsam neben sich.

Emma ließ sie gewähren. Mit einem genießerischen Seufzer schlüpfte sie wieder unter die warme Decke. »Ich könnte wirklich noch etwas Schlaf gebrauchen«, meinte sie und drehte sich auf die Seite, um Lisa ansehen zu können.

Doch diese hatte die Augen bereits wieder geschlossen. Nur die sanften Bewegungen ihrer Finger auf Emmas Haut zeigten, dass sie noch nicht wieder eingeschlafen war.

Hier bei Lisa zu sein, fühlte sich so richtig an. Als gehöre Emma genau hierhin. Sie konnte sich fallen lassen, brauchte sich nicht zu verstellen.

»Freundschaft mit kleinen Extras«, flüsterte sie und streichelte sanft über Lisas Wange. »Das wolltest du mir also damit sagen.«

Erst am späten Vormittag wachte Emma wieder auf. Der Platz neben ihr war bereits leer, und durch die Vorhangritze leuchtete der helle Sonnenschein des Tages.

Emma streckte sich genüsslich. Sie hatte lange nicht mehr so gut geschlafen wie in dieser Nacht. Oder sollte sie besser sagen: an diesem Vormittag?

Da fiel ihr siedend heiß ein, dass sie Astrid versprochen hatte, am Nachmittag in ihrem Laden auszuhelfen. Anette, Astrids Aushilfe für diesen Tag, war kurzfristig krankheitsbedingt ausgefallen. Und gerade freitags konnte Astrid es sich nicht leisten, dem Kundenansturm allein standzuhalten.

Der Blick auf Lisas Wecker bestätigte Emma, dass es allerhöchste Zeit war, sich aus dem warmen Bett zu quälen. Widerwillig befreite sie ihre Füße aus der zerwühlten Bettdecke und sah sich zunächst einmal suchend um. Ihre Kleidungsstücke lagen quer über den hölzernen Dielenboden verstreut.

Von draußen vernahm Emma das Rattern einer Kaffeemaschine. Bei dem Gedanken an eine leckere Tasse Kaffee beeilte sie sich, die einzelnen Teile aufzusammeln und überzustreifen.

Nach einem ersten vorsichtigen Blick durch die Zimmertür – sie hatte immer noch Angst, Lotta unvermittelt über den Weg zu laufen – setzte Emma den ersten Schritt in den hellen Flur und folgte den verlockenden Geräuschen. Schließlich fand sie die Küche und somit auch Lisa, die gerade fröhlich vor sich hin summend zwei Tassen Kaffee eingoss.

»Guten Morgen«, begrüßte Emma sie mit leiser Stimme, um sie nicht zu erschrecken.

»Guten Morgen, Langschläfer«, empfing Lisa sie mit einem warmen Lächeln und deutete Richtung Küchentisch. »Setz dich doch, Kaffee ist bereits fertig. Milch? Zucker?«

»Dürfte ich vielleicht kurz noch dein Bad benutzen?«, fragte Emma, während sie den reichlich gedeckten Tisch musterte. »Und den Kaffee am liebsten blond und süß, bitte.«

»Blond und süß?« Lisa schmunzelte. »Sehr gern. Und das Bad – einfach den Flur nach hinten, letzte Tür rechts.«

Emma folgte der Wegbeschreibung und machte sich rasch etwas frisch, bevor sie sich zu Lisa an den Frühstückstisch setzte.

»Ich wusste nicht, was du zum Frühstück willst«, erklärte Lisa, während sie Emma ihre Kaffeetasse reichte. »Deshalb habe ich einfach mal alles bereitgestellt.«

»Ich bin eigentlich nicht der große Frühstücker. Normalerweise reicht mir eine Tasse Kaffee. Aber das sieht wirklich lecker aus«, erwiderte Emma angetan und griff nach einer Scheibe Vollkornbrot. »Du hättest dir nicht so viel Mühe machen müssen.«

»Ach, das bisschen Frühstück«, winkte Lisa lächelnd ab. »Ich kann dich doch nicht ohne etwas im Magen nach Hause laufen lassen.«

»Du hast also jeden Freitag frei?«, erkundigte sich Emma interessiert und etwas verwundert. Schließlich stand freitags genauso Unterricht an wie die restlichen Werktage. Emma selbst war bisher nie in den Genuss eines freien Schultages gekommen.

Lisa nickte. »Dieses Halbjahr verteilen sich meine Stunden auf Montag bis Donnerstag. Keine meiner Klassen hat freitags Deutsch oder Geschichte. Ein Luxus, den ich sicher nicht so schnell wieder haben werde, vielleicht auch gar nicht mehr. Deshalb genieße ich ihn am besten in vollen Zügen.« Wie um das zu demonstrieren, nahm sie hingebungsvoll einen Schluck Kaffee und lehnte sich mit ihrer Tasse in den Händen zurück.

»Und da wundern wir uns, wenn das allgemeine Vorurteil im Raum steht, Lehrer hätten sowieso die ganze Zeit frei.« Emma lächelte schelmisch. Dann setzte sie bedauernd hinzu: »Ich muss leider gleich los. Ich habe Astrid versprochen, ihr heute im Laden zu helfen. Ihre Aushilfe ist krank.«

»Da kann Astrid aber froh sein, so eine Freundin wie dich zu haben«, sagte Lisa anerkennend und stellte ihre Tasse zurück auf den Tisch.

Emma machte eine abwehrende Geste. »Ach, das ist doch selbstverständlich. Astrid ist auch immer für mich da. Lotta kann sich glücklich schätzen, eine Frau wie sie gefunden zu haben.«

»Ja, sie sind wirklich süß zusammen.« Lisa sah Emma nachdenklich an. »Ich hoffe wirklich, sie bilden die große Ausnahme, und ihre Beziehung funktioniert. Ich würde es den beiden von Herzen gönnen.«

»Ich auch«, stimmte Emma zu. »Wenn wir beide schon kein Glück in puncto Beziehungen haben.«

Lisa griff nach Emmas Hand. »Es ist doch auch so schön, so wie es ist, oder?«, fragte sie leise.

Das Kribbeln, das die sanfte Berührung in Emma entfachte und das sich wie ein Feuer in ihr ausbreitete, war Antwort genug. Emma schenkte Lisa ein inniges Lächeln, um ihr zu zeigen, dass sie genauso dachte.

Nie zuvor hätte Emma sich vorstellen können, eine Affäre einzugehen, in der Liebe keine Rolle spielte. Aber wenn sie daran dachte, was die Liebe in ihrem Leben bisher angerichtet hatte, kam sie fast zwangsläufig zu dem Schluss, die richtige Entscheidung getroffen zu haben. Lisa tat ihr gut, und je länger sie sich kannten, umso sicherer war Emma, dass die Chemie zwischen ihnen beiden stimmte.

Und genau das war alles, was zählte.

16

Müde schleppte sich Emma die letzten Stufen zu ihrer Wohnung nach oben.

Wie erwartet war Astrids Laden an diesem Tag gut besucht gewesen, und Emma hatte kaum Zeit zum Durchatmen gefunden. Ihre Füße schmerzten, jeder einzelne Muskel schien zu brennen, und sie sehnte sich danach, endlich die Füße hochlegen zu können oder ein heißes Bad zu nehmen. Wie hielt Astrid das nur tagtäglich aus?

Als sie endlich ihre Tür erreichte, sah sie einen Stapel Post, der auf dem kleinen Kästchen vor ihrer Wohnungstür abgelegt worden war. Es war keine Seltenheit, dass der Postbote seine Lieferung direkt vor ihre Tür legte, wenn er ohnehin im Haus ein Paket abzugeben hatte. Emma griff nach den Briefen und schloss mit der anderen Hand die Tür zu ihrer Wohnung auf.

Kälte schlug ihr entgegen, und ein Schauer rieselte ihr den Rücken hinunter. Aber was hatte sie auch anderes erwartet? Sie hatte die Nacht nicht zuhause verbracht und somit auch die Heizung nicht aufgedreht.

Emma behielt ihre Jacke an, während sie in die Küche eilte, wo sie die Post auf den Tisch legte und Teewasser aufsetzte. Um sich zu wärmen, umschlang sie ihren Körper mit den Armen und tippelte auf der Stelle, jedoch wenig erfolgreich.

Die Erinnerung an die morgendliche Wärme, die sie in Lisas Bett umhüllt hatte, schlich sich in ihr Bewusstsein – und damit unweigerlich auch der Gedanke an Lisa, ihre Nähe, ihre Zärtlichkeit. Doch schnell wischte sie ihn wieder beiseite. Es war nur eine Affäre ohne große Bedeutung, darin waren sie beide sich einig. Warum dachte sie also ständig an letzte Nacht?

»Emma, hör endlich auf damit«, murmelte sie vor sich hin, als sie die Kanne Tee aufgoss.

Sie musste sich einfach erst an das Alleinsein gewöhnen. Und noch dazu an den kommenden Winter und die eisigen Temperaturen. Das war vermutlich alles.

Mit dem Stapel Post und der Teekanne bepackt machte sich Emma auf in ihr Wohnzimmer und steuerte auf das Sofa zu, wo bereits eine dicke Wolldecke bereitlag. Sie hatte nicht mehr die Kraft, Holz aus dem Keller zu holen, um den Kamin anzufeuern, und die Heizung allein würde die Wohnung mit ihren hohen Decken nicht so schnell erwärmen.

Nach der Trennung hatte Emma die Nächte immer öfter auf dem Sofa verbracht. Ihr großes Bett war ihr zu leer, zu kalt erschienen, auch wenn Kathrin während ihrer Beziehung nicht jede Nacht bei ihr gewesen war und sie daran gewöhnt war, allein einzuschlafen. Doch das hier war anders. Endgültig. Und bisher hatte Emma kein Mittel gegen die Einsamkeit gefunden, die sie vor allem nachts ereilte.

Erschöpft ließ sie sich nun auf ihr Sofa fallen, streifte die Jacke von den Schultern und legte sie über die Lehne, um sich anschließend bis zum Hals in die wärmende Decke einzuwickeln. Sie lehnte sich zurück und schloss die Augen.

All ihre Glieder schmerzten. Sie bewunderte Astrid für die Ausdauer, die sie in ihrem Laden an den Tag legte. Von morgens bis abends auf den Beinen und dabei immer nett und zuvorkommend den Kunden gegenüber sein, egal, wie schlecht es einem selbst ging und wie anstrengend die Kunden waren – das war wirklich kein Zuckerschlecken. Und nicht nur die tägliche Arbeit, sondern auch der stete Konkurrenzkampf, das dauerhafte Überleben in einer Stadt, in der sich Laden an Laden reihte, machten ein dickes Fell und ausgeprägtes Durchhaltevermögen zu einer Notwendigkeit.

In diesen Momenten wurde Emma deutlich, welches Glück sie selbst hatte. Sie hatte ihr Hobby zum Beruf gemacht, auch wenn sie vom Schreiben allein nicht leben konnte. Dennoch, ihre Bücher fanden selbst über die Landesgrenzen hinaus großen Anklang, und an neuen Ideen und der Motivation, sie zu verwirklichen, hatte es ihr noch nie gemangelt. Auch die Möglichkeit, ein Jahr Auszeit von ihrem Beruf als Lehrerin zu nehmen, war ein unbezahlbarer Pluspunkt. Zumal es ihr die Chance und die Zeit gab, mit Lisa und ihrer Klasse zusammenzuarbeiten. Abgesehen von dem Spaß, den ihr das Projekt an sich bereitete, hatte sie dadurch schließlich Lisa erst kennengelernt.

Schon wieder Lisa …

Regen prasselte gegen das Fenster, das Wetter hatte sich im Laufe des Tages immer mehr verschlechtert. Doch das Geräusch war beruhigend. Besser als die Stille, die sich in den letzten Wochen in ihrer Wohnung eingenistet hatte.

Halbwegs aufgewärmt, öffnete Emma die Augen wieder und begann ihre Post zu sortieren. Die Werbung, die sofort in den Müll wanderte; Zeitungen, die sie eventuell noch lesen wollte und es wahrscheinlich doch nicht mehr tun würde; und zum Schluss mehr oder weniger wichtige Briefe.

An einem davon blieb ihr Blick hängen. Noch ehe sie den Namen des Absenders las, krampfte sich ihr Magen schmerzhaft zusammen. Die Handschrift auf dem Umschlag war ihr nur allzu vertraut.

Emma schluckte heftig. Sie bemerkte kaum, dass sich ihre Finger wie von selbst zu einer Faust krümmten und den Brief in Windeseile zerknüllten.

So lange hatte sie auf eine Nachricht gewartet. Sie hatte sich nach ein paar Worten gesehnt, nur um verstehen zu können, was passiert war. Wie es überhaupt so weit hatte kommen können. Nur eine einzige kurze Botschaft … Doch das Warten war vergeblich gewesen. Kein Tag war vergangen, an dem sie nicht mit einem nervösen Ziehen im Magen die Post durchsucht hatte, nur um sie letztendlich enttäuscht zur Seite zu legen.

Und ausgerechnet an diesem Abend, an dem sie zum ersten

Mal keinen Gedanken daran verschwendet hatte, trat das lang Ersehnte endlich ein. Für einen kurzen Moment schien sich das Zimmer um sie zu drehen.

Langsam öffnete Emma ihre Hand wieder und sah auf den zerknitterten Umschlag. Absender: Kathrin Hofstetter. Poststempel: Sacramento, Kalifornien.

Unzählige Male hatte sie sich diesen Moment vorgestellt. Hatte sich ausgemalt, wie sie den Brief eilig öffnen würde, um Kathrins entschuldigende Worte zu lesen. Sie hatte daran geglaubt, dass sie in diesem Brief Antworten auf all ihre Fragen finden könnte und so etwas wie Hoffnung – Hoffnung, dass alles ein großer Irrtum war und sich schließlich doch noch zum Guten wenden würde.

Diese Vorstellungen waren so real gewesen, so greifbar, dass Emma oft davon geträumt und am nächsten Morgen geglaubt hatte, es sei wirklich geschehen. So groß war der Wunsch, nein, eigentlich sogar die Gewissheit gewesen, dass es für sie und Kathrin letztlich ein gutes Ende geben würde.

Doch nun saß sie hier. Nun war diese Situation tatsächlich real, kein weiterer Traum, von Sehnsucht getragen. Emma fühlte den Brief in ihrer Hand, doch sie konnte sich nicht bewegen. Sie war wie gelähmt, unfähig, den Umschlag zu öffnen, wie sie es in ihren Träumen so oft getan hatte.

Wollte sie denn wirklich wissen, was in diesem Brief stand? Wollte sie wirklich all dem Schmerz wieder Raum geben und sich erneut von Kathrin und ihren Gefühlen gefangen nehmen lassen? Denn genau das würde passieren, wenn sie nur ein einziges Wort dieses Briefes läse. Egal, welchen Inhalt er auch hatte. Er war von Kathrin. Das war alles, was Emma wissen musste, um sich die Folgen ihres Handelns auszumalen.

Emma hatte sich oft gefragt, ob und wie sie jemals mit dieser Beziehung abschließen sollte. Mit all diesen gemeinsamen Jahren voller Höhen und Tiefen. Mit einem Teil ihres Lebens, der sie mit Sicherheit auch zu dem hatte werden lassen, was sie jetzt war: eine starke Frau, voller Sehnsüchte und Träume, aber auch mit klaren Zielen und Vorstellungen.

Heute Morgen hatte sie endlich das Gefühl gehabt, dass ihr dies zumindest ein Stück weit gelungen sei. Sie hatte neuen Mut geschöpft, sich zum ersten Mal bereit gefühlt, einen neuen Lebensabschnitt zu beginnen. Ohne Kathrin, aber mit vielen neuen Träumen. Und es hatte sich gut angefühlt, besser als sie jemals zu hoffen gewagt hatte – auch wenn die alten Wunden noch eine Weile brauchten, um endgültig zu heilen.

So gut und so richtig hatte es sich angefühlt, dass Emma nun genau wusste, was zu tun war. Schnell schälte sie sich aus der Decke und eilte in ihre Arbeitsecke, wo sie den Brief in der untersten Schublade einer kleinen Kommode verschwinden ließ. Mit Schwung schloss sie die Schublade, ehe sie das Licht löschte, den Raum verließ und die Tür hinter sich abschloss. Sie wollte alles, nur nicht diesen Brief lesen.

17

Guten Morgen, Astrid. Du musst mir einen ganz, ganz großen Gefallen tun.« Entschlossen drückte sich Emma an Astrid vorbei in deren Wohnung, ohne auf eine Einladung zu warten.

Astrid sah sie fassungslos an. »Weißt du eigentlich, wie spät es ist?« Sie war so überrumpelt, dass sie vollkommen vergaß, die Tür hinter dem morgendlichen Gast zu schließen. Eisige Luft strömte mit Emma in die Wohnung.

»Ähm ... nein. Um ehrlich zu sein, habe ich keinerlei Ahnung.« Erst jetzt fiel Emma auf, dass Astrid mit kleinen Schlitzaugen und im Pyjama vor ihr stand.

»Was ist denn los mit dir?«, fragte Astrid, und die Schläfrigkeit in ihrer Stimme mischte sich mit Besorgnis. »Du siehst aus, als hättest du die ganze Nacht nicht geschlafen. Oder als wäre jemand hinter dir her.« Schnell verpasste sie der Wohnungstür einen festen Tritt, so dass diese mit lautem Krach ins Schloss fiel und sowohl Emma als auch Astrid zusammenzuckten.

Emma zog den weißen, zerknitterten Umschlag aus ihrer Manteltasche und hielt ihn Astrid entgegen. »Du musst den hier für mich aufbewahren. Sperr ihn weg, oder nein – noch besser, verbrenne ihn einfach. Ich will ihn nicht in meiner Nähe haben. Jetzt nicht und auch nicht in Zukunft!«

»Ein Brief? Ist das dein Ernst?« Astrid schien nicht wirklich zu wissen, wie ihr geschah. »Und deshalb weckst du mich um sieben Uhr morgens an einem Samstag?« Mit einer hastigen Bewegung entriss sie Emma den Brief und sah sie vorwurfsvoll an. Zu so früher Stunde war nicht gut Kirschen essen mit Astrid. Damit kam Emma allerdings in diesem Moment wesentlich besser klar als mit dem Brief.

Angestrengt las Astrid im fahlen Licht der Flurlampe, was auf dem Umschlag stand. Dann rieb sie sich seufzend mit einer Hand ihr müdes Gesicht. »Deshalb bist du also so durch den Wind?«

Emma sah beschämt zu Boden. Sie wusste, dass ihr Überfall in aller Frühe nicht gerade die feine Art war. Doch zuhause hatte sie es einfach nicht mehr ausgehalten. Sie hatte die ganze Nacht kein Auge zugetan. Das Wissen, dass dieser Brief in der Schublade lag, hatte sie keinen Moment losgelassen und sie fast in den Wahnsinn getrieben. Irgendwann war sie sicher gewesen, dass sie ihn nicht weiter in ihrer Nähe haben konnte. Doch sie hatte nicht auf die Uhrzeit geachtet, als sie ihn eingesteckt und wie gejagt ihre Wohnung verlassen hatte. Obwohl sie sich zuerst keine Gedanken darüber gemacht hatte, wohin sie lief, trugen sie ihre Füße wie automatisch zu Astrids Wohnung.

»Was ist los? Ist etwas passiert?« Lotta tauchte hinter Astrid in der Tür zum Schlafzimmer auf und sah die beiden Frauen besorgt an.

Peinlich berührt schaute Emma von Lotta zu Astrid und wieder zurück zu Lotta. »Tut ... tut mir leid. Ich wollte euch nicht aus dem Schlaf reißen«, stammelte sie und wandte sich zum Gehen.

Doch Astrid hielt sie am Arm zurück. »Du gehst jetzt erst einmal nirgendwohin, außer in meine Küche. Na los«, brummte sie und schob Emma an Lotta vorbei in die Küche.

Wenig später saß Emma dort wie ein Häufchen Elend am Tischende, während Astrid die Kaffeemaschine in Betrieb nahm und Milch und Zucker auf dem Tisch bereitstellte.

»Ich wusste einfach nicht wohin. Ich hätte zuhause die Wände hochlaufen können«, seufzte Emma und spielte mit den Kordeln ihres Pullovers. »Ich bin ein einziges Wrack im Moment. Ich erkenn mich selbst nicht wieder.«

»Ist schon gut. Ich kann dich ja verstehen«, sagte Astrid beruhigend. »Mach dir mal keinen Kopf.«

Doch Emmas schlechtes Gewissen ließ sich damit nicht vertreiben. »Ich bin momentan echt kaum auszuhalten, ich weiß«, erwiderte sie. In diesem Moment kam Lotta zu den beiden in die Küche und sah Emma fragend an.

In Emmas Kopf begann sich alles zu drehen.

Was musste Lotta nur von ihr denken? Sie hatte ja gar keine Ahnung, was in den letzten Wochen geschehen war, wusste nichts von Kathrin. Aber sie war Lisas Freundin; was zwischen Lisa und ihr passiert war, das wusste sie natürlich. Und nun saß Emma in Astrids Küche und weinte sich wegen einer anderen Frau die Augen aus. Lotta musste sie spätestens jetzt für komplett verrückt halten – wenn sie es nicht vorher bereits getan hatte.

Lottas Blick ruhte ernst auf dem Brief, der vor Emma auf dem Küchentisch lag. »Hat sich deine Ex also doch noch bei dir gemeldet? Wurde aber auch Zeit.«

Emmas Augen weiteten sich überrascht. Sie warf Astrid einen vorwurfsvollen Blick zu.

Die hob entschuldigend die Hände. »Tut mir leid. Wir haben zufällig über dich geredet, und da ist mir die Sache mit Kathrin rausgerutscht. Es war keine Absicht. Aber ich vertraue Lotta.«

»Ganz klasse«, brummte Emma und stützte die Stirn auf ihre Hand. »Aber das ist jetzt auch schon egal. Soll doch jeder wissen, was passiert ist.«

»Ganz schön miese Nummer, die sie da mit dir abgezogen hat«, ergriff Lotta erneut das Wort. Dann nahm sie den Brief vom Tisch und drehte ihn in den Händen. »Aber willst du denn gar nicht wissen, was sie dir zu sagen hat?«

Emma hob den Blick und sah erst den Brief an, dann Lotta. »Würdest du das denn wollen?«, fragte sie müde. »Kathrins fadenscheinige Entschuldigungen kann ich mir wirklich ersparen. Das würde sowieso nichts mehr ändern.«

Lotta lächelte bitter, während sie den Brief zurück auf den

Tisch legte. »Nein, das würde ich sicher nicht wollen. Wenn mich eine Frau so behandeln würde, wäre sie ein für alle Mal für mich gestorben. Ich glaube, ich hätte den Brief sofort entsorgt.«

Astrid hatte sich neben Lotta gestellt und legte den Arm auf ihre Schulter. »Ich kann ihn jedenfalls gern für dich aufheben«, sagte sie. »Falls du doch irgendwann ...«

»Nein, das wird nicht der Fall sein«, fiel Emma ihr ins Wort. Mit Nachdruck schob sie den Brief über den Tisch zu Astrid. »Mach damit, was du willst, aber ich will diesen Brief nicht mehr sehen.«

Astrid nickte zustimmend und nahm den Brief entgegen. »Ich würde wahrscheinlich genauso handeln.«

Lotta hatte sich indessen neben Emma gesetzt und ihnen beiden Kaffee eingeschenkt. Mit einem liebevollen Blick sah sie zu Astrid auf, die vor ihnen stand und herzhaft gähnte. »Willst du auch einen?«

Astrid schüttelte den Kopf. »Wenn ihr nichts dagegen habt, würde ich schnell unter die Dusche springen. Sonst schlafe ich im Stehen ein.«

Nachdem Astrid im Bad verschwunden war, saßen Emma und Lotta eine Weile schweigend nebeneinander, jede in die Tasse vor sich starrend.

Emma konnte Lottas Meinung ihr gegenüber nicht einschätzen. Dachte Lotta, sie nutze Lisa nur aus, um auf andere Gedanken zu kommen? Sie warf Lotta einen unsicheren Seitenblick zu.

»Darf ich dich etwas fragen?«, durchbrach diese dann plötzlich die Stille.

Emma war sich Lottas forschender Blicke deutlich bewusst. »Klar, nur zu«, erwiderte sie kurz.

»Was genau ist das zwischen dir und Lisa? Lisa ist meine Freundin, und ich meine – ja, Lisa liegt mir einfach sehr am Herzen. Also, nicht, dass du denkst, Lisa hätte mir viel erzählt. Aber natürlich habe ich mitbekommen, dass zwischen euch etwas läuft. Nur was, Emma?«

Emma wurde abwechselnd heiß und kalt. Sie hatte diese Frage kommen sehen, und trotzdem traf sie sie völlig unvorbereitet. »Das ist schwer zu erklären«, fing sie an, um gleich wieder zu verstummen.

War es denn wirklich so schwer zu erklären?

»Sie gefällt dir?«, bohrte Lotta nach. Natürlich konnte sie Emmas Antwort so nicht gelten lassen.

»Ja, das tut sie«, erwiderte Emma und sah Lotta das erste Mal an diesem Morgen richtig in die Augen. »Das tut sie wirklich.«

Lotta lächelte und nippte an ihrem Kaffee. »Und das zwischen euch ist ... mehr? Tut mir leid, wenn ich so nachhake. Ich unterstelle dir bestimmt keine bösen Absichten. Ich will nur, dass es Lisa gutgeht, verstehst du?«

Emma nickte. Dasselbe wollte sie auch. Insofern konnte sie Lotta nur zu gut verstehen. »Mehr?«, wiederholte sie langsam, doch die Frage war eher an sie selbst gerichtet als an Lotta. Etwas lauter sagte sie: »Lisa würde sagen, es ist eine Freundschaft mit kleinen Extras. Ja, ich weiß, es klingt im ersten Moment etwas seltsam. Ich wusste zunächst auch nicht, wie ich das Ganze eigentlich einordnen sollte.«

Lottas Augen weiteten sich überrascht. »Eine Freundschaft mit Extras? Du willst mir also sagen, man ist befreundet und teilt hin und wieder das Bett? Und so was soll funktionieren?«

Emma zuckte mit den Schultern. »Ich würde sagen, darauf hat man genauso wenig Garantie wie auf eine funktionierende Beziehung. Aber wir haben einfach beide genug von diesem ganzen Beziehungschaos und der Liebe.«

»Genug von der Liebe?«, echote Lotta ungläubig.

Ihr Unverständnis verwunderte Emma kaum. So glücklich, wie Lotta zusammen mit Astrid wirkte, würde sie wohl kaum eine Sekunde lang an der Liebe zweifeln.

»Na ja«, sagte Emma, »du weißt ja anscheinend, was mit Kathrin war. Und Lisa hatte etwas von enttäuschenden Beziehungen ihrerseits erzählt. Oder vielmehr angedeutet. Genaues weiß ich auch nicht.« Sie schwenkte ihre Tasse gedankenverloren hin und her, dann lächelte sie. »Sie tut mir sehr gut. Es ist richtig so, wie es im Moment ist ... verstehst du, was ich meine?«

»Auch wenn ich es selbst nicht so ganz nachvollziehen kann«, erwiderte Lotta nachdenklich, »hoffe ich für euch, dass ihr das Richtige tut.«

18

Hey, was machst du denn noch hier? Hast du nicht schon lange frei?«

Emma stand an Lisas Auto gelehnt und lächelte Lisa kokett entgegen. »Überraschung gelungen?«

»Ja, das kann man wohl sagen«, strahlte Lisa. Sie blieb stehen und sah sich um. Erst dann nahm sie Emma in den Arm.

»Erwartest du noch jemanden?«, fragte Emma irritiert. Lisas suchender Blick war ihr nicht entgangen. Sie vergrub ihr Gesicht an Lisas Hals und sog begierig deren lieblichen Duft ein. Doch Lisa entließ sie schneller aus der Umarmung, als ihr lieb war.

»Ich will nur nicht, dass die Kids die Situation falsch interpretieren«, erklärte sie. »Du weißt, wie schnell sie etwas missverstehen und Gerüchte verbreiten.«

»Falsch interpretieren?« Emma musste schmunzeln. »Meinst du nicht eher: genau richtig interpretieren?«

Lisa zuckte entschuldigend die Schultern. »Glaub mir, mir wäre es auch lieber, wenn das alles kein Problem wäre. Aber wenn die Schüler davon Wind bekommen, erfahren es ganz schnell auch die Eltern, und dann ...«

»Du musst mir nichts erklären«, fiel Emma ihr beruhigend ins Wort, »ich kann dich sehr gut verstehen. Schließlich weiß ich nur zu gut, wie gern vor allem unter Schülern Gerüchte herumgetratscht und Vorurteile gepflegt werden. Keine Sorge, ich passe in Zukunft einfach besser auf.«

Lisa lächelte dankbar und sah Emma dabei mit einem Blick an, der diese binnen Sekunden schwach werden ließ.

Das Warten hatte sich gelohnt. Allein dieses Lächeln entschädigte Emma für die Stunden, die sie immer wieder die Straße auf und ab gelaufen und schließlich in einem kleinen Café um die Ecke gestrandet war, um die Zeit totzuschlagen. Doch sie hätte auch noch länger gewartet. Das Verlangen, Lisa wenigstens noch kurz zu sehen, war stärker als jegliches Sehnen nach ihrer warmen Wohnung.

»Und was hast du jetzt vor?«, holte Lisa Emma aus ihren Gedanken. »Du hättest nach der zweiten Stunde längst nach Hause gehen können.«

»Na ja … ich habe mich gefragt, ob du heute Nachmittag schon etwas vorhast?« Emma öffnete Lisa galant die Fahrertür ihres Autos, nachdem diese ihre Tasche im Kofferraum verstaut hatte.

Lisa blieb in der geöffneten Autotür stehen, so dass nur die Tür sie voneinander trennte. Der süße Duft stieg Emma erneut in die Nase, und sie wollte mehr davon. Doch als Lisa sich nach ein paar Sekunden auf den Fahrersitz schwang, befürchtete Emma, vergeblich gewartet zu haben und allein zurückzubleiben.

»Willst du hier Wurzeln schlagen?«, lachte Lisa, als Emma unsicher die Straße hinuntersah. »Steig endlich ein, sonst fahre ich noch ohne dich.«

»Ich find's richtig schön hier.« Lisa schlenderte langsam durch Emmas Wohnung und sah sich interessiert um. Sanft ließ sie ihre Finger über die Schallplatten gleiten, die in einem breiten Regal rechtwinklig zur Bücherwand aufgereiht waren.

Emma stand in den Türrahmen gelehnt und verfolgte jede einzelne Bewegung von Lisa. Sie hätte sie ewig beobachten, sich für immer diesem Anblick hingeben können.

Lisa zog eine Schallplatte aus dem Regal und betrachtete das Cover. »Rosanne Cash … *The List*«, flüsterte sie, dann fragte sie etwas lauter: »Willst du sie auflegen? Ich würde gern mal reinhören.« Sie hielt die Platte hoch, damit Emma sie sehen konnte.

»Gern, ich habe sie selbst lange nicht mehr gehört«, stimmte Emma zu und löste sich aus ihrer Beobachterposition.

Während sie die Platte auflegte und die Nadel vorsichtig aufsetzte, spürte sie Lisas Arme, die sich von hinten um sie schlangen und sie umklammerten. Die ersten leisen Gitarrenklänge erfüllten den Raum.

»Schön, dass du auf mich gewartet hast. Und dass du mich von langweiligen Aufsatzkorrekturen abhältst«, flüsterte Lisa Emma ins Ohr. Emma konnte ihr Lächeln auf der Haut spüren.

Sie lächelte ebenfalls. »Deine Schüler werden allerdings alles andere als begeistert sein, wenn sie auf ihre Aufsätze warten müssen.« Langsam drehte sie den Kopf und blickte über ihre Schulter zurück in ein Paar blaue Augen, in denen sie augenblicklich versank.

»Morgen ist auch noch ein Tag. Und es gibt weitaus schönere Dinge als Aufsatzkorrekturen.«

Bevor Emma etwas dazu sagen konnte, bedeckte Lisa ihre Lippen mit einem sanften Kuss. »Oder liege ich da etwa falsch?«, flüsterte sie.

»Einer Lehrerin sollte man auf keinen Fall widersprechen.« Das inzwischen schon vertraute Kribbeln erfasste Emma und erfüllte sie bis in die Fingerspitzen. Sie hob die Hände und berührte sanft Lisas Hals, während sie sich vollständig zu ihr umdrehte.

Lisa vergrub ihre Finger in Emmas Nacken und senkte ihre Lippen erneut auf Emmas. Ihre Küsse wurden immer fordernder. »Sehr schön, dann sind wir uns ja einig«, hauchte sie, als sie sich für einen kurzen Moment von Emma löste.

Vorsichtig schob Emma Lisa in Richtung Sofa. Ihre Arme hielten Lisa fest umschlungen, während sie sich in kleinen Schritten vorwärtsbewegten. Sie konnte Lisa nicht nah genug sein. Und noch weniger konnte sie sich vorstellen, sie je wieder loszulassen.

Lisas Atem brannte auf Emmas Haut, als sie sie sanft auf das Sofa drückte und sich auf sie legte.

In diesem Moment vergaß sie alles um sich herum. Lisas weiche Lippen, ihre warme Haut und ihre Berührungen waren alles, was sie jetzt noch wahrnahm, wonach sie sich sehnte. Sie wollte mehr, mehr von dieser unglaublichen Nähe, mehr von diesem Rausch, der ihr die Sinne vernebelte.

Langsam ließ sie ihre Finger an Lisas Seiten nach unten wandern, ertastete die zarte, weiche Haut ihrer Taille und schob ihr T-Shirt ein Stück nach oben, während sie ihren Hals küsste. Sie konnte Lisas Kraft spüren, als Lisa sie so eng an sich zog, dass nicht einmal ein leiser Lufthauch zwischen ihnen hätte hindurchstreichen können.

Nun begannen auch Lisas Hände Emmas Körper zu erkunden, ihren Hals, über die Schultern abwärts zur Taille. Emmas Herzschlag beschleunigte sich. Ihre Küsse wurden leidenschaftlicher, ihre Lippen verschmolzen förmlich miteinander. Verlangend, aber sanft umspielte Lisas Zunge die ihre, und ein heftiges Ziehen durchfuhr Emmas Körper.

Sehnsucht lag in Lisas Blick, als sie sich für einen Moment zurückzog und Emma tief in die Augen sah. Gleich darauf setzten Lisas Finger ihre Wanderschaft auch schon fort und jagten Emma eine prickelnde Gänsehaut über den Rücken.

Die restliche Welt konnte draußen bleiben. Alles andere war unwichtig, als gebe es um sie herum weder Zeit noch Raum, als befänden sie sich in ihrem eigenen kleinen Universum. Das Einzige, was zählte, war dieses wundervolle Gefühl, ganz nah bei Lisa zu sein.

19

Ein klappriger roter VW Käfer drosselte seine Geschwindigkeit und fuhr im Schritttempo neben Emma her. Sie verlangsamte ihre Schritte. Erst als sie sich umdrehte und genauer hinsah, erkannte sie, dass es Astrid war, die sogleich das Beifahrerfenster nach unten kurbelte, den Blinker setzte und am Straßenrand hielt.

»Soll ich dich vielleicht das restliche Stück mitnehmen?« Astrid sah Emma erwartungsvoll an. »Oder willst du die Vorspeise verpassen? Das würde ich dir allerdings nicht raten, es wäre schade drum!«

Emma blieb etwas unschlüssig auf dem Gehsteig stehen, während etliche Autofahrer um Astrids stehendes Auto herumfuhren und sie mit bösen Blicken und vereinzeltem Hupen straften. Immerhin blockierte sie seelenruhig die rechte Spur, und das mitten im dichtesten Feierabendverkehr. Aber von so etwas ließ Astrid sich nicht aus der Ruhe bringen – bayerische Gemütlichkeit eben.

»Das ist lieb von dir, aber ich laufe lieber«, lehnte Emma schließlich Astrids Angebot ab. »So kann ich nachher wenigstens mehr essen. Wir sehen uns dann dort in ein paar Minuten. Ich beeile mich.«

Astrid schien Emmas Bewegungsdrang nicht nachvollziehen zu können. Doch letztendlich gab sie achselzuckend dem Drängen der anderen Autofahrer nach und ließ Emma zu Fuß weiterlaufen.

Emma blieb noch eine Weile stehen und sah dem alten Käfer nach, als er an der nächsten Kreuzung rechts abbog und verschwand.

Sie zog es nicht wirklich deshalb vor, den gesamten Weg zu Fuß zu gehen, weil sie ihren Appetit anregen wollte, wie sie Astrid gegenüber vorgab. In Wahrheit wollte sie die Begegnung mit Lisa so weit wie möglich hinauszögern. Sie wusste nicht einmal, ob sie ihr in die Augen sehen könnte. Am liebsten hätte sie auf halben Wege kehrtgemacht. Warum hatte sie überhaupt zugesagt?

Sie beide hatten einen wunderschönen Montagnachmittag verbracht, den Emma in vollen Zügen genossen hatte. Mehr, als sie sich bisher hatte eingestehen wollen. Viel mehr als alles, was zuvor zwischen ihnen geschehen war. Doch genau darin lag das Problem. Sie fing an, Lisa zu vermissen, und sehnte sich nach ihr, sobald sie nicht mehr bei ihr war.

Immer häufiger ertappte sie sich dabei, wie sie über ihr Verhältnis zu Lisa nachdachte. Lisa schien sich hervorragend mit ihrer besonderen Freundschaft zu arrangieren. Sie trafen sich, verbrachten einige Stunden miteinander, und dann ging sie, ohne zurückzuschauen – während Emma ihr am Montag noch nachgesehen hatte, als sie längst verschwunden war. Sie wollte jeden einzelnen Augenblick aufsaugen aus Angst, Lisa jeden Moment zu verlieren.

Lisa schien die gemeinsamen Stunden ebenfalls zu genießen, das bezweifelte Emma nicht. Doch während Emma dem letzten Treffen noch lange nachhing, schien Lisa es schnell abgehakt zu haben. Sie war einfach gegangen und hatte sich seitdem nicht mehr gemeldet.

Und nun, wenige Tage später, war Emma erneut auf dem Weg zu ihr. Doch nicht etwa weil Lisa sie darum gebeten hätte, sondern weil Lotta sie zu einem Essen zu viert eingeladen hatte. Eine seltsame Situation, geradezu unwirklich: Lotta und Astrid schwebten gemeinsam in anderen Sphären, während Lisa und Emma daneben sitzen und so tun würden, als wären sie lediglich gute Freunde. Emma war drauf und dran gewesen, das Essen abzusagen. Aber gegen Astrids Hartnäckigkeit hatte sie keine Chance gehabt.

Sie seufzte und umklammerte die Weinflasche, die sie als Gastgeschenk mitbringen wollte. Wahrscheinlich sollte sie einfach damit aufhören, zu viel nachzudenken. Vielmehr sollte sie genießen, was war. Und vor allem sollte sie versuchen, der ganzen Situation nicht mehr Bedeutung beizumessen, als sie verdiente. Zu viele Gedanken schadeten meistens und machten die Dinge komplizierter als nötig.

Sie und Lisa waren sich schließlich von Anfang an einig gewesen: keine Gefühle, keine Liebe und schon gar keine Beziehung. Freundschaft und Sex, das war alles. Es hatte doch bis jetzt auch hervorragend funktioniert.

Vermutlich konnte Emma bloß deshalb nicht vermeiden, an mehr zu denken, weil Lisa sie aus ihrem tiefen Loch geholt hatte, in das sie nach der Trennung von Kathrin gefallen war. Das Thema »Beziehung« war einfach noch zu präsent. Doch das musste noch lange nicht heißen, dass sie nun Gefühle für Lisa hegte.

Inzwischen war sie angekommen. Von der Straße aus konnte sie sehen, dass in der Küche Licht brannte. Sie erhaschte sogar einen Blick auf Lotta und Lisa, die dort offenbar mit der Essensvorbereitung zugange waren. Noch könnte sie umkehren ...

Nein. Sie mochte Lisa. Sehr sogar. Doch sie war nur eine Freundin. Eine äußerst attraktive Freundin, deren Anziehung sie nicht leugnen konnte und auch nicht wollte. Aber mehr war da nicht, und auch nicht der Wunsch nach mehr.

Mit zittriger Hand drückte Emma den Klingelknopf. Wenig später stand sie vor der Wohnungstür, tippelte nervös von einem auf den anderen Fuß und nahm einen letzten tiefen Atemzug, als sie Schritte aus der Wohnung vernahm.

Lotta öffnete ihr die Tür und begrüßte sie mit einer stürmischen Umarmung, die Emma überrumpelt einen halben Schritt zurückweichen ließ. Schließlich kannten sie sich noch kaum.

»Schön, dass du hier bist! Astrid meinte, du wolltest ihre

Fahrkünste nicht in Anspruch nehmen?« Lotta wirkte völlig aufgedreht. Wahrscheinlich war ein Abend zu viert auch für sie ein wenig merkwürdig, nachdem sie nun wusste, welch spezielles Verhältnis Lisa und Emma verband. Gegen Emmas eigenes Unbehagen half das jedoch herzlich wenig.

Um ihre Nervosität zu überspielen, witzelte sie: »Nachdem sie den halben Berufsverkehr lahmgelegt hat, war das vielleicht nicht die schlechteste Entscheidung.« Sie übergab Lotta den mitgebrachten Wein.

»Du meinst also, ich sollte sie wohl besser nicht an das Steuer meines Wagens lassen? Ich werde daran denken«, grinste Lotta und nahm Emma ihren Mantel ab. »Einfach direkt ins Wohnzimmer, die beiden warten schon auf dich.«

Mit klopfendem Herzen ging Emma den Flur entlang und vergrub ihre Hände in den Hosentaschen, um das Zittern unter Kontrolle zu bekommen.

Astrid und Lisa saßen an dem liebevoll dekorierten Esstisch, den Lotta zu diesem Anlass von der Küche ins Wohnzimmer verfrachtet hatte. Beide schauten Emma entgegen, als sie das Zimmer betrat. »Wir dachten schon, du kommst gar nicht mehr«, begrüßte Astrid sie.

Lisa sah Emma an, ohne etwas zu sagen. Nur das kleine, warme Lächeln zeigte Emma, dass Lisa sich auch freute, sie wiederzusehen.

Doch im nächsten Augenblick stand sie auf und entschuldigte sich: »Ich muss Lotta noch schnell in der Küche helfen.«

Als sie an Emma vorbeiging, landete ihre Hand kurz auf Emmas Bauch, und ihr Blick wanderte über Emmas Lippen. Für einen winzigen Moment stockte Emma der Atem. Dann war Lisa verschwunden.

»Alles okay bei dir?«, fragte Astrid mit leiser Stimme, so dass nur Emma es hören konnte.

»Was soll sein?«, fragte Emma verwundert und sah prüfend an sich herab. Hatte sie vielleicht vergessen, ihre Jogginghose gegen Jeans zu tauschen? Doch alles war in Ordnung.

»So wie du Lisa angesehen hast …«, wisperte Astrid und setzte ihr schelmisches Grinsen auf.

Nein, dieses Thema würde Emma nicht weiter vertiefen.

»Wie habe ich sie denn bitte angesehen?«, blockte sie ab, während sie neben Astrid am Tisch Platz nahm.

Bevor Astrid sie weiter löchern konnte, kamen zu Emmas Erleichterung Lotta und Lisa zurück, jede mit einem verführerisch angerichteten Vorspeisenteller in der Hand.

Die Antipasti schmeckten ebenso köstlich, wie sie aussahen, und eine Weile herrschte genussvolles Schweigen. Dann hob Astrid ihr Weinglas in Lottas Richtung. »Ein Hoch auf die Köchin.«

Emma konnte das Knistern zwischen Astrid und Lotta, als sie sich tief in die Augen sahen und sich anlächelten, förmlich hören. Regte sich tatsächlich so etwas wie Neid in ihr?

Schnell griff sie selbst nach ihrem Glas. »Danke für das tolle Essen. Und danke für den schönen Abend.«

»Dem kann ich nur zustimmen«, pflichtete Lisa bei. »Für mich hast du allerdings vorher nie so groß aufgetischt. Und ich halte es jetzt immerhin schon ein paar Jahre mit dir aus.« Sie zwinkerte Lotta zu.

Diese sah verlegen auf ihren bereits geleerten Teller, fing sich aber schnell wieder. »Besondere Anlässe, besonderes Essen, meine Liebe«, erwiderte sie und griff nach Astrids Hand.

»Okay, okay, ich sehe schon, da kann ich als Mitbewohnerin natürlich nicht mithalten«, lachte Lisa. Kopfschüttelnd wandte sie sich an Emma: »Was sagt man zu solchen Mitbewohnerinnen?«

Plötzlich spürte Emma Lisas Bein unter dem Tisch an ihrem. Ihr wurde abwechselnd heiß und kalt.

Warum war sie heute nur so leicht aus der Fassung zu bringen? Es war, als habe sie auf einmal keinerlei Kontrolle mehr über ihren Körper. Sie öffnete den Mund, um zu antworten, aber das Risiko, dass es in hilfloses Stottern ausarten würde, ließ sie zögern.

Zum Glück setzte Lotta in diesem Moment zum Sprechen an, und Emma atmete auf. Ihre Erleichterung schlug jedoch schnell in Unruhe um, als Lotta die Ellbogen auf den Tisch stützte, sich nach vorn beugte und abwechselnd Lisa und Emma forschend ansah.

»Was ich ja immer noch nicht ganz verstehe«, begann Lotta,

und Emma musste schlucken, »warum seid ihr euch so sicher, dass so eine Freundschaft mit Extras funktionieren kann? Ich frage nur, weil ich mir das einfach nicht vorstellen kann.«

Emma sah auffordernd zu Lisa. Hoffentlich würde die ihr die Antwort abnehmen. Sie selbst hatte ja schließlich schon einmal versucht, Lotta alles zu erklären, doch anscheinend nicht überzeugend genug.

Tatsächlich ergriff Lisa das Wort. »Ich weiß ja, dass du hoffnungslos neugierig bist, Lotta. Aber warum sollte so etwas nicht funktionieren?«

»Na, ich kann einfach nicht glauben, dass Sex ohne Gefühle auf Dauer befriedigend ist«, gab Lotta zur Antwort. »Ich meine, okay, ab und an Spaß haben – schön und gut. Aber was ist, wenn eine von beiden mit der Zeit doch mehr empfindet?«

»Das gleiche habe ich mich auch schon gefragt«, kam Astrid ihrer Freundin zu Hilfe. »Ich denke, so etwas kann schneller passieren, als man denkt. Und was ist dann?«

Emma wurde ganz heiß. *Vielen Dank, Astrid! Vielen Dank für deine großartige Hilfe!* Plötzlich konnte sie nicht mehr still sitzen. Sie rutschte nervös auf ihrem Stuhl hin und her.

»Natürlich kann so etwas passieren«, sagte Lisa gleichmütig. »Das kann man nicht kontrollieren. Aber Emma und ich waren uns von Anfang an einig, dass es sich wirklich nur um Freundschaft handelt, die Sex nicht ausschließt.« Sie machte eine Pause, nahm einen Schluck Wein und sah Emma an. »Das sind wir uns doch, Emma, oder?«

Emma konnte Lisas Gelassenheit nicht teilen. Sie hatte es noch nie gemocht, wenn ihr Privat- oder Liebesleben öffentlich ausgebreitet wurde. Schon gar nicht in diesem Moment, in dem drei Augenpaare sich erwartungsvoll auf sie richteten und eine Reaktion erwarteten.

Langsam nickte sie. »Natürlich sind wir das.«

Für Lisa und Lotta schien das Thema damit abgehakt, und sie wandten sich anderen Dingen zu. Astrid jedoch ließ Emma nicht aus den Augen. Und Emma konnte sich denken, warum. Natürlich musste ihrer besten Freundin aufgefallen sein, dass sie ihre Reaktionen dafür, dass doch eigentlich alles klar war, denkbar schlecht im Griff hatte.

Doch war es das wirklich? Oder versuchte sie sich selbst und den anderen hier nur etwas einzureden?

Unvermittelt stieg Panik in ihr hoch. Gleich darauf legte sich Astrids Hand auf ihren Unterarm. Astrids Gespür dafür, wann Emma an ihre Grenzen kam, hatte wieder einmal einen Treffer gelandet.

»Mir fällt gerade ein«, verkündete Astrid, »dass ich die zwei Kisten Wein im Auto vergessen habe, die ich dir versprochen hatte, Lotta. Emma, willst du mir kurz helfen?« Sie war aufgestanden und zwinkerte Emma wissend zu.

Dankbar folgte Emma ihr nach draußen. Die frische Luft, die sie auf der Straße erwartete, war wie ein Beruhigungsmittel. Emma atmete tief ein und lehnte sich gegen die Hauswand.

»Was ist los, Emma? Kann es sein, dass du das alles doch nicht so locker nimmst, wie du uns vorgaukelst?« Astrid stemmte die Hände in die Hüften und baute sich vor Emma auf. Wie ein Fels stand sie da, sie würde sich nicht wegstoßen lassen. Doch ihr Blick war besorgt.

Ertappt sah Emma zu Boden. »Ach, ich weiß es doch auch nicht. Das ist momentan alles etwas zu viel für mich. Kathrin und ...«

»Ich glaube, das alles hier hat rein gar nichts mit Kathrin zu tun«, warf Astrid ein und sah nach oben, zu den Fenstern von Lottas und Lisas Wohnung. »Ich habe eher den Eindruck, dass dieses ganze Gefasel von Freundschaft und Sex vielleicht nicht dem entspricht, was du wirklich willst.«

Emma stieß sich von der Wand ab und verschränkte die Arme hinter dem Kopf. »Ich weiß nicht ... Vermutlich habe ich einfach verlernt, das Leben so zu genießen, wie es ist. Ich bin ziemlich gut darin, alles komplizierter zu machen, als es in Wahrheit ist.« Sie lächelte schief, bevor sie sich in Richtung von Astrids Auto wandte.

Astrid folgte ihr und hakte nach: »So, ist es also so einfach?«

Mit fester Stimme antwortete Emma: »Die Chemie zwischen Lisa und mir stimmt einfach. Wir mögen uns, wir haben Spaß. Und das war es auch schon. Ja, es ist einfach, Astrid.« Das war es doch. Oder?

»Ich will doch nur, dass du nicht ins Unglück rennst«, seufzte

Astrid und hob die erste schwere Weinkiste aus dem Kofferraum. »Nimm die letzte Ausfahrt, solange du noch kannst. Lisa scheint von Gefühlen wirklich die Schnauze voll zu haben ... und es sieht nicht so aus, als würde sich das in absehbarer Zukunft ändern.«

»Hier sind keinerlei Gefühle im Spiel, auch meinerseits nicht«, beharrte Emma. Astrids Sorge war lieb, aber ganz sicher übertrieben. »Wieso sollte ich also ins Unglück laufen?«

»Wenn du das so siehst«, erwiderte Astrid achselzuckend und machte sich auf, in die Wohnung zurückzukehren.

Bevor sie die Klingel drückte, sah sie sich über die Schulter noch einmal nach Emma um, die ihr mit der zweiten Kiste nur langsam folgte. »Mach dich nicht verrückt«, sagte sie leise, als Emma sie eingeholt hatte. »Ich glaube, so etwas ist nie einfach. Aber auch wenn ich Lisa selbst noch nicht gut kenne, sehe ich doch, dass sie dir guttut. Dass du aufblühst und wieder lachen kannst, wenn du in ihrer Nähe bist. Vielleicht dauert es einfach, bis du den Kopf ausschalten kannst.«

Emma rang sich zu einem Lächeln durch, um Astrid zu zeigen, dass alles in Ordnung war.

Natürlich hatte Astrid recht. Schließlich hatte Emma nie zuvor eine Affäre gehabt. Alles war neu und fremd und abenteuerlich. Sie musste sich erst einmal daran gewöhnen. In ein paar Wochen würde sich die Aufregung sicherlich gelegt haben, und sie würde das Ganze endlich ganz unbeschwert genießen können.

20

Dein letztes Buch war klasse, Emma. Ich kann es kaum erwarten, endlich etwas Neues von dir zu lesen. Die Geschichte von Franzi und Lea war wirklich toll. Vielleicht gibt es eine Fortsetzung der Liebesgeschichte?« Astrids quirlige Mitarbeiterin Sonja, die Emma gerade eine heiße Schokolade gebracht hatte, tänzelte aufgeregt um Emmas Tisch. »Oder nein, von Liebesgeschichten hast du momentan wohl genug, oder? Tut mir leid, ich rede schon wieder viel zu viel. Aber ich habe dich ja auch schon so lange nicht mehr gesehen. Leider haben wir uns in letzter Zeit immer verpasst – du kannst Astrid fragen, wie sehr ich mich darüber geärgert habe. Ach, es ist so schön, dich endlich mal wieder zu sehen. Vielleicht sehen wir uns ja jetzt öfter? Astrid hat erwähnt, dass du dir ein Jahr Auszeit genommen hast. Ein Jahr nicht zur Arbeit gehen müssen, das ist bestimmt ein Traum, oder?«

Ihr Redeschwall wollte gar nicht enden, und ihre Wangen waren gerötet. Emma konnte sich ein Grinsen nicht verkneifen.

Sonja zählte beinahe schon zum Inventar in Astrids Laden, und Emma konnte nicht leugnen, dass sich ihre Laune jedes Mal hob, wenn sie Sonja sah. Sie hatte eine fröhliche, lebhafte Art, mit der sie selbst dem grummeligsten Gast ein Lächeln auf die Lippen zauberte. Doch wenn Emma den Laden betrat, schien Sonja alle anderen Gäste zu vergessen, egal, wie voll Astrids Laden auch war. So wie heute.

Emma wusste, dass die kleine, muntere Frau ein Faible für sie hatte. Und auch wenn sie bei Emma in diesen Belangen gegen eine Wand lief, konnte Sonja es nicht lassen, sie jedes Mal aufs Neue zu umgarnen.

Emma schmeichelte diese Aufmerksamkeit durchaus, und mittlerweile war es zwischen ihnen zu einem Ritual geworden, dass Sonja sich bei jeder Begegnung nach Emmas neustem Buch erkundigte und sie besonders zuvorkommend bediente. Davon abhalten lassen hätte sie sich sowieso nicht, also ließ Emma ihr den Spaß.

Hinter dem Tresen konnte Emma Astrids schadenfrohes Grinsen erkennen, während sie selbst erfolglos versuchte, nur ein einziges Mal zu Wort zu kommen. Doch Sonja redete ohne Pause und untermalte dabei jeden Satz mit ausholenden Gesten. Emma begann sich schon zu fragen, ob sie jemals Luft holen würde. Doch bevor Sonja Emma komplett schwindlig reden konnte, kam Astrid an den Tisch und ermahnte Sonja, die anderen Gäste in ihrer Begeisterung nicht zu vergessen.

Mit einem entschuldigenden Lächeln und einem angedeuteten Hofknicks, der beinahe einen Lachkrampf bei Emma ausgelöst hätte, hätte Astrid nicht drohend den Finger gehoben, verschwand Sonja in der Küche.

»Die letzten Male war es richtig ruhig, als ich hier war. Beinahe zu ruhig, findest du nicht?«, witzelte Emma und schaute zu Sonja hinüber, die gerade wieder aufgetaucht war und sich schon angeregt mit dem nächsten Gast unterhielt.

»Wenn das so weitergeht, bekommst du Ladenverbot, wenn Sonja eingeteilt ist. Durch dich vergisst sie jedes Mal, warum sie eigentlich hier ist. Du ruinierst mein Geschäft.« Astrid schnalzte mit der Zunge, dann begann sie zu kichern. »Aber es ist immer wieder schön, euch zu beobachten. Vor allem dein hilfloser Blick, sehr süß.«

»Ja, lach du nur ... meine Ohren sind ganz heiß gelaufen.« Emma verzog die Lippen zu einem Schmollmund, was nur dazu führte, dass Astrid erneut losprustete.

»Ihr seid beide echte Marken.« Astrid wischte sich ihre Lachtränen aus den Augenwinkeln. »Und es ist schön zu sehen, dass es dir besser zu gehen scheint. Vor zwei Wochen, bei Lottas Abendessen, hatte ich mir schon ernsthafte Sorgen um dich gemacht.«

Emma winkte ab. »Das musst du nicht. Du siehst doch, es ist alles gut. Ich hatte nur einen schlechten Tag.«

»Es scheint so, ja. Aber die Arbeit an diesem Buch nimmt dich ganz schön in Anspruch, hm? Es ist ungewohnt, dass wir uns zwei Wochen lang keinen einzigen Tag sehen.«

»Ach, ich bin mir eigentlich ziemlich sicher, dass Lotta mich würdig vertreten hat«, gab Emma grinsend zurück. Dann nickte sie: »Aber ja, die beiden letzten Wochen waren wirklich etwas turbulent. Waren wir während unserer Schulzeit auch so eifrig, dass wir freiwillig beinahe jeden Nachmittag in der Schule verbracht haben? Also ich kann mich beim besten Willen nicht daran erinnern. Die Schüler sind unglaublich, ihnen liegt wirklich viel an dem Buch. Ich komme momentan kaum dazu, an meinem neuen Roman zu arbeiten.«

»Die Jugend von heute verblüfft mich immer wieder«, bestätigte Astrid. »Aber für dich würde ich auch freiwillig meinen freien Nachmittag opfern.« Sie zwinkerte Emma zu.

»Ich bin sehr gespannt, wie lange dieser Arbeitseifer anhält.

Irgendwann muss doch auch den Fleißigsten die Puste ausgehen«, meinte Emma und legte den Kopf schief. Natürlich war sie stolz, dass ihre Unterstützung bei den Schülern so gut ankam, aber Astrids Lob machte sie verlegen – auch wenn es ein Scherz hatte sein sollen. Astrids Hochachtung vor ihren Leistungen als Lehrerin ehrte sie umso mehr, als Astrid an ihre eigene Schulzeit hauptsächlich schlechte Erinnerungen hatte.

»Und wie geht es Lisa?«, erkundigte sich Astrid. »Ich sehe sie kaum, da Lotta die meiste Zeit bei mir ist.«

»Wir haben uns die letzten beiden Wochen auch nur in der Schule gesehen. Sie ist wohl ziemlich eingespannt im Moment. Aber es ist alles gut zwischen uns«, lächelte Emma und fuhr sich mit der Zunge über die Lippen, um die Reste der heißen Schokolade zu entfernen. Das war nicht gelogen. Genau genommen hatte die Arbeit Emma gar keine Zeit gelassen, Lisa zu vermissen, wenn sie nicht gerade mit ihr zusammenarbeitete. Außerdem war sie endlich wieder in der Lage, auch zuhause allein produktiv zu sein – ein großer Fortschritt, der sie während der vergangenen Wochen umso mehr angespornt hatte.

»Freut mich, dass es dir wirklich besser geht«, sagte Astrid, sichtlich erleichtert. »Und apropos, da fällt mir gerade etwas Wichtiges ein.« Schnell zog sie einen Stuhl vom Nachbartisch heran und setzte sich zu Emma. »Du weißt doch, was in ziemlich genau vier Wochen ansteht?«

Ihr Grinsen beunruhigte Emma. »Keine Ahnung. Christkindlmarkt? Plätzchenzeit und mindestens fünf Kilo mehr auf der Waage?« Sie wusste sehr wohl, worauf Astrid hinauswollte, doch sie selbst hatte den Gedanken daran bisher erfolgreich verdrängt und hätte das gern auch weiterhin getan.

Astrid machte eine wegwerfende Handbewegung. »Ja, ja, das natürlich auch. Aber ich meinte deinen dreißigsten Geburtstag. Weich mir jetzt nicht aus! Hast du schon etwas geplant?«

»Außer mich den ganzen Tag in der Wohnung einzusperren und das Telefon abzustellen?« Emma verdrehte die Augen. »Von mir aus könnte dieser Tag ruhig aus dem Kalender gestrichen werden.«

»Komm schon. Dreißig ist kein Weltuntergang. Siehst du, ich sitze quicklebendig vor dir.« Astrid riss die Hände in die Luft und hätte dabei fast die Tischdekoration abgeräumt. »Okay, die einsetzenden Koordinationsschwierigkeiten lassen wir mal außer Acht.«

»Na, du machst mir Hoffnung«, sagte Emma in vorwurfsvollem Ton. »Ein Grund mehr, einfach nicht daran zu denken und den Tag unbeachtet verstreichen zu lassen. Ich fühle mich nicht annähernd wie dreißig. Warum sollte ich diesen Geburtstag also großartig feiern?«

Doch Astrid ließ keinen Widerspruch gelten. »Nichts da. Es wird gefeiert, und wie. Wenn du dich erinnerst – du hast bei mir auch darauf bestanden. Und ja, ich bin wirklich sehr froh, dass du mich dazu überredet hattest. Der Abend war unvergesslich. Also bitte keine Widerrede! Überlass mir das Ganze einfach und lehn dich zurück.«

»Darf ich wenigstens ein kleines Wörtchen mitreden?«, seufzte Emma.

»Das muss ich mir noch überlegen. So wie ich dich kenne, ist es wohl besser, ich mache alles selbst«, meinte Astrid, und das klang beängstigend endgültig. Rasch setzte sie noch hinzu: »Aber keine Angst, du kennst mich doch.«

Emma lächelte gequält. »Ja, eben, und genau das macht mir Angst.«

»Du und dein ewiges Misstrauen!« Astrid schüttelte den Kopf. Doch erweichen ließ sie sich nicht. »Du wirst schon sehen, es wird dir gefallen«, meinte sie abschließend. »Und jetzt entschuldige mich bitte. Ich sollte wohl besser ein Auge auf Sonja haben, bevor sich ein Gast beschwert, dass er mit Hörsturz meinen Laden verlassen muss.«

Emma folgte Astrids Blick und musste lachen, als sie Sonja inmitten einer Gruppe Rentner wiederentdeckte, die etwas eingeschüchtert ihren ausufernden Erläuterungen über die neuesten Kuchenkreationen in Astrids Laden lauschten.

21

»Dein dreißigster Geburtstag?« Mitfühlend sah Lisa Emma an. »Zum Glück habe ich noch ein paar Monate Schonfrist. Dann kannst du mir ja berichten, ob es sich wirklich so schrecklich anfühlt, dreißig zu werden.«

»Danke, das hebt meine Vorfreude wirklich enorm. Klingt gerade so, als müsste ich vor dem Tag wirklich Angst haben.« Emma drehte sich zu Lisa und runzelte die Stirn. »Vor allem will Astrid nicht mit der Sprache herausrücken, was sie vorhat. Und das macht mir noch mehr Angst. Ich mag keine Überraschungen. Vor allem nicht, wenn sie von Astrid kommen – so gern ich sie auch habe. Aber sie hat hin und wieder den Hang, *eeetwas* zu übertreiben.«

Als Lisa lächelte, zeichneten sich ihre kleinen Grübchen ab. Emma berührte sie sanft mit der Fingerspitze.

»Ich kann ja für dich Augen und Ohren offenhalten und bei Lotta vorsichtig nachfragen«, schlug Lisa vor. »Astrid hat sie bestimmt längst eingeweiht.« Sie kuschelte ihren Kopf zurück in Emmas Arm.

Emma zog die Decke etwas zurecht, so dass sie ihre beiden Körper wärmte. »Vorausgesetzt, Lotta verrät gerade dir, was Astrid vorhat. Aber dann wüsste ich zumindest, worauf ich mich seelisch einstellen sollte«, stimmte sie zu und hauchte Lisa einen Kuss auf die Schläfe. »Am liebsten würde ich einfach ins nächste Flugzeug steigen und dem Winter entfliehen. Geburtstag unter Palmen wäre doch auch ganz schön. Unter diesen Umständen würde ich mich sogar dazu überreden lassen, den Tag zu feiern.«

»Ich würde bestimmt nicht nein sagen, wenn du mich mitnehmen willst.« Lisa schlang ihren Arm um Emma und schmiegte sich noch enger an sie.

»Und wo soll es hingehen? Irgendwelche Vorschläge?« Paradiesische Bilder von Palmen, weißem, warmem Sand und Wellen, die zum Surfen einluden, erschienen vor Emmas innerem Auge. Am liebsten hätte sie sofort ihre Koffer gepackt und das Schneegestöber, das vor dem Fenster tobte, einfach hinter sich gelassen. Allein der Blick nach draußen ließ sie frösteln.

»Neuseeland«, flüsterte Lisa. Sie schien in Gedanken ebenso weit weg wie Emma.

»Neuseeland? Ein fantastisches Land.« Emma begann zu träumen. Von den Anfängen ihres Studiums, als sie in den Semesterferien für zwei Monate zusammen mit einem ehemaligen Schulfreund mit dem Rucksack durch Neuseeland gereist war. Es kam ihr vor, als wäre das alles erst vor wenigen Monaten passiert, so klar waren die Bilder dieser Reise in ihr Gedächtnis eingebrannt. Die zahlreichen Nebenjobs, die sie im Vorfeld hatte annehmen müssen, um sich diesen Traum überhaupt erfüllen zu können, und die durchgearbeiteten Nächte waren schnell vergessen, als sie den ersten Schritt aus dem Flugzeug gemacht hatte. Fast meinte sie wieder zu spüren, wie die warmen Sonnenstrahlen ihre Haut umschmeichelten …

»Du warst schon dort?« Lisa drehte sich halb auf Emmas Bauch und stützte den Kopf auf ihre Hand, um Emma in die Augen sehen zu können.

Emma nickte. »Nach dem zweiten Semester habe ich mit einem Freund in Regensburg alles stehen- und liegengelassen. Wir sind zwei Monate mit unserem Ersparten, was wahrlich nicht allzu viel war, durch Neuseeland gereist«, erzählte sie. »Es war atemberaubend – die Landschaft, die Menschen … Wenn ich daran denke, packt mich das Fernweh. Ich kann dir gern Fotos zeigen, wenn du willst. Es sind zwar nicht viele, da meine Kamera nach ein paar Tagen schlappgemacht hat, aber besser als gar keine.«

Lisa hatte ihr förmlich an den Lippen gehangen. »Die Fotos würde ich wirklich gern sehen. Seit Jahren träume ich davon, für ein paar Wochen nach Neuseeland zu fliegen. Aber bisher fehlte entweder die Zeit oder das Geld. Oder meine Ex hatte etwas dagegen.« Sie presste nachdenklich die Lippen aufeinander. »Ist das der Sinn einer Beziehung, die Träume des anderen zu unterbinden?«

»Ich weiß, was du meinst«, murmelte Emma. »Wenn ich an die vergangenen fünf Jahre denke und an die Reisen und Buchprojekte, auf die ich Kathrin zuliebe verzichtet habe … Heute frage ich mich wirklich, warum ich das gemacht habe.«

Lisa beugte sich zu ihr hinunter und küsste sie. Ein langer Kuss, der ein angenehmes Prickeln hinterließ, auch nachdem sich ihre Lippen wieder von Emmas lösten. »Und wieder haben wir einen Grund mehr, warum wir auf so etwas wie eine Beziehung verzichten können«, hauchte sie Emma ins Ohr. »Du bist frei, Emma, du kannst tun und lassen, was du willst. Und *ich* weiß genau, was ich will.«

Sie bedeckte Emmas Hals mit sanften, kleinen Küssen und schob sich langsam auf sie.

»Ach, Emma, das trifft sich gut, warte mal.« Das war Astrids Stimme, die aus Lisas Küche an Emmas Ohr drang.

Emma blieb ruckartig stehen. Eigentlich wollte sie doch möglichst unbemerkt aus der Wohnung verschwinden, um Lottas schelmischem Grinsen entgehen zu können, das sie jedes Mal erwartete, wenn sie aus Lisas Zimmer kam. Doch sie hatte die Rechnung ohne Astrid gemacht.

Sie warf einen vorsichtigen Blick in die Küche, bevor sie eintrat. Doch von Lotta war weit und breit keine Spur. »Musst du heute nicht arbeiten?«, fragte sie.

»Wir haben eine riesige Baustelle vor dem Laden, und da heute ohnehin nicht viel los war, habe ich etwas früher Feierabend gemacht. Der Lärm hat sämtliche Kunden ferngehalten«, erklärte Astrid und streckte sich genüsslich. »Bei dem Wetter habe ich wirklich nichts dagegen, zuhause zu sein. Oder besser gesagt, bei Lotta zuhause.«

»Ich kann mir auch etwas Schöneres vorstellen, als jetzt nach Hause zu laufen.« Emma warf einen skeptischen Blick nach draußen, doch mehr als eine weiße Wand konnte sie nicht erkennen.

»Warum bleibst du dann nicht noch hier, bis das Wetter besser wird?«

»Das geht leider nicht«, sagte Emma bedauernd. »Zuhause ist die letzten Tage so viel liegengeblieben. Und ich wollte noch die Fotos von meiner Neuseelandreise mit Patrick raussuchen, um sie Lisa morgen zu zeigen.«

»Du meinst diese katastrophale Reise, bei der du fast von einer Herde Schafe überrannt und zerquetscht worden wärst? Von eurem gestohlenen Zelt und misslungenen Tramp-Versuchen ganz abgesehen«, lachte Astrid und schüttelte den Kopf. »Allein die Vorstellung ist grandios. Ich wäre zu gern dabei gewesen. Ich bereue es heute noch, dass ich mich damals nicht angeschlossen habe.«

»Lach du nur. Die kleinen, flauschigen Dinger sind bei weitem nicht so friedlich, wie du denkst«, schmollte Emma, doch Astrids Lachen war so ansteckend, dass sie schließlich einstimmen musste.

Unvermittelt wechselte Astrid das Thema: »Die Einladungen für deine Party habe ich übrigens schon verschickt, und viele haben auch schon geantwortet. Die passende Location habe ich auch schon ausgemacht.« Sie schien mit sich selbst sehr zufrieden.

»Einladungen? Location?«, fragte Emma entsetzt, und das Lachen blieb ihr förmlich im Hals stecken. »Astrid ... ich wollte eine kleine Feier. Eine sehr, sehr, sehr kleine, wenn es denn schon unbedingt eine sein muss!«

»Emma, ganz ruhig, reg dich nicht auf. So schlimm, wie du denkst, wird es nun auch nicht. In den zwei verbleibenden Wochen schaffe ich es locker, alles zu organisieren.«

»Alles zu organisieren? Was hast du denn bitte vor?« Emma rieb sich überfordert die Stirn. »Ein paar Freunde, ein gemütliches Bier – das reicht mir völlig. Ich will wirklich nicht feiern, dass meine goldenen Zwanzigerjahre vorbei sind.«

»Sieh es doch einfach als neuen Abschnitt. Schließ die Vergangenheit mit diesem Jahrzehnt ab und schau nach vorn. Du darfst das nicht so schwarz sehen«, versuchte Astrid die Wogen zu glätten.

Doch Emma blieb skeptisch. »Ich hoffe wirklich, du weißt, was du tust«, seufzte sie. »Ich sollte jetzt wirklich los. Aber bitte, keine Dummheiten oder Einlagen, bei denen man sich zum Vollhorst machen muss – wenn dir etwas an unserer Freundschaft liegt.«

Astrid winkte nur ab und zog eine Augenbraue nach oben. »Was denkst denn du? Ich will doch nicht, dass du danach kein Wort mehr mit mir redest.«

22

Ich komme ja schon«, brüllte Emma genervt durch die halbe Wohnung. An ihrer Tür klingelte es schon seit Minuten Sturm.

Sie hatte zunächst versucht, es zu ignorieren. Schließlich stand sie unter der Dusche, und Lisa wollte erst in einer Stunde bei ihr sein. Auf jegliche andere Gesellschaft konnte sie gut verzichten.

Doch als das schrille Klingeln nicht verstummen wollte, sah sie keine andere Möglichkeit mehr, als sich etwas überzuziehen und den ungebetenen Gast abzuweisen, wenn sie sich nicht länger dem akustischen Terror aussetzen wollte.

Mit großen Schritten ging sie auf die Tür zu, riss sie auf und öffnete den Mund, um sich lauthals über die Unverschämtheit des Gastes zu beschweren. Doch die Schimpftirade blieb ihr im Halse stecken, als sie in ein Paar smaragdgrüner Augen blickte. Augen, die ihr vertraut waren. Viel zu vertraut.

Wie vom Donner gerührt ließ Emma die Tür zufallen und blieb reglos davor stehen. Sekunden verstrichen, in denen sie kaum zu atmen wagte. Das konnte doch nicht wahr sein. Sah sie jetzt schon Gespenster?

Vorsichtig klopfte es an der Tür. Doch Emma konnte sich nicht rühren, nicht einmal denken. Sie war wie gelähmt.

»Emma, komm schon. Lass mich bitte rein«, flehte eine ebenfalls nur allzu vertraute Stimme. »Ich muss unbedingt mit dir reden. Bitte!«

Emma hörte die Worte, doch sie war unfähig zu jeglicher Reaktion. Ihre Füße fühlten sich an wie Betonklötze. Ihr ganzer Körper war in eine Art Schockstarre gefallen.

Das Klopfen an der Tür hallte hämmernd in ihrem Kopf nach und schien immer lauter zu werden.

Zögernd streckte sie schließlich ihre Hand nach der Türklinke aus und drückte sie vorsichtig nach unten. Zum zweiten Mal öffnete sie die Tür. Doch dieses Mal hielt sie die Klinke fest umklammert und zwang sich, der Frau vor ihr ins Gesicht zu sehen. »Was machst du denn hier?«, stammelte sie.

All die Gefühle, von denen sie gedacht hatte, sie habe sie mittlerweile eingedämmt und weggesperrt, brachen sich in ihrem Innern Bahn. Unaufhaltsam schossen sie in ihr hoch und erschütterten sie bis ins Mark. Sie war sich vage bewusst, dass sie zitterte.

»Darf ich reinkommen? Können wir reden?« Kathrin sah bedrückt zu Boden.

Erst jetzt bemerkte Emma, dass zwei Koffer neben Kathrin standen. Etwas widerwillig trat sie zur Seite, um Kathrin in die Wohnung zu lassen.

Sie wusste nicht, ob sie die Kraft hatte, mit Kathrin zu reden und all die Wunden wieder aufzureißen. Doch noch weniger wollte sie, dass die Nachbarn davon Wind bekamen, wenn ihr Gespräch weiterhin für jedermann hörbar im Treppenhaus stattfand. Wie betäubt von dem Sturm, der in ihr tobte, stand sie da, als Kathrin an ihr vorbei in die Wohnung trat und Kathrins Duft ihr um die Nase wehte. Immer noch das gleiche Parfum, das Emma so sehr an ihr gemocht hatte.

Kathrin sah sich um. »Es hat sich nichts verändert«, murmelte sie. »Na ja, oder fast nichts.« Ihr Blick fiel auf eine leere Wand, an der dunkle Schatten stummes Zeugnis davon ablegten, dass dort einmal Bilder gehangen hatten.

In diesem Moment fand Emma ihre Sprache wieder. »Glaubst du, ich stelle die ganze Wohnung auf den Kopf, nur weil du so einfach verschwindest?«, zischte sie, als sie Kathrin in ihr Wohnzimmer folgte. Bittere Wut machte sich in ihrem Magen breit und durchflutete ihren ganzen Körper. Wut, die sich all die Wochen nach Kathrins Verschwinden aufgestaut hatte und nun endlich ein Ventil fand, durch das sie entweichen konnte. Endlich konnte sie Kathrin spüren lassen, was sie ihr angetan hatte.

»Emma«, flehte Kathrin leise, »ich weiß selbst, dass das alles etwas dumm gelaufen ist.«

»Etwas dumm gelaufen?« Emmas Stimme wurde lauter, ohne dass sie es selbst bemerkte. »Dumm gelaufen nennst du das also?«

»Okay, du hast ja recht«, sagte Kathrin beschwichtigend. »Ich bin ein Riesenidiot. Ein absoluter Vollidiot. Ich weiß selbst nicht, was in mich gefahren ist.«

Doch Emma konnte sich nicht beruhigen, und sie wollte es auch gar nicht. »Ich kann dir genau sagen, was in dich gefahren ist. Du hast mal eben von einem Tag auf den anderen deine Koffer gepackt und bist nach Amerika abgehauen. Ohne vielleicht auf den Gedanken zu kommen, mich vorher in deine Pläne einzuweihen. Nein, du bist einfach gegangen und hast mich sitzen gelassen. Du hast mir ganz deutlich gezeigt, was in deinem Leben oberste Priorität hat, und das war ganz sicher nicht ich. Stimmt, ganz dumm gelaufen, hm? Kann ja auch mal einfach so passieren! Ist ja auch kein Beinbruch, also Schwamm drüber, oder wie hast du dir das vorgestellt?«

Immer zorniger presste Emma die Worte zwischen den Lippen hervor. Was bildete sich Kathrin eigentlich ein? Warum war sie nur hierhergekommen? Um Emma erneut zu demütigen? Hatte es ihr nicht gereicht, Emma einmal am Boden zu sehen? Musste sie unbedingt noch einmal nachtreten?

Kathrin war ein paar Schritte zurückgewichen und stand nun mit dem Rücken an der Wand. Sie konnte Emma nicht ausweichen, ebensowenig wie den giftigen Pfeilen von Emmas Wutausbruch. Emma hätte es beinahe genossen, wenn sie nicht so aufgewühlt gewesen wäre.

»Das war der größte Fehler meines Lebens«, versuchte Kathrin eine erneute Entschuldigung. »Ich bereue das so sehr. Am liebsten würde ich einfach die Zeit zurückdrehen und alles wieder gutmachen, ob du es glaubst oder nicht.«

»Ach ja? *Mein* größter Fehler war wohl, mich so lange in dir getäuscht zu haben«, erwiderte Emma, und der Schmerz begann erneut in ihr zu brennen und mischte sich mit der Wut. »Was soll das hier? Ausheulen kannst du dich woanders, aber sicher nicht bei mir! Am besten bei deinen Eltern. Die wissen doch offensichtlich, was gut für dich ist.«

Da begann Kathrin zu stottern: »Ich ... ich bin hier, weil ... weil ich es nicht mehr ohne dich ausgehalten habe.« In ihren Augen schienen sich tatsächlich Tränen zu bilden.

Sie spielte die Figur der Reumütigen wirklich grandios. Ganz großes Theater. Applaus dafür! Emma empfand keinerlei Mitleid.

»Du hast es ohne mich nicht mehr ausgehalten? Das fällt dir

aber früh ein. Hast du wirklich gedacht, ich würde dir um den Hals fallen, wenn du vor meiner Tür stehst, und vor Freude in die Luft springen, dass du zu mir zurückwillst?«

Kathrin sah betreten zu Boden und schob ihre schwarze Hornbrille zurecht. »Ich hatte gehofft, du freust dich zumindest ein bisschen, mich wiederzusehen. Aber anscheinend nicht«, flüsterte sie. Ihre letzten Worte waren kaum mehr als ein Schluchzen.

»Du hast es in den ganzen drei Monaten kein einziges Mal geschafft, dich zu melden, Kathrin«, warf Emma ihr vor. Doch sie verstummte abrupt, als ihr der Brief wieder einfiel.

»Ich habe dir geschrieben«, erwiderte Kathrin prompt. »Ich habe dir geschrieben, dass ich zurückkomme. Wegen dir und unserer Liebe.«

Emma nahm ihr den Sinneswandel nach wie vor nicht ab. Höhnisch entgegnete sie: »Unsere Liebe, schon klar. Die ersten Wochen habe ich Tag und Nacht auf ein einziges Wort von dir gewartet, doch das war anscheinend zu viel verlangt. Und dieser Brief, nach Wochen ohne ein Lebenszeichen von dir ... Ich konnte ihn nicht lesen. Warum auch?«

»Vielleich hättest du es einfach tun sollen. Dann hättest du gewusst, dass ich vorhatte zurückzukommen, weil ich es ohne dich nicht länger ausgehalten hätte. Dann hättest du gewusst, dass ich ständig an dich denken musste.«

»Und was hätte das geändert?«, gab Emma zurück und verschränkte die Arme schützend vor der Brust. »Meinst du wirklich, ich hätte dich dann mit offenen Armen in Empfang genommen?«

»Vielleicht hättest du mich zumindest ein kleines bisschen verstehen können. Ich habe dich vermisst, Emma. Die ganze Zeit. Und ich weiß genau, du hast mich auch vermisst«, sagte Kathrin eindringlich. Sie ging ein paar Schritte auf Emma zu. Doch diese wich ihr sofort aus.

Seufzend fuhr Kathrin fort: »Die ganzen Gefühle ... unsere Liebe ... das alles kann doch nicht einfach weg sein.« Mit rotgeschwollenen Augen sah sie Emma an.

Emma dachte jedoch nicht daran, sich erweichen zu lassen. Kathrin stellte sich alles so einfach vor. Sie ging, wann es ihr passte, und kam zurück, weil ihr der Sinn danach stand. Ob sie Emma wirklich vermisst hatte? Emma konnte es sich kaum vorstellen. Das Ganze war einfach zu absurd.

Endlich hatte sie die ersten Schritte in ein neues Leben getan, ein Leben ohne Kathrin. Sie hatte sich wieder gefangen und neuen Mut gefasst ... Und auf einmal stand Kathrin wieder vor ihr und tat so, als könne alles einfach wieder so werden wie früher. Als müsse Emma nur einen klitzekleinen Schalter umlegen, und alles könnte wieder auf Anfang gestellt werden.

Doch so einfach war es nicht.

»Was du mir angetan hast, ist unverzeihlich«, sagte Emma leise, aber eiskalt. »Du bist auf meinen Gefühlen rumgetrampelt, ohne daran zu denken, wie es mir dabei ging. Es war dir doch vollkommen egal, Hauptsache, du hast bekommen, was du wolltest. Geh jetzt bitte. Sofort!« Ihre Geduld war am Ende, sie konnte spüren, dass sie Kathrins Gegenwart nicht mehr lange ertragen würde. In lauterem, hartem Ton fügte sie hinzu: »Ich will dich nicht mehr sehen. Hau ab!«

Kathrin schien Emmas Bitte nachzukommen, denn sie ging tatsächlich ohne ein Wort des Widerspruchs an Emma vorbei Richtung Wohnungstür. Erst da drehte sie sich noch einmal um.

»Denkst du, es ist möglich, dass wir die nächsten Tage noch einmal in Ruhe miteinander sprechen können? Ich will dir einfach alles erklären. Und dann kannst du mich immer noch wegschicken und aus deinem Leben streichen. Aber bitte, gib mir diese eine Chance.«

Emma blieb regungslos im Wohnzimmer stehen und sah hinaus in den Flur, wo Kathrin stehen geblieben war wie ein kleines Häufchen Elend. Doch alles, was zu sagen war, hatte sie Kathrin gesagt. Ihre Kraft war am Ende. Sie brachte kein Wort heraus.

»Ich komme die nächsten Tage noch einmal vorbei, okay? Oder rufe dich an.« Es war mehr eine Feststellung als eine Frage, denn ohne auf eine Antwort von Emma zu warten, drehte sich Kathrin zur Wohnungstür.

Als sie sie jedoch gerade öffnete und hinaustreten wollte, nahm Lisa draußen die letzte Stufe der Treppe. Mit roten Wangen stand sie vor der Tür, Kathrin direkt gegenüber.

Entgeistert schaute Emma von Kathrin zu Lisa und wieder zurück zu Kathrin.

Kathrin hingegen nickte Lisa nur flüchtig zu, griff energisch nach ihren Koffern und schleifte sie mit großem Getöse die Treppen hinunter.

Völlig perplex war Lisa vor der Tür stehen geblieben und sah ihr nach. Erst nach einer Weile schloss sie die Wohnungstür hinter sich und kam mit fragender Miene auf Emma zu, die immer noch wie zur Salzsäule erstarrt im Wohnzimmer stand. Ihr Atem ging schwer, und sie erwartete beinahe, jeden Moment ohnmächtig zu werden.

»Wer war das denn?«, erkundigte sich Lisa. »Gut gelaunt schien sie jedenfalls nicht zu sein.« Sie wollte Emma zur Begrüßung in den Arm nehmen.

Doch Emma wich zurück. Sie musste sich setzen. Kathrins unerwartetes Auftauchen hatte ihr alle Energie geraubt, und sie fühlte sich wie ausgehöhlt. Mit leeren Augen sah sie Lisa an. Sagen konnte sie immer noch nichts.

Lisas Gesichtsausdruck wechselte von Verwirrung zu Verunsicherung. »Sag nicht, diese Frau eben war Kathrin?« Sie ging ein paar Schritte rückwärts und blickte wieder zur Tür. Mit den Händen umklammerte sie ihre Handschuhe, lockerte den Griff und quetschte sie dann wieder zusammen, immer schneller.

Emma nickte nur zaghaft. Doch das reichte, um Lisa noch mehr zu beunruhigen. Sie kaute auf ihrer Unterlippe, und Emma konnte in ihren Augen sehen, dass sie mit der Situation überfordert war.

»Wir verschieben das mit den Fotos besser, okay?«, stieß Lisa schließlich hervor. Einer der Handschuhe, die sie in ihrer Hand geknetet hatte, fiel zu Boden.

Schnell bückte sie sich danach und sah Emma kein weiteres Mal in die Augen.

Im nächsten Moment vernahm Emma das Klacken der Wohnungstür, die ins Schloss fiel. Tränen füllten ihre Augen, und sie ließ sich kraftlos von ihrem Sofa zu Boden gleiten.

23

Lisa, warte!« Emma bekam Lisa gerade noch am Mantelärmel zu fassen, bevor sie mit der Schülerschar aus dem Klassenzimmer verschwinden konnte.

Energisch schulterte Lisa ihre Tasche. »Ich muss los, Emma. Ich habe Pausenaufsicht.« Sie verabschiedete die letzten Schüler mit einem freundlichen Lächeln.

Doch als sie sich Emma zuwandte, war das Lächeln verschwunden. Ihr Blick war leer und glanzlos. Sie wirkte müde. »Ich habe jetzt wirklich keine Zeit zum Quatschen, Emma«, seufzte sie und sah zur Tür.

»Ich weiß ... die Situation muss dir komisch vorgekommen sein. Ich habe doch selbst nicht gewusst, dass Kathrin plötzlich wieder vor meiner Tür stehen würde«, beteuerte Emma und sah Lisa flehend an. »Ich wollte nicht, dass du dir dabei irgendwie blöd vorkommst. Aber ich war selbst so fertig, und ... es tut mir leid, wie alles gelaufen ist. Du hast das Ganze missverstanden.«

Doch Lisa hörte ihr gar nicht richtig zu. Sie war sichtlich angespannt und schien nur darauf zu warten, endlich verschwinden zu können. »Emma«, murmelte sie, »du musst mir nichts erklären. Weißt du denn nicht mehr? Keine Verpflichtungen. Kann ich also jetzt bitte gehen? Ich habe es wirklich eilig.«

»Ich will es dir aber erklären, Lisa«, erwiderte Emma und griff nach Lisas Arm. Erst als Lisa ihn ruckartig zurückzog und ihr Gesicht sich vor Schmerz verzerrte, fiel Emma auf, wie fest sie ihn umklammert hatte.

»Wir sehen uns Donnerstag, Emma. Ich muss in die Aula.« Mit schnellen Schritten verließ Lisa das Klassenzimmer und ließ Emma einfach stehen.

Als Emma sich weit genug von der Schule entfernt hatte, ließ sie sich außer Atem auf einer Parkbank nieder und vergrub ihr Gesicht in den Händen.

Sie hatte nicht gewusst wohin, sie wusste nur, dass sie einfach nur weg wollte. Weg von all den lärmenden Schülern in der Aula und vor allem weg von Lisa, die Emma nicht mehr an sich heranließ. Innerhalb des Schulgeländes hatte sie das Gefühl gehabt, jeden Moment zu ersticken.

Schnellen Schrittes hatte sie die Schule verlassen und war in den nahegelegenen Park gelaufen. Sie brauchte frische Luft. Außerdem wollte sie allein sein, wollte niemanden erklären müssen, warum sie so kopflos durch die Gegend rannte und nichts mehr um sich herum wahrnahm.

Das konnte doch alles nicht wahr sein ... Was passierte hier eigentlich? Es war erst wenige Monate her, dass Kathrin sie aus heiterem Himmel verlassen und ihr komplettes Leben auf den Kopf gestellt hatte. Und kaum hatte sich Emma einigermaßen wieder aufgerappelt, kam Kathrin ebenso unerwartet zurück – und legte erneut alles in Schutt und Asche.

Doch trotz all der Wut, trotz der neu entflammten Schmerzen musste Emma sich eingestehen, dass sie so etwas wie Freude empfunden hatte, als Kathrin wieder vor ihr stand. Schließlich war Kathrin die Frau, von der sie einmal geglaubt hatte, dass nichts und niemand sie trennen konnte ... und in gewisser Weise schien dieses Wiedersehen das zu bestätigen. Aber diese Gedanken widerstrebten ihr. Sie wollte, sie durfte nicht so denken. Es war ein quälendes Gefühlschaos, das sie nicht einordnen und schon gar nicht auflösen konnte.

Darüber hinaus schien Kathrins Rückkehr nicht nur Emma selbst aufzuwühlen. Seit Lisa Zeugin von Kathrins Auftauchen geworden war, verhielt sie sich so abweisend und distanziert, dass Emma einfach nicht mehr zu ihr durchzudringen vermochte. Es war ganz so, als habe nie so etwas wie Nähe und Vertrautheit zwischen ihnen existiert. Lisa behandelte Emma wie eine Fremde, mit der sie lediglich ihre gemeinsame Arbeit verband, sonst nichts. Nach den Geschichtsstunden schien sie es in Emmas Gegenwart nicht mehr auszuhalten. Emma spürte, dass die Sache mit Kathrin Lisa mehr beschäftigte, als sie zugab; doch ihr war es offenbar lieber, das Thema totzuschweigen, als Emma jemals darauf anzusprechen. Und Emmas eigene Versuche, sie zu einer Aussprache zu bewegen, prallten jedes Mal gegen eine steinerne Wand. Sie wusste selbst nicht, warum sie es überhaupt immer wieder versuchte, denn jede neue Abfuhr tat ein wenig mehr weh. Aber sie konnte nicht anders. Sie wollte nichts mehr, als Lisa wieder so nah zu sein wie vorher.

Ihr Leben schien Emma komplett zu entgleisen. Sie wusste nicht mehr, was sie denken und fühlen, machen oder lassen sollte. Es schien ohnehin alles sinnlos. Als habe sich alles und jeder gegen sie verschworen, als sei jede Bemühung, sich von dem Pech zu befreien, das ihr seit Monaten an den Sohlen klebte, von vornherein zum Scheitern verurteilt.

Wo war ihr Leben geblieben, das in all den vergangenen Jahren in geordneten Bahnen verlaufen war? Auf das sie sich verlassen konnte und in dem sie für alle Gemeinheiten gerüstet war? Sie hatte doch immerhin noch ihren Job, den sie liebte ... Doch natürlich war es vor allem ihre Beziehung gewesen, die ihr Halt und Sicherheit gab. Nun war davon nichts mehr übrig. Ihre heile Welt zerbröckelte Stück für Stück.

Eine tiefe Hilflosigkeit erfüllte Emma. Ihr Verstand und ihr Herz schienen permanent aufeinander einzuprügeln, ohne genau zu wissen, welchen Standpunkt sie eigentlich jeweils vertraten. Noch nie hatte sie sich innerlich so zerrissen gefühlt. Oder genauer, hin- und hergerissen ... zwischen Kathrin und Lisa.

Warum nur war Kathrin wieder hier aufgetaucht? Hätte sie nicht einfach in Sacramento bleiben können? Dort, wo sie um alles in der Welt hatte leben und arbeiten wollen, ohne Kompromisse. Es hätte so vieles leichter gemacht.

Die Trennung hätte Emma irgendwann verkraften können. Eines Tages hätte sie sich damit abgefunden, dass diese Beziehung gescheitert war. Sie war doch bereits auf dem besten Weg, aufzustehen und neu anzufangen.

Und jetzt?

Waren die alten Gefühle für Kathrin doch noch stärker, als Emma gedacht hatte? Und hatte Kathrin sie wirklich so sehr vermisst, wie sie beteuerte?

Emma wusste, dass es an ihr lag, die Antworten auf diese Fragen zu finden. Vor allem aber musste sie herausfinden, was sie wirklich wollte.

»Du willst diesen Brief also wirklich lesen? Obwohl du ihn eigentlich nie wieder sehen wolltest?« Astrid sah Emma skeptisch an und drehte den Brief in ihren Händen.

»Ich weiß einfach nicht, was ich sonst machen soll«, seufzte Emma. Dabei ließ sie den Brief nicht aus den Augen.

Entnervt schüttelte Astrid den Kopf. »Ich verstehe sie einfach nicht. Erst haut sie ab, und dann steht sie wieder vor deiner Tür und flennt. Was will diese Frau eigentlich?« Sie klatschte den Brief vor Emma auf den Tisch. »Lies ihn, wenn du denkst, es ist richtig so. Aber wenn du mich fragst, ich halte das für gar keine gute Idee. Was sollte es noch ändern? Findest du es wirklich richtig, sie wieder in dein Leben zu lassen? Sie tut dir nicht gut. Und das weißt du auch ganz genau.«

Emmas Blick klebte immer noch an dem weißen Umschlag, der vor ihr auf Astrids Küchentisch lag, eine Armeslänge entfernt. Sie musste nur danach greifen ... Verzweiflung schwang in ihrer Stimme, als sie fragte: »Was ist bitte in dieser Situation richtig oder falsch, Astrid? Kannst du mir nicht sagen, was ich machen soll?«

»Wenn du das selbst nicht weißt ...«, erwiderte Astrid. Sie vollendete den Satz nicht, sondern sah Emma nur eindringlich an.

Damit verunsicherte sie Emma noch mehr, als sie es ohnehin schon war. »Was willst du mir damit sagen?«

»Du musst schon selbst rausfinden, was das Richtige ist. Auch wenn ich wollte, könnte ich dir nicht weiterhelfen.« Astrid war vor dem Stuhl, auf dem Emma saß, in die Hocke gegangen und legte die Hände auf Emmas Oberschenkel. »Das kannst nur du allein wissen. Auch wenn du es jetzt vielleicht nicht erkennst. Hör auf dein Herz, Emma. Nur so kannst du die richtige Entscheidung treffen.«

Endlich wandte Emma den Blick von dem Brief ab und sah auf ihre Freundin herab. »Im Moment weiß ich einfach gar nicht, was ich denken oder fühlen soll«, antwortete sie tonlos.

Astrid drückte ermutigend Emmas Beine. »Gib dir selbst Zeit. Und lass dich nicht unter Druck setzen – von niemandem, vor allem nicht von Kathrin. Ich glaube, das ist das Beste. Erzwingen kannst du sowieso nichts.« Damit stand sie wieder auf und berührte kurz den Brief auf dem Tisch, bevor sie Emma erneut ansah. »Vielleicht hast du recht, und du solltest ihn lesen.

Wer weiß, vielleicht hilft es dir.«

Emma schenkte Astrid ein dankbares Lächeln. Sie war wirklich nicht in der Lage, einen klaren Gedanken zu fassen, doch Astrids aufmunternde Worte vermittelten ihr immerhin ein wenig Kraft. Genug, um sich Kathrins Entschuldigungen zu stellen, die sie in diesem Brief erwarten würden.

Astrid legte Emma für einen kurzen Moment die Hand auf die Schulter. Dann verließ sie die Küche. Sobald sie die Tür hinter sich geschlossen hatte, griff Emma nach dem Umschlag und öffnete ihn hastig. Sie atmete ein paarmal tief ein und aus, um einen klaren Kopf zu bekommen. Erst dann fühlte sie sich bereit, das zusammengefaltete Blatt herauszuziehen.

Ihr Herz begann schneller zu schlagen, als sie das Papier schließlich in der Hand hielt und es aufklappte.

Liebe Emma,
du hasst mich sicher für das, was ich dir angetan habe. Ich kann es dir nicht verdenken.
Schon als ich deine Tür hinter mir geschlossen habe, wusste ich, dass es ein großer Fehler war, dich zu verlassen. Doch ich konnte nicht zurück.
Jetzt sitze ich hier und weiß gar nicht, wie ich dir alles erklären soll. Für so etwas findet man wohl nie die richtigen Worte, und du weißt, dass ich noch nie gut darin war, meine Gefühle zu Papier zu bringen, ganz anders als du.
Ich vermisse dich, Emma. Ich vermisse dich jede einzelne Sekunde, die ich nicht bei dir sein kann. Auch wenn du es mir vielleicht nicht glaubst.
Aber ich brauche dich, das habe ich endlich begriffen. Auch wenn es lange gedauert hat, bis ich mich getraut habe, diese Worte an dich zu richten.
Ich brauche dich mehr als alles andere. Mehr als irgendeinen Job auf dieser Welt. Du bist die Frau, die ich an meiner Seite wissen will und mit der ich mein Leben verbringen will, ganz egal, was ich dafür tun muss, dass du mir jemals wieder vertrauen kannst.
Ich habe gekündigt und komme zurück nach Regensburg. Ich komme zurück zu dir und kann es kaum erwarten.
Vielleicht haben wir beide eine zweite Chance, wenn du das willst. Ich

werde für unsere Liebe kämpfen, weil es das Wertvollste ist, das ich habe.
Deine Kathrin

Emma starrte auf die schnörkellose Handschrift. »Ich konnte nicht zurück«, wiederholte sie Kathrins Worte, und ihre Stimme klang bitter.

Wenn Kathrin wirklich damals schon gemerkt hatte, dass die ganze Sache ein großer Fehler war – warum war sie dann nicht einfach geblieben? Warum war sie trotzdem gegangen? Sie hatte doch eine Chance gehabt, zurückzurudern und alles abzublasen. An jenem Tag, als sie ihre Sachen abgeholt und Emma mit Tränen in den Augen angesehen hatte ... Da hätte sie bleiben können. Vielleicht sogar bleiben müssen. Egal wie groß der Proteststurm ihrer Eltern ausgefallen wäre, gemeinsam hätten sie doch auch das überstanden.

Vielleicht hätte Emma ihr dann auch verzeihen können. Vielleicht hätte sie Kathrins Flucht als kleine Unsicherheit abtun können, wenn sie doch letztendlich bei ihr geblieben wäre.

Doch jetzt?

Wie sollte sie ihr jetzt noch verzeihen, nach all den Wochen ohne ein Lebenszeichen? War das überhaupt noch möglich, nach allem, was in der Zwischenzeit passiert war?

Ein leises Klopfen ließ Emma aufblicken. Astrid stand im Türrahmen und sah sie an. »Darf ich?«

Emma nickte und klopfte auf den Stuhl neben sich. »Kannst du ihn bitte lesen?«, fragte sie und hielt Astrid den Brief entgegen. »Ich weiß einfach nicht, was ich davon halten soll.«

24

Unentschlossen sah Emma auf die große, schwere Holztür, über der ein ebenfalls hölzernes Schild mit der Aufschrift »Lexington« hing.

Der Wind wirbelte einen Blätterhaufen an der Tür vorbei und

pfiff dabei ein trauriges Lied. Emma kickte ein paar Steine vor sich her, während sie ein paar Meter auf und ab lief, umdrehte und dieselbe kurze Strecke zurückging, immer wieder, hin und her. Trotz ihrer dicken Jacke fröstelte sie. Dennoch konnte sie sich noch nicht dazu überwinden, durch die Holztür ins Warme zu gehen.

Durch die Fenster des Lokals war nicht zu erkennen, was sich hinter der Tür verbarg. Doch Emma wusste es nur allzu gut, denn sie war nicht zum ersten Mal hier. An dieser Bar hafteten so viele Erinnerungen, dass sie diesen Ort in den letzten Wochen bewusst gemieden hatte. Sie hatte es nicht einmal geschafft, durch die Gasse zu gehen, sondern stets einen großen Bogen darum gemacht. Jedes Mal, wenn sie auch nur in die Nähe kam, fühlte sie sich unwohl, und ihr Puls begann zu rasen.

Der Eingang zu dieser Bar war wie der Eingang in ihr altes Leben, mit all den Erinnerungen, den guten und schlechten. Sollte sie also tatsächlich eintreten?

Noch war es nicht zu spät. Sie könnte sich einfach umdrehen und gehen. Niemand konnte sie zwingen, diesen Schritt zurück zu tun. Den Schritt zurück in alte Zeiten, zu dem Moment, mit dem alles begonnen hatte.

Doch einfach zu fliehen wäre feige gewesen. Und Feigheit war etwas, das Emma zutiefst ablehnte.

Noch dazu, weil sie selbst Kathrin versprochen hatte, ihr in Ruhe zuzuhören, nachdem diese sie vor zwei Tagen angerufen und um ein Treffen gebeten hatte. Besser gesagt: gefleht. Und im Allgemeinen hielt Emma ihr Wort. Auch dann, wenn es unangenehm werden konnte. Sie hatte lange mit sich gehadert, ob sie Kathrin diese Chance geben wollte, doch was hatte sie schon zu verlieren?

Als eine Horde Touristen schließlich mit ihrem Stadtführer durch die Tür in die Bar verschwand, gab Emma sich einen Ruck. Schnell mischte sie sich unter die Meute, die sie beinahe automatisch in die behagliche Wärme des Lokals trug, bevor sie doch noch einen Rückzieher machen konnte.

Während die Touristen wie in einem Wettkampf durch das Lokal stürmten, um einen der freien Tische zu ergattern, blieb Emma im Schutz der Garderobe stehen und lugte in den

Hauptbereich der Bar. Das Bild war so vertraut, dass sie ganz automatisch in eine bestimmte Richtung blickte.

Und tatsächlich saß Kathrin dort an einem kleinen Tisch in der Ecke. An genau dem Tisch, an dem sie vor fünf Jahren das erste Mal zusammen gesessen hatten. Schüchtern und aufgeregt, wie sie waren, hatte damals keine von ihnen einen vollständigen Satz herausgebracht. Das typische erste Date mit all seinen Tücken und kleinen und großen Missgeschicken ... Wie oft hatten sie später darüber gelacht.

Von da an war dieser Tisch ihr Stammplatz und diese Bar eine Art zweites Wohnzimmer geworden. Auch wenn sie während der letzten Zeit ihrer Beziehung immer seltener zusammen hier gewesen waren. Kathrin nun wieder an ihrem gemeinsamen Platz sitzen zu sehen, nach all den turbulenten und schmerzvollen Wochen, löste Beklemmung in Emma aus. Es war, als lege sich ein schwerer Stein auf ihr Herz.

Ihre Beine fühlten sich etwas wacklig an, als sie endlich aus ihrem kleinen Versteck trat – schließlich konnte sie nicht ewig in der Garderobe herumlungern – und langsam durch den Raum auf Kathrin zuging.

Kathrin sprang auf, als sie Emma erblickte. »Ich bin so froh, dass du gekommen bist.« Sie trat auf Emma zu und wollte sie in den Arm nehmen, doch Emma wich aus. »Ich – ich hatte schon befürchtet, du kommst nicht.«

»Du dürftest mich besser kennen, Kathrin«, antwortete Emma vorwurfsvoll und setzte sich auf den Platz Kathrin gegenüber. So fungierte der Tisch als eine Art Schutzschild zwischen ihnen beiden, der Kathrin auf Abstand hielt.

Achselzuckend schob Kathrin den Stuhl, den sie für Emma zurechtgerückt hatte, zurück an den Tisch. Dann setzte auch sie sich mit geknicktem Gesichtsausdruck wieder auf ihren Platz und richtete einen treuherzigen Blick auf Emma. Eigentlich hätte sie wissen müssen, dass diese Masche bei Emma wenig nützte.

»Also«, sagte Emma kühl, »hier bin ich. Was wolltest du mir sagen?« Ihre Finger spielten mit dem Bierdeckel, der vor ihr auf dem Tisch lag. Alles in ihr war angespannt, verkrampft. Am liebsten wäre sie wieder aufgestanden und aus dem Lokal geeilt.

Kathrin suchte indessen weiter beharrlich Emmas Blick. »Emma, es tut mir so leid«, hauchte sie kaum hörbar.

Emma schwieg, in Erwartung einer Erklärung. Einer Erklärung für all das, was vor einigen Wochen passiert war, für Kathrins unerwarteten Sinneswandel, für all die Qual der letzten Monate. Doch Kathrin brachte kein weiteres Wort über die Lippen.

Emma legte den Bierdeckel zurück auf den Tisch und sah Richtung Tür. »War das alles? Wenn das so ist, kann ich ja wieder gehen. Ich hätte eigentlich wissen müssen, dass das hier zu rein gar nichts führt.«

»Nein ... bitte, Emma.« Plötzlich umschloss Kathrin Emmas Hand und hielt sie über den Tisch hinweg fest. »Geh nicht, bleib noch.«

Die Anspannung verstärkte sich. Emma wollte ihre Hand zurückziehen, doch Kathrin hielt sie nur noch fester. Also blieb Emma nur, mit harter Stimme zu erklären: »Deine fadenscheinigen Entschuldigungen kannst du dir sparen, Kathrin. Wenn du mir nichts weiter zu sagen hast, ist es wirklich besser, ich gehe gleich wieder.«

»Ich hab dir so viel zu sagen, Emma«, seufzte Kathrin und ließ ihren Daumen sanft über Emmas Handrücken streichen. »Ich weiß nur einfach nicht, wo ich anfangen soll. Es ist nicht so leicht, die richtigen Worte für all das zu finden, verstehst du das nicht?«

»Vielleicht fängst du an der Stelle an, als du aus heiterem Himmel alles hingeschmissen hast und nach Sacramento gegangen bist.« Mit einem Ruck befreite Emma ihre Hand aus Kathrins Griff. Sie lehnte sich zurück und verschränkte die Arme. »Oder was in all den Wochen vor deiner plötzlichen Flucht geschehen ist, von dem ich nichts weiß.«

Kathrin setzte wieder ihren Hundeblick auf. »Ich weiß nicht, wie ich es so erklären soll, dass du mich nicht falsch verstehst und ich alles noch schlimmer mache. Ich will, dass du verstehst, dass ich das alles auch nicht wollte. Nicht in dieser Form.« Sie schüttelte den Kopf und umklammerte ihr Glas mit beiden Händen.

Die krampfhafte Spannung in Emma wich zunehmend der

Ungeduld. »Raus mit der Sprache, Kathrin. Wie soll ich irgendwas verstehen, wenn du mir nicht endlich sagst, was Sache ist?« Innerlich verfluchte sie inzwischen ihren Entschluss, sich auf dieses Treffen einzulassen. Sie hätte wirklich wissen müssen, dass es so ablaufen würde. Was hatte sie anderes erwartet?

»Du weißt«, begann Kathrin endlich, »dass ich mich schon immer beruflich weiterentwickeln wollte. Ich wollte nicht ewig in dieser kleinen Firma versauern, ohne Perspektive. Und allein wäre ich auch gar nicht auf die Idee gekommen, einen Job in Amerika anzunehmen, aber mein Vater ...«

Emma unterbrach sie: »Ach, Kathrin, komm mir nicht schon wieder mit deinem Vater. Du hast doch noch nie großen Wert darauf gelegt, was er will. Und jetzt hörst du auf einmal auf ihn? Sonst wusstest du doch auch immer alles besser als er.«

Kathrin senkte betreten den Blick. »Er hatte dieses Mal recht – also damit, dass der Job eine große Chance für mich ist. Eine derartige Chance hätte ich in Deutschland nie bekommen. Ich wollte alles unter einen Hut kriegen, den Job, unsere Beziehung ... Ich dachte, ich schaffe das, egal wie.«

»Und als das nicht geklappt hat, war für dich wohl sehr schnell klar, was genau in deinem Leben keinen Platz mehr hat.« Emma lachte bitter. »Was ist nur aus dir geworden, Kathrin?«

»Emma, bitte sag nicht so etwas«, erwiderte Kathrin in fast verzweifeltem Ton. »Ich weiß, dass es die falsche Entscheidung war. Mein Vater hat mich wochenlang weichgeklopft, bis ich nicht mehr nein sagen konnte. Aber ich wollte dich doch nie verlieren. Nie, Emma. Und ich bin immer noch ich. Die Kathrin, die du kennengelernt hast. Die, die du geliebt hast.«

Doch Emma schüttelte den Kopf. »Du bist nicht mehr die Frau, die ich damals kennengelernt habe, bei aller Liebe nicht. Was erwartest du denn jetzt, Kathrin? Dass ich dir verzeihe und wir einfach noch mal von vorn anfangen? Oder soll ich vielleicht auch noch Mitleid mit dir haben? Von wegen, du Arme konntest ja nichts dafür, aber dein Vater hat dich regelrecht dazu gezwungen?« Sie drehte sich um und griff nach ihrer Jacke, die sie über die Stuhllehne gehängt hatte.

»Emma, bitte nicht!« Kathrins Stimme klang schrill.

»Was denn noch, Kathrin? Ich kann dir dazu jetzt nichts sagen. Ich muss das alles erst einmal sacken lassen.« Emma schlüpfte in ihre Jacke und stand auf. Sie konnte nicht mehr ruhig sitzen bleiben, jede weitere Sekunde mit Kathrin schien zu viel. »Das ist doch alles Wahnsinn!«

Kathrin war ebenfalls aufgesprungen und stand wie eine Mauer vor Emma. »Aber ich brauche deine Hilfe«, sagte sie beschwörend.

Verwundert zog Emma die Augenbrauen nach oben. »Ausgerechnet meine?«

Kathrin sah über ihre Schulter zurück und deutete mit einem Nicken in die Ecke neben dem Tresen. Als Emma sich etwas zur Seite beugte, um an Kathrin vorbeisehen zu können, weiteten sich ihre Augen. Eine schreckliche Ahnung stieg in ihr hoch.

»Sind das etwa deine?«, fragte sie fassungslos. »Kathrin, wie soll das bitte funktionieren? Nein, beim besten Willen nicht, vergiss es.«

»Es ist doch nur für ein paar Tage, bis ich eine eigene Bleibe gefunden habe. Ich verspreche dir, ich beeile mich, um dich nicht lange zu belästigen. Aber ich weiß einfach nicht, wo ich momentan sonst hinsoll. Ich will nicht zu meinen Eltern. Und sonst habe ich hier in Regensburg doch niemanden. Bitte, Emma, lass mich nicht hängen.«

Emma war wie vor den Kopf gestoßen. Mit offenem Mund sah sie von den Koffern zu Kathrin und wieder zurück zu den Koffern. »Ich … ich weiß nicht, ob das so eine gute Idee ist«, stammelte sie.

»Du wirst keinen Ärger mit mir haben. Und ich verspreche dir, wenn du mich danach nicht mehr sehen willst, werde ich das akzeptieren und aus deinem Leben verschwinden.« Kathrin streckte eine Hand nach Emma aus und berührte sie an der Schulter. »Versprochen.«

Vollkommen überfordert nickte Emma, bevor sie sich darüber klarwurde, was sie da tat. Im nächsten Moment hätte sie sich ohrfeigen können.

Kathrin strahlte indessen und beeilte sich, ihre Koffer aus der Ecke zu holen.

Emma sah ihr nach, und der Boden schien langsam unter ihren Füßen wegzugleiten. *Großartig, Emma. Ganz großartig.* Aus dieser Nummer würde sie nicht mehr herauskommen. Aber sie war selbst schuld. Den Schlamassel hatte sie sich ganz allein eingebrockt.

25

Ich weiß echt nicht, wie du darüber noch Witze machen kannst.« Astrid schüttelte entgeistert den Kopf, während sie ihre Hand nach dem Glühwein ausstreckte, den ihr der Budenbesitzer entgegenhielt.

»Welche Witze denn bitte?« Emma sah Astrid stirnrunzelnd an. Es dauerte ein paar Sekunden, bis ihr dämmerte, dass Astrid ihr offensichtlich nicht glaubte. »Astrid, das war alles andere als ein Scherz. Ich habe das ernst gemeint. Leider.«

Beinahe hätte sich Astrid ihren Glühwein über die Jacke gegossen. »Du willst mir also allen Ernstes weismachen, dass sich genau in diesem Moment, während wir hier zusammen stehen und Glühwein trinken, Kathrin in aller Seelenruhe in deiner Wohnung einnistet?« Mit offenem Mund stand sie vor Emma, ihr Gesicht eine einzige fassungslose Maske.

»Ja, so könnte man es wohl sagen. Es ist nur für ein paar Tage. Ich habe ihr erlaubt, im Gästezimmer zu schlafen. Was hätte ich denn deiner Meinung nach machen sollen? Sie auf die Straße setzen?«, fragte Emma hilflos. Ihr Atem bildete eine kleine Wolke in der Eiseskälte.

»Na ja, ich wüsste da ein paar weitaus bessere Möglichkeiten. Ihre Eltern, ein Hotelzimmer oder Freundinnen von ihr. Na gut, Freundinnen sind wohl so eine Sache bei Kathrin. Oder wie wäre es damit, sie würde gleich wieder nach Sacramento abhauen? Um nur ein paar der Alternativen aufzuzählen. Ich kann nicht glauben, dass du dich wirklich dazu hast überreden lassen. Du willst ihr also tatsächlich jeden Tag über den Weg laufen? Oder vielleicht gemeinsam mit ihr am Frühstückstisch sitzen, als wäre nichts geschehen? Diese Frau hätte keinen einzigen Schritt mehr in meine Wohnung gesetzt, wenn ich du wäre!« Astrid umklammerte ihre Tasse mit beiden Händen und presste die Lippen fest aufeinander.

So wütend ihre Worte klangen, Emma konnte Unbehagen in Astrids Augen erkennen. Und wenn sie ehrlich war, spiegelte Astrids Blick genau das wider, was sich tief in ihr selbst regte: Unbehagen, Zweifel und eine gehörige Portion Angst vor dem, was sie die nächsten Tage noch erwarten würde. Es würde nicht leicht werden und wahrscheinlich auch nicht angenehm. Sie verschlang ihre Finger ineinander und verkrampfte sie zu einem festen Knoten, bis ihre Knöchel schmerzten.

»Sie hat versprochen, sich so schnell wie möglich um eine eigene Wohnung zu kümmern und wieder zu verschwinden«, versuchte sie Astrid zu beruhigen. Oder sich selbst. Langsam wusste sie nicht mehr, wer es hier eigentlich nötiger hatte.

»Und deshalb bist du Montag auch nicht im Unterricht erschienen?«

Emma stutzte. »Woher weißt du denn ... ach, was frage ich eigentlich! Du sitzt ja direkt an der Quelle.« Sie zuckte mit den Schultern. Zu allem Überfluss setzte jetzt auch noch ihr schlechtes Gewissen dem Gefühlswirrwarr die Krone auf.

Astrid legte ihr die Hand auf den Unterarm. »Emma ... ich weiß, dass das alles nicht gerade leicht ist. Aber ich glaube, das hier ist genau der falsche Weg. Kathrin macht sich wieder in deinem Leben breit, und Lisa war nicht gerade begeistert, dass du dich krankgemeldet hast. Du lässt es zu, dass Kathrin dein Leben schon wieder völlig durcheinanderbringt.« Sie seufzte. »Du willst doch nicht wirklich deinen Job wegen ihr schleifen lassen?«

»Ich habe das alles im Griff, Astrid. Mach dir keine Sorgen«, versicherte Emma. »Spätestens nächste Woche ist Kathrin weg, und du weißt, dass ich sonst sehr zuverlässig bin, was meine Arbeit betrifft. Das war eine absolute Ausnahme und wird sicher nicht mehr vorkommen.« Sie hob ihre leere Tasse und reichte sie zurück in die Bude. »Noch einen, bitte.«

»Das habe ich auch nie bezweifelt, Emma. Es ist nur so ... Lotta meinte, Lisa sei wie ausgewechselt, nachdem sie in deiner Wohnung auf Kathrin gestoßen war. Und ehrlich gesagt, ich kann sie verstehen.«

»Die Situation hätte wahrlich besser laufen können«, antwortete Emma, dann schüttelte sie den Kopf. »Aber wir hatten nie mehr als eine kleine Affäre. Warum reagiert sie dann bitte so aufgebracht? Ich versuche ständig, mit ihr darüber zu sprechen, aber sie lässt mich immer wieder auflaufen. Ich habe nichts Schlimmes verbrochen, also was soll das Ganze?«

»Wenn du das nicht weißt ...« Astrid hielt vielsagend inne und schnalzte mit der Zunge.

»Was soll das denn ...?«, begann Emma, doch Astrid schien sie plötzlich gar nicht mehr zu hören. Auf ihrem Gesicht breitete sich ein Strahlen aus, und in ihrem Freudentaumel stellte sie ihre Tasse knapp neben den Tisch, so dass sie unbeachtet in den kleinen Schneefilm am Boden fiel. Schnell bückte sich Emma nach der Tasse. Als sie sich wieder aufrichtete, hatte sich bereits eine weitere Person an ihren Tisch gesellt.

»Ach, hallo, Lotta«, grüßte Emma lächelnd. »Kein Wunder, dass Astrid plötzlich nichts mehr um sich herum bemerkt.«

»Hallo, Emma«, erwiderte Lotta den Gruß knapp. Sie flüsterte Astrid etwas ins Ohr. Emma hingegen hatte sie offenbar nichts mehr zu sagen.

Etwas irritiert sah sich Emma um. Hatte sie etwas verpasst? Lotta war doch sonst nicht so wortkarg.

»Alles in Ordnung?«, fragte Emma vorsichtig, als sich Lotta wieder von Astrid löste.

»Alles in Ordnung? Das fragst du mich?« Lottas Stimme klang bitter. »Ja, es ist wirklich alles in bester Ordnung, danke der Nachfrage.« Dann gab sie Astrid einen letzten Kuss, bevor sie sich umdrehte und kopfschüttelnd wieder in der Menge verschwand.

Emma verstand die Welt nicht mehr. Was sollten diese Andeutungen? Erst Astrid und nun auch noch Lotta.

»Astrid«, bat sie eindringlich, »sag mir endlich, was hier los ist. Was habe ich bitte getan, dass Lotta mir gegenüber so abweisend ist?« Sie schob die Tasse mit dem dampfenden Glühwein zur Seite. Die Lust darauf war ihr gehörig vergangen.

Doch Astrid sagte nur ausweichend: »Emma, ich muss jetzt echt los, ich muss wieder in den Laden. Wir reden ein andermal, oder von mir aus morgen auf deiner Geburtstagsfeier.«

»Du kannst mich doch jetzt nicht einfach so stehen lassen«, protestierte Emma.

Doch Astrid ging nicht weiter darauf ein. »Sei morgen Abend bitte pünktlich um acht Uhr vor dem kleinen Café in meiner Straße, ich bringe dich dann zum Ort des Geschehens. Mach's gut, Emma.« Eilig nahm sie Emma in den Arm, ehe sie herumwirbelte und den Weihnachtsmarkt mit großen Schritten verließ.

Mit einem heftigen Knall ließ Emma die Wohnungstür ins Schloss krachen.

Sie schien gegen eine Mauer nach der anderen zu rennen. Nicht einmal mehr Astrid stand auf ihrer Seite, sonst hätte doch wenigstens sie Klartext sprechen können. Aber nein – aus einzelnen spitzen Bemerkungen und Seitenhieben sollte Emma sich jetzt selbst ein Bild konstruieren. Ein Bild wovon, fragte sie sich. Ihr ganzes Leben schien ein einziges Scherbenmeer zu sein, und keiner der Glassplitter passte zu den anderen.

Normalerweise würde sie die Scherben zusammenkehren und den Schaden ersetzen. Doch wie sollte sie das mit ihrem Leben bewerkstelligen? Biete altes Leben gegen neues Leben? Aber wer hätte freiwillig mit ihr getauscht? Sie selbst mit Sicherheit nicht.

Emma lehnte sich gegen die kühle Wand des Flurs und schloss die Augen. Zwei, drei tiefe Atemzüge. Doch die Verzweiflung und Ratlosigkeit ließen sich auch damit nicht verdrängen.

»Du bist ja schon zurück«, riss Kathrins Stimme Emma unsanft aus ihrer Starre. Das hatte ihr gerade noch gefehlt.

»Sieht ganz danach aus.« Emma schälte sich aus ihrem Mantel und warf ihn gleichgültig auf die kleine Kommode neben sich.

»Hast du vielleicht eine Minute für mich?« Kathrin stand etwas unschlüssig im Türrahmen zu dem kleinen Gästezimmer, das Emma bisher nie benötigt hatte und das eigentlich als Abstellraum diente. »Ich wollte nur fragen, ob es in Ordnung ist, wenn ich mich für die Zeit, die ich hier bin, etwas wohnlich einrichte. Das Zimmer ist etwas – na ja, wie soll ich sagen, karg und kalt.«

»Wohnlich einrichten? Ich dachte, du bist in ein paar Tagen

ohnehin weg. Wozu dich also wohnlich einrichten? Sollte dir doch reichen, dass du ein Bett für die Nacht hast.« Emma musterte Kathrin. Das war eindeutig einer ihrer eigenen Pullover. »Und was machst du bitte an meinen Sachen? Du bist hier nicht zuhause, falls du das etwa vergessen hast.«

»Ähm, tut mir leid. Ich hatte nicht wirklich warme Sachen bei mir, und das Zimmer hat doch keine richtige Heizung. Und der Heizlüfter streikt. Ich leg den Pulli sofort wieder zurück. Tut mir leid, ich wollte nicht in deinen Sachen wühlen.« Kathrin hob entschuldigend die Schultern.

Überfordert fuhr sich Emma durch die Haare. »Das nächste Mal fragst du mich bitte«, sagte sie müde. »Du hast an meinen Sachen nichts mehr verloren. Und am Dachboden steht noch ein anderer Heizlüfter. Du kennst den Weg ja.«

Schnell wandte sie sich ab und verschwand in die Küche. Dort duftete es nach frischem Kuchen.

Von draußen hörte sie Kathrins Stimme: »Okay, ich bin dann kurz oben. Bedien dich bitte. Das ist das Mindeste, was ich tun kann.« Dann war es still, und Kathrins Schritte verhallten im Treppenhaus.

Auf dem Küchentisch stand ein frischer Apfelkuchen. Doch obwohl Emma sonst durchaus in der Lage war, einen halben Kuchen auf einmal zu verspeisen, verspürte sie keinerlei Appetit.

Kathrin war noch nicht einmal zwei Tage hier, und bereits jetzt war die Situation unerträglich. Wie hatte sie nur glauben können, dass das alles funktionieren würde – und vor allem, dass Kathrin sich zurückhalten würde? Am liebsten hätte sie Kathrin umgehend wieder vor die Tür gesetzt. Aber selbst wenn sie dafür auch nur die geringsten Erfolgsaussichten gesehen hätte, fehlte ihr einfach jegliche Energie für diese Konfrontation.

Und auf die Geburtstagsparty morgen konnte sie genauso gut verzichten. Warum konnte sie sich nicht einfach in ihrem Bett verkriechen und erst wieder herauskommen, wenn sich alle Probleme von allein gelöst hatten? Also in zwei bis drei Jahren etwa.

Ihr Kopf fühlte sich leer an. Ein konstruktiver Gedanke wollte einfach nicht zustande kommen. Und auch ihr Herz schien jegliches Gefühl ausgesperrt und sich in einen Panzer gelegt zu haben. Sie spürte keine Wut, keinen Schmerz, nur Leere. Ihr Körper war nur noch eine hohle Hülle, die wie ein Roboter durch die Welt spazierte und doch nicht wusste, wohin sie gehen sollte.

Aber zunächst einmal galt es glücklicherweise nur, zu funktionieren und die kommenden Tage irgendwie zu überstehen. Dann würde sich das Blatt hoffentlich irgendwann von selbst wenden.

26

So einfach hast du mich also aus deinem Leben gestrichen und im hintersten Eck des Dachbodens abgestellt? Muss dir ja nicht wirklich schwergefallen sein.« Mit abwesendem Blick zeichnete Kathrin mit der Fingerspitze feine Linien in die dünne Staubschicht auf dem Karton. »Den Heizlüfter habe ich übrigens nicht gefunden. Keine Ahnung, wo du den versteckt hast«, fügte sie leise hinzu.

Emma stand mit dem Rücken an die Fensterbank gelehnt und starrte auf die Kiste, die Kathrin vor sich auf dem Küchentisch abgestellt hatte. »Was hast du denn erwartet? Dass ich mir tagtäglich unsere Fotos ansehe und Tränen darüber vergieße?« Sie schüttelte den Kopf. »Und noch einmal, was machst du eigentlich an meinen Sachen? Die Kiste geht dich überhaupt nichts an.«

»Vielleicht habe ich einfach nur erwartet, dass du die Erinnerungen an unsere gemeinsame Zeit nicht so achtlos entsorgst.«

Emma dachte kurz darüber nach, warum sie sich überhaupt auf diesen Schlagabtausch einließ. Aber irgendetwas zwang sie, Kathrins unmöglichen Äußerungen doch immer wieder etwas entgegenzusetzen. »Ich habe sie einfach dorthin gebracht, wo ich sie nicht täglich sehen muss. Du tust gerade so, als hätte ich jedes einzelne Foto genussvoll verbrannt.«

»Aber genau so fühlt es sich an.« Eine Träne suchte sich ihren

Weg über Kathrins Wange und landete unsanft auf dem Deckel der Fotokiste, wo sie sich mit dem Staub zu einem trüben kleinen Sumpf mischte.

Mit einer fahrigen Handbewegung fegte Kathrin den Deckel vom Tisch und drehte Emma den Rücken zu.

Emma musste sich mit aller Macht zurückhalten, um Kathrin nicht lauthals anzuschreien. Es hätte gutgetan, ihrer Wut einfach ungebremst Luft zu machen. Doch Kathrins Tränen hielten sie davon ab. Sie biss sich auf die Lippen und ballte die Fäuste in den Hosentaschen.

»Kathrin«, seufzte sie leise. »Ich muss mich nicht dafür rechtfertigen, dass ich versucht habe damit klarzukommen, dass du einfach weg warst. Ich habe einfach das gemacht, was am wenigsten wehgetan hat. Du hast keinerlei Recht, mir deswegen Vorwürfe zu machen.«

»Nein, das habe ich wohl nicht. Und ich will dir eigentlich auch gar keine Vorwürfe machen.« Kathrins Stimme bebte, ebenso wie ihr ganzer Körper. »Ich weiß, ich habe es nicht anders verdient. Wenn hier jemand Vorwürfe verdient hat, dann wohl ich.«

Schnell wischte sie sich über die Wangen, ehe sie sich wieder zu Emma drehte. »Ich bringe die Kiste am besten wieder nach oben.«

»Lass einfach gut sein, Kathrin.« Emma hob den Deckel auf, der direkt vor ihren Füßen gelandet war. »Ich mache das. Dann kann ich auch gleich nachsehen, wo der Heizlüfter steht.«

Sie verschloss die Kiste, jedoch nicht ohne einen wehmütigen Blick auf das obenauf liegende Foto zu werfen. Sommer, Sonne, Strand und eine Schramme im Gesicht. Der erste gemeinsame Urlaub und ein kleines Missgeschick mit dem Surfbrett. Sie konnte das Rauschen der Wellen förmlich hören, als sie daran zurückdachte. Erinnerungen an eine glückliche Zeit holten sie unvermittelt ein.

»Alles in Ordnung, Emma?« Kathrin stand neben ihr und sah ebenfalls auf das Foto, zumindest so lange, bis Emma den Deckel grob auf die Kiste knallte.

Emma sparte sich die Antwort. »Ich bin dann mal oben«, brummte sie und drückte sich an Kathrin vorbei aus der Küche, ohne sie noch einmal anzusehen.

Auf dem Weg nach oben fragte sie sich, ob es nicht doch besser gewesen wäre, die Kiste für alle Zeiten verschwinden zu lassen. Was wollte sie noch mit all den Erinnerungen? Sie würden ihr das vergangene Glück auch nicht mehr zurückbringen.

Die Kiste fühlte sich in ihren Händen an wie Blei. Als sie sie an ihrem ursprünglichen Platz auf dem Dachboden abgestellt hatte, musste Emma sich erst einmal setzen. Warum musste Kathrin ausgerechnet diese Kiste finden? Der Dachboden war nicht gerade klein und das Eck, in dem sich die Kiste befand, nicht sehr gut einsehbar. Vielleicht hätte sie einfach selbst nach dem Heizlüfter suchen sollen.

Hätte, wäre, wenn ... Das war nun auch längst egal.

Emma griff nach einer Wolldecke, die neben ihr lag, und bedeckte die Kiste damit. Aus den Augen, aus dem Sinn. Oder zumindest davor bewahrt, erneut gefunden zu werden. Ja, vielleicht hätte sie die Fotos tatsächlich verbrennen sollen. Eines nach dem anderen – als eine Art dicken Schlussstrich unter die gemeinsame Zeit.

Sie hatte sich hoch und heilig geschworen, sich nicht von Kathrin um den Finger wickeln zu lassen. Doch das erwies sich nun als schwieriger als gedacht. Kathrins reumütiges Verhalten, ihre zahlreichen Entschuldigungen und Tränen konnte Emma nicht einfach an sich abprallen lassen, um mit ihrem Alltag weiterzumachen. Wenn es den in ihrem Leben überhaupt noch gab. Vermutlich würde er erst wieder einkehren können, sobald Kathrin die Wohnung verlassen hatte. Und das lieber heute als morgen.

»Es tut mir leid, Emma. Ich hätte die Kiste vielleicht einfach stehen lassen sollen.«

»Hättest du vielleicht, ja.« Emma stand mit verschränkten Armen in der Tür zu ihrem Wohnzimmer, wo Kathrin es sich auf dem Sofa bequem gemacht hatte.

»Können wir das nicht einfach vergessen und so tun, als wäre nichts geschehen?« Kathrin bedeutete Emma mit einer Handbewegung, sich zu ihr zu setzen. Ganz so, als sei Emma der Gast und nicht Kathrin.

Emma traute ihren Augen und Ohren kaum. »So tun, als wäre nichts gewesen? Das wäre dir wohl am allerliebsten, oder? Man kann sich's auch einfach machen. Nein, so läuft das nicht.«

»Ja, ich weiß, das klingt aus meinem Mund wohl etwas seltsam ...« Kathrin breitete die Decke aus, die sie sich zurechtgelegt hatte, und sah Emma auffordernd an. »Komm schon, setz dich zu mir.«

Emma schüttelte entgeistert den Kopf. »Ich wollte mir gerade einen Film anschauen. Auf meiner Couch, mit meiner Decke und vor allem: in meinem Wohnzimmer. Ach ja, und bevor ich es vergesse – allein natürlich. Ich habe dir angeboten, im Gästezimmer zu schlafen, aber nicht, dass du dich hier breitmachen kannst, wie du willst.«

Kathrin senkte betreten den Kopf. »Emma, wollen wir nicht endlich damit aufhören, auf Konfrontation zu gehen?«, fragte sie leise, während sie auf ihre Hände hinabsah, die immer noch die Decke festhielten. »Ich setze mich auch in den Stuhl dort drüben und bin mucksmäuschenstill. Aber ich brauche einfach noch etwas Leben um mich. Und wenn es nur einer deiner komischen Dokumentationsfilme ist.«

Emma strich sich eine Strähne aus dem Gesicht und seufzte. »Ich glaube, ich kann heute sagen, was ich will, stimmt's?« Sie überlegte kurz und meinte dann: »Na gut, dann bleib eben hier. Aber ich will einfach nur den Film sehen und mich nicht unterhalten. Ich will gar nicht bemerken, dass du hier bist.«

»Ja, klar, kein Problem. Ist ja deine Wohnung. Also ganz wie du willst.«

»Genau, es ist meine Wohnung«, wiederholte Emma, sehr leise und mit zusammengebissenen Zähnen.

Kathrin hatte sich hier eingenistet, als wolle sie das ganze nächste Jahr bleiben. Überall lagen ihre Sachen in der Wohnung verteilt, kreuz und quer – vom Gästezimmer über den Flur bis ins Wohnzimmer. Und selbst Emmas Sachen waren vor Kathrin nicht sicher, das hatte sich ja inzwischen mehr als einmal gezeigt. Privatsphäre ade!

Kathrin war mittlerweile aufgestanden, um sich wie versprochen auf den Sessel in der Ecke des Zimmers zurückzuziehen. Mechanisch und ohne nachzudenken sagte Emma: »Kathrin, bleib einfach sitzen, die Couch ist groß genug für zwei.«

Ein erleichtertes Lächeln erschien auf Kathrins Gesicht.

Wäre Emma in diesem Moment unbeobachtet gewesen, hätte sie sich selbst mit flacher Hand gegen die Stirn geschlagen. Mit Kathrin unter derselben Decke auf der *wahnsinnig großen* Couch ... was für eine grandiose Idee. Es war ein Zweisitzer, den man aber auch ganz gut allein ausfüllen konnte. Also richtig kuschelig. Warum konnte sie nicht einmal hart bleiben und Kathrin in die Schranken weisen? Warum musste sie immer nachgeben – mehr noch, ihr sogar von sich aus entgegenkommen?

Zumindest fand es Kathrin angebracht, sich ans äußerste Ende der Couch zu setzen. Auch wenn selbst das bedeutete, dass zwischen ihnen kaum mehr als eine Fernbedienungslänge Platz bleiben würde.

Zögerlich setzte sich Emma neben Kathrin und klammerte sich an die Fernbedienung. Sie konzentrierte sich auf die Zahlen und Symbole darauf, nur um Kathrin nicht ansehen zu müssen.

Wenig später hatte Emma sich in ein Ende der Decke gewickelt und die Arme wieder vor der Brust verschränkt. So weit wie möglich nach außen gebeugt saß sie auf ihrem Platz, um den Abstand zu Kathrin so groß zu machen wie es nur ging. Sie bewegte sich keinen Millimeter, aus Angst, dadurch eine Gesprächslawine von Kathrin loszutreten. Allerdings hatte diese angestrengte Haltung den Nachteil, dass sich zuerst ihr Unterschenkel krampfte und sich danach ein stechender Schmerz in ihrer Wirbelsäule bemerkbar machte.

»Und so etwas findest du wirklich interessant?«, durchbrach Kathrin nach einer Weile das Schweigen. »Ist das alles nicht etwas sehr trocken?«

Emma gab ihre steife Haltung auf. Egal wie sehr sie sich verbog – weder konnte sie Kathrin dadurch ignorieren noch sie dazu bewegen, ihre Bitte, sie in Ruhe zu lassen, zu respektieren. Mit schmerzverzogenem Gesicht hielt sich Emma die Schulter und massierte sie leicht. »Das ist immerhin die Geschichte der Familie Mann«, murmelte sie. »Natürlich ist das interessant.«

»Ganz schön chaotisch, würde ich sagen«, erwiderte Kathrin und sah Emma bei ihren ungelenken Entspannungsübungen zu.

»Soll ich vielleicht kurz?«, fragte sie einen Moment später und deutete auf Emmas Schulter. »Es würde mir nichts ausmachen, also wenn du willst ...«

Schlagartig ließ Emma ihre Hand sinken. »Nein, alles gut, es geht schon wieder. Am besten, ich lege mich jetzt einfach ins Bett.«

»Willst du denn die Dokumentation gar nicht zu Ende sehen?«, erkundigte sich Kathrin überrascht.

»Die letzte halbe Stunde kenne ich schon. Die habe ich vor wenigen Tagen bei der Erstausstrahlung gesehen. Ich hatte nur den ersten Teil versäumt, und den kenne ich ja jetzt. Also kann ich genauso gut schlafen gehen.« Emma wühlte sich hastig aus der Decke. Doch beim Aufstehen verhedderte sich ihr Fuß darin, und sie wäre beinahe vorwärts über den Wohnzimmertisch gefallen.

Gerade im richtigen Moment hielt Kathrin sie fest und verhinderte die Bruchlandung. »Du kannst es wohl gar nicht erwarten, mich endlich los zu sein«, meinte sie leise.

Emma war nach dieser kurzen Schrecksekunde die Hitze ins Gesicht geschossen. Aber das lag nicht nur an dem Beinahe-Sturz; es lag vor allem auch daran, dass Kathrins Hände immer noch auf ihrem Körper lagen und sie jetzt plötzlich viel zu nah neben ihr auf dem Sofa saß, auf das sie Emma zurückgerissen hatte. »Ich ... ich bin einfach nur müde«, stammelte sie und zupfte nervös an dem Stück Decke, das an dem Zwischenfall Schuld trug. »Ich sollte wirklich schlafen.«

Eindringlich und ohne sie loszulassen sagte Kathrin: »Emma, ich tue nichts, was du nicht willst. Ich merke doch, wie sehr du dich sperrst. Du hast mein Wort: Ich lasse dich in Ruhe.«

Emma hob langsam den Kopf. Ihre Blicke trafen sich wie Blitze, die einen heftigen Donner ankündigten. Nur kurz hielt Emma diesem intensiven Augenkontakt stand, dann schrillten all ihre Alarmglocken.

»Gute Nacht, Kathrin.« Schnell löste sich Emma aus Kathrins Griff und sprang auf.

27

Emma rührte Zucker in ihren Kaffee und sah Kathrin an. Endlos viel Zucker in endlos langen Sekunden. Kathrin wiederum beäugte skeptisch Emmas dampfenden Kaffee, der sich mit jeder Löffelbewegung mehr in einen zähen, süßen Brei verwandelte.

»Es ist nur eine ganz kleine Feier mit alten Freunden«, erklärte Emma. »Wirklich nichts Spektakuläres. Du wirst also nichts verpassen.«

»Nichts verpassen? Das sehe ich aber ganz anders.« Kathrin kreuzte die Arme vor der Brust. »Du wirst nur einmal dreißig.«

»Du würdest dich nur langweilen. Du mochtest meine Freunde doch noch nie, wenn wir ehrlich sind.«

»Na ja, ganz so würde ich das nun auch nicht sagen. Ich kenne sie ja kaum.«

»Ach, komm schon, Kathrin«. Wieder einmal fragte sich Emma, was diese Diskussion für einen Sinn hatte. Aber die Vorstellung von Kathrins Gegenwart auf dieser Party, zu der sie selbst sich ohnehin nur widerstrebend bereit erklärt hatte, ließ sie hartnäckig bleiben. »Du hast doch jedes noch so banale Gespräch im Keim erstickt und dich später gewundert, warum niemand dieser Langweiler, wie du sie immer bezeichnet hast, mit dir reden wollte.«

»Ach, das. Das ist doch schon ewig her.« Mit einer hektischen Handbewegung wischte Kathrin nicht vorhandenen Staub vom Regal.

»Fünf Monate, um genau zu sein. Vor fünf Monaten hast du zum letzten Mal einige meiner Freunde gesehen.«

»Ja, siehst du. Fünf Monate sind eine lange Zeit. Vielleicht habe ich ja jetzt Lust, mich mit ihnen zu unterhalten.«

»Ja, du vielleicht.«

»Emma, du bist viel zu pessimistisch eingestellt«, behauptete Kathrin. »Du darfst nicht alles so schwarz sehen.«

»Realistisch trifft es wohl besser.«

»Schriftsteller und Realität, passt ja auch wie die Faust aufs Auge.« Kathrins Lachen klang trocken. »Na ja, du weißt, wie ich es meine.«

»Und du weißt genau, wie *ich* es meine. Wenn ich schon auf meinen Dreißigsten anstoßen muss, dann bitte ohne Ärger und dicke Luft.«

»Aber das ist doch selbstverständlich.« Ein entrüsteter Blick traf Emma. »Glaubst du wirklich, ich habe vor, dir deine Feier zu vermiesen?«

»Vorhaben würde ich nicht sagen. Aber ...«

»Aber was, Emma? Sag doch einfach, wenn ich auf deiner Party unerwünscht bin.« Kathrin räusperte sich und begann die Teller und Tassen im Regal zu ordnen. »Ist schon in Ordnung. Irgendwie kann ich es ja verstehen. Dann bleibe ich eben zuhause.«

Mit einem tiefen Seufzer ließ Emma den Kopf auf die Tischplatte sinken. »Ich will keinen Ärger, Kathrin«, murmelte sie. »Ich werde mich sicher nicht den ganzen Abend um dich kümmern. Und bitte, geh Astrid einfach aus dem Weg, bevor ihr euch die Augen auskratzt. Halt dich einfach im Hintergrund ... wenn du unbedingt dabei sein willst.«

Ein kurzes Schweigen, ein leises Räuspern. »Du wirst kaum merken, dass ich da bin. Schließlich ist es ja dein großer Abend.«

Emma musste Kathrin gar nicht ansehen, um zu wissen, welches Gewinnerlächeln sich gerade auf ihren Lippen ausgebreitet hatte.

»Ich bin gegen siebzehn Uhr wieder zurück«, fügte Kathrin hinzu, »dann können wir abends zusammen gehen.« Damit verschwand sie aus der Küche, bevor Emma ihr widersprechen konnte.

»Wunderbar«, seufzte Emma.

Ganz, ganz wunderbar, wiederholte sie in Gedanken. Kathrin hatte es also schon wieder geschafft, sie um den Finger zu wickeln. Und dafür hatte sie gerade einmal wenige Minuten gebraucht. Das musste endlich aufhören!

Warum konnte man diesen Tag nicht einfach aus dem Kalender streichen?

Vielleicht, versuchte sie sich mit verzweifelter Hoffnung einzureden, hielt sich Kathrin entgegen aller Befürchtungen an ihr

Versprechen. Aber das war eher unwahrscheinlich. Kathrin und Zurückhaltung, das passte einfach nicht zusammen. Kathrin und Astrid in ein und demselben Raum schon dreimal nicht. Der Abend konnte nur unvergesslich werden – im negativen Sinne.

Emma hob den Kopf von der Tischplatte und verzog angewidert das Gesicht, als sie die braune Pampe in ihrer Tasse sah. Wenn dieser Abend genauso bittersüß verlaufen sollte wie diese zähe Masse schmecken musste, war es wohl besser, auf alles gefasst zu sein.

Emma hatte Kathrin in einem Höllentempo durch die Straßen gejagt. Kathrin japste nach Luft, als sie vor der Kneipe stehen blieben.

In weiser Voraussicht hatte Emma Astrid vorgeschlagen, sich nicht bereits im Vorfeld zu treffen wie ursprünglich geplant. Die Konfrontation zwischen Astrid und Kathrin konnte Emma gar nicht lange genug hinauszögern, wenn sie sie schon nicht vermeiden konnte.

Sie stieß die Tür zur Kneipe auf und trat in das gedimmte Licht.

»Ist das Astrids Ernst?«, hörte sie Kathrin in missbilligendem Tonfall sagen. »Hätte sie zu diesem Anlass nicht ein etwas gehobeneres Lokal aussuchen können? Es ist schließlich nicht irgendein Geburtstag.«

Emma drehte sich um und warf ihr einen mahnenden Blick zu.

Kathrin hob beschwichtigend die Hände. »Ich habe nichts gesagt.« Doch ihr Blick zeigte deutlich, dass dies nicht die Art Lokal war, in der sie zu verkehren pflegte. Ein irisches Pub konnte man nun auch schwer mit einem der Sternerestaurants vergleichen, in denen Kathrin in den letzten Monaten ihrer Beziehung immer öfter zu Gast gewesen war – meist mit ach so wichtigen Geschäftspartnern.

»Warte bitte hier«, bat Emma. »Oder bestell dir schon mal etwas an der Bar, ich bin gleich wieder hier.« Bevor Kathrin widersprechen konnte, hatte sich Emma bereits umgedreht, um sich auf die Suche nach Astrid zu begeben.

Den ganzen Tag hatte sie sich darüber den Kopf zerbrochen,

wie sie Astrid möglichst schonend beibringen sollte, dass sie Kathrin mitgebracht hatte. *Astrid, tut mir leid, aber ...* Nein, lieber nicht. Vielleicht besser auf deeskalierende Weise: *Astrid, bitte reg dich nicht auf, aber ...* Natürlich würde sie sich aufregen! *Ihr müsst ja nicht miteinander reden ...* Von Reden könnte auch wahrlich nicht die Rede sein, eher von Anschreien. Emma schüttelte resignierend den Kopf: Egal wie sie es formulierte, sie würde bei Astrid nichts ausrichten können. Spätestens jetzt würde Astrid sowieso denken, dass sie nun vollkommen verrückt geworden war.

Als Astrid mit zwei vollen Sektgläsern und einem breiten Strahlen im Gesicht auf Emma zukam, machte diese einen entschlossenen Schritt nach vorn, um das Geständnis, mit welcher Wortwahl auch immer, schnell über die Lippen zu bringen. »Astrid, ich ...«

Im Nu war das Strahlen verschwunden. »Das ist nicht dein Ernst!« Astrids Augenbrauen krümmten sich zu einer bedrohlichen Biegung, als sie Emma das Sektglas in die Hand drückte.

»Was ist nicht mein Ernst?« Fragend sah Emma Astrid an, doch diese starrte geradewegs an ihr vorbei.

»Ich glaube, sie meint mich, Emma.« Kathrins Stimme ertönte hinter ihr wie ein eisiger Windhauch. Emma zuckte zusammen.

Hatte sie Kathrin nicht ausdrücklich gebeten, sich im Hintergrund zu halten und auf sie zu warten?

Warum konnte sich Kathrin nicht ein einziges Mal an eine Absprache halten? Als der liebe Gott Anstand und Einfühlungsvermögen verteilt hatte, musste Kathrin wohl tief und fest geschlafen haben.

Der Abend begann ja vielversprechend ...

»Könnt ihr euch nicht ein paar Stunden vertragen? Oder euch aus dem Weg gehen?«, fragte Emma leicht verzweifelt. Doch Astrids eisiger Blick war Antwort genug.

Astrid fasste Emma an der Schulter. »Kommst du mit nach hinten an meinen Tisch?« Es klang mehr wie ein Befehl als wie eine Frage, und sie zog Emma einfach mit sich. Dabei ließ sie Kathrin keine Sekunde aus den Augen, um sich zu vergewissern, dass sie ihnen nicht folgte. Erst als sie an dem Tisch ankamen, entspannten sich Astrids Gesichtszüge ein wenig.

»Musste das wirklich sein?«, fragte sie, und in ihrer Stimme schwang nicht nur Frust mit, sondern auch Mitgefühl. »Konnte sie nicht einfach zuhause bleiben? Wenn sie nur ansatzweise versucht, sich irgendwie in den Mittelpunkt zu spielen und alles an sich zu reißen, werfe ich sie eigenhändig raus. Verlass dich drauf.«

»Sie hat versprochen, sich zurückzuhalten«, seufzte Emma und drehte das Sektglas zwischen ihren Fingern.

»Kathrin und Zurückhaltung … Gerade du müsstest sie besser kennen.« Astrid lachte bitter. »Wir werden ja sehen, was ihr so alles einfällt.«

Aus dem Augenwinkel sah Emma, wie sich Kathrin auf einen der Barhocker setzte und mit einem Mann neben ihr zu reden begann. »Vielleicht verläuft der Abend harmonischer als wir denken«, meinte sie hoffnungsvoll.

»Dein Wort in Kathrins Gehörgang. Prost, meine Liebe!« Astrid hob ihr Getränk, und klirrend trafen die beiden Gläser zusammen. »Auf eine schöne Feier und dein neues Leben im Kreise der Ü-30-Partygänger.«

»Tanzt du nicht gern zu Après-Ski-Hits?«, gab Emma grinsend zurück und machte einen ungelenken Tanzschritt, der Astrid in schallendes Gelächter ausbrechen ließ.

»Schon gut, ich nehme das mit der Ü-30-Party zurück, das ist wohl doch keine so gute Idee.«

»Geht doch!« Emma schmunzelte zufrieden. »Und jetzt verbitte ich mir weitere diskriminierende Bemerkungen, sonst darfst du gern allein weiterfeiern.«

»Ich gelobe Besserung«, lächelte Astrid und nahm Emma in den Arm. »Lass uns heute Abend einfach Spaß haben. Nix und niemand soll uns daran hindern.«

Nach und nach trudelten weitere Freunde ein, die Astrid ohne Emmas Wissen, aber zu ihrer großen Freude eingeladen hatte. Viele von ihnen hatte Emma seit Jahren nicht mehr gesehen. Die Wege hatten sich nach der gemeinsamen Studienzeit allmählich getrennt, nur wenige waren wie Emma in Regensburg geblieben, und lediglich regelmäßige Telefonate hielten den Kontakt aufrecht. Nach einer Weile war die Gesellschaft zu einer bunten Truppe angewachsen, die ausgelassen feierte und in gemeinsamen Erinnerungen schwelgte.

Emma fühlte sich in ihre Studentenzeit zurückversetzt und wieder wie Anfang zwanzig. Der Gedanke, in wenigen Stunden dreißig zu sein, schien ihr beinahe absurd. Doch im Kreis ihrer alten Freunde und Kameraden begann sich die Anspannung wegen Kathrin langsam zu lösen, und es war, als könne sie endlich wieder frei atmen.

Kathrin hatte sich mit zwei Männern und deren Begleitungen, die Emma nicht kannte, in ein anderes Eck des Lokals zurückgezogen. Emma konnte es nur recht sein. Unbeschwert begann sie mit Astrid im Takt der Musik zu wippen. Von Lied zu Lied verschwand die Steifheit in ihren Knochen, und bald schon bewegten sich die beiden leichtfüßig zwischen den übrigen Feiernden.

Als Astrids Lieblingslied ertönte, *Galway Girl* von den Kilkennys, gab es für sie kein Halten mehr. Astrid liebte irische Musik mehr als alles andere. Sie nahm Emma so stürmisch in den Arm, dass diese mit der Hüfte hart gegen den schweren Holztisch stieß. Der Schmerz war so heftig, dass Emma sich krümmte und mit einer Hand am Tisch festhalten musste. Fluchend hielt sie sich die Hüfte. Nur sehr langsam ging das scharfe Stechen in ein dumpfes Pochen über.

Astrid stand neben ihr und strich ihr über den Rücken, unaufhörlich Entschuldigungen stammelnd. Doch mit einem Mal hielt sie inne und trat einen Schritt zur Seite. Emma sah verwundert auf.

Im nächsten Moment stockte ihr Atem erneut, und das lag diesmal nicht am Schmerz. Vor ihr stand Lisa. Emmas Beine verwandelten sich augenblicklich in Wackelpudding, als sich ihre Blicke trafen.

Sie richtete sich auf und wollte etwas sagen, doch Lisas plötzliches Erscheinen hatte die Grundformen des deutschen Satzbaus offenbar vollständig aus ihrem Hirn getilgt. Ehe sie einen Brei aus wirren Lauten und unverständlichen Sätzen von sich gab, hielt sie lieber den Mund. Der pochende Schmerz war auf einmal Nebensache. Dafür war ihr Magen zu einem ernsthaften Krisengebiet geworden.

Lisa machte eine kleine Kopfbewegung nach links, wo Emma

nun Lotta neben Astrid stehen sah. »Astrid hat mich eingeladen. Ich bin gerade mit Lotta angekommen … Ich hoffe, du hast nichts dagegen?«

Emma schüttelte den Kopf und lächelte nur. Ihre Zunge fühlte sich immer noch an wie Blei.

»Ist es wirklich in Ordnung für dich?«, fragte Lisa, offenbar unsicher, wie sie Emmas Kopfschütteln deuten sollte.

Emma nickte, etwas heftiger als beabsichtigt. Sie kam sich vor wie ein Teenager, der seinem großen Schwarm gegenüberstand. Wie peinlich. Aus dem Alter war sie doch längst raus!

»Oookay … und was hat dir jetzt genau die Sprache verschlagen?«, erkundigte sich Lisa schmunzelnd.

Emma merkte, wie ihr die Hitze ins Gesicht schoss. »Ich … ich war nur gerade etwas überrascht«, stammelte sie los und strich sich verlegen eine Strähne hinters Ohr. »Ich habe nicht damit gerechnet, dich hier zu sehen.«

Nun lächelte Lisa nicht mehr. »Ehrlich gesagt habe ich auch lange überlegt, ob ich überhaupt kommen soll.«

Bevor sich das mulmige Gefühl in ihrem Magen weiter ausbreiten konnte, sagte Emma schnell: »Aber du bist hier.«

Lisas Blick schien Emma zu fesseln, noch intensiver als je zuvor. »Irgendwie waren die letzten Wochen etwas seltsam, findest du nicht auch? Und ich will das Ganze nicht weiter einfach so im Raum stehen lassen.«

»Ich wollte nicht, dass du irgendetwas missverstehst«, erwiderte Emma und sah betreten zu Boden.

Die Musik und die Feiernden um sie herum schienen mit einem Mal weit weg. Lisa und sie umgab eine seltsame Stille, wie eine schalldichte Blase in all dem fröhlichen Lärm.

Lisas Blick ließ Emma nicht los. »Es hat mich überrascht, deine Ex zu sehen – nach allem, was du mir erzählt hast. Ich war einfach nicht darauf vorbereitet.« Erst jetzt wandte sie den Kopf und warf einen verstohlenen Blick zu Kathrin. So als wolle sie Emma demonstrieren, dass ihr Kathrins Anwesenheit durchaus bewusst war.

»Was glaubst du, wie überrascht ich war?«, entgegnete Emma und zog Lisa aus der Menge zur Seite. »Ich habe absolut nicht damit gerechnet, dass sie zurückkommt. Ich dachte, ich würde sie nie wieder sehen. Und dann stand sie plötzlich vor der Tür, ohne jede Vorwarnung.«

»Du scheinst ihr jedenfalls verziehen zu haben. Astrid hat erzählt, dass sie jetzt bei dir wohnt.« Lisas Stimme klang gleichgültig, doch ihre Körperhaltung sprach eine andere Sprache. Mit einem Mal mied sie Emmas Blick, und ihre Hände krampften sich ineinander. Emma fühlte, dass die Situation stärker an Lisa nagte, als sie zeigen wollte.

In wegwerfendem Ton sagte sie: »Nur bis sie etwas Eigenes gefunden hat. Sie bleibt also nur ein paar Tage. Ich kann sie ja schlecht auf der Straße schlafen lassen.« Ihr Blick wanderte über Lisas Gesicht. Über die schmalen und doch so weichen Lippen, über die kleinen Lachfältchen und die zartrosa Wangen. Sie hätte sie gar nicht anschauen müssen, um sich an jedes Detail zu erinnern.

Lisa lehnte sich mit dem Rücken an den Tresen. »Ich hoffe, ich kann mich nach den Ferien wieder ganz auf dich verlassen?« Sie stand so dicht neben Emma, dass sich ihre Schultern ganz leicht berührten.

Eine Gänsehaut überzog Emmas Arme. Vielleicht war es gut, dass Lisa es in dem dämmrigen Licht der Kneipe nicht sehen konnte.

»Tut mir leid, dass ich dich letzte Woche hängen gelassen habe«, entschuldigte sich Emma. »So etwas wird ganz sicher nicht mehr vorkommen. Ja, du kannst dich auf mich verlassen.«

»Na ja, Schwamm drüber«, lächelte Lisa und hob ihr Glas. »Lass uns einfach die letzten Tage vergessen und vor allem nicht über die Arbeit reden, okay? Heute haben wir was zu feiern.«

Erleichtert erwiderte Emma Lisas Lächeln und stellte mit einem Blick auf die große, massive Wanduhr der Kneipe fest, dass ihre goldenen Zwanziger in einer Minute der Vergangenheit angehören sollten.

In diesem Moment sagte Lisa dicht an ihrem Ohr: »Das ist zwar nicht die feine Art und vielleicht etwas unfair den anderen Gästen gegenüber, aber hättest du etwas dagegen, wenn ich das Geburtstagskind kurz entführe?« Ihr warmer Atmen streichelte Emmas Wange. Wie auf Kommando beschleunigte Emmas Herz sein Tempo.

»Wohin willst du mich denn entführen?«, fragte Emma und drehte ihr Gesicht etwas zur Seite, um Lisa ansehen zu können. Dabei streifte ihre Wange Lisas ganz leicht. Die Berührung löste eine weitere Gänsehaut aus.

»Lass dich überraschen«, flüsterte Lisa ihr ins Ohr und griff nach Emmas Hand, um sie zum Ausgang zu führen. Gegenwehr war offenbar zwecklos.

Emma ließ sich mitziehen, vorbei an Astrid und Lotta, die ihnen nachsahen, und vorbei an Kathrin, deren Gesichtszüge zu entgleisen schienen. Doch Emma sah nicht zurück. Alles, was sie wahrnehmen konnte, war die wunderbare Wärme von Lisas Hand in ihrer, die sie mit sanftem Druck umfasste.

Lisa stieß die Tür der Kneipe auf und zog Emma mit sich in die Kälte der Winternacht.

»Keine Sorge, ich lasse dich gleich zurück«, sagte sie. »Ich will ja nicht, dass du erfrierst. Ich wollte nur kurz mit dir allein sein, ohne den ganzen Trubel. Und das ist hier draußen wohl am einfachsten.« Ihre Augen strahlten eine Wärme aus, die Emma sogar die Schneeflocken vergessen ließ, die die Straße wie Puderzucker bestäubten.

Langsam zog Lisa sie in ihre Arme. »Alles Liebe zum Geburtstag, Emma.«

Emma sog Lisas Duft in sich auf, Lisas Nähe, die sie beinahe betäubte. Ja, sie hatte sie vermisst. Sie hatte es verdrängt, doch in diesem Moment funktionierten die Verdrängungsmechanismen nicht mehr. Jetzt wollte sie sich nur noch fallen lassen in diese Umarmung.

»Ich bin so froh, dass du hier bist«, flüsterte sie. Ihr Atem zeichnete kleine Wolken in die Luft.

Lisa umschlang sie noch etwas inniger, ihre Körper drängten sich dicht aneinander. »Die letzten Tage waren seltsam ohne dich«, seufzte Lisa.

Emma spürte Lisas Lippen an ihrer Wange. Ein wohliger Schauer ergriff sie. »Vielleicht sollten wir einfach ...«

»Ja, vielleicht solltet ihr besser wieder reinkommen, ihr zwei!«

Emma und Lisa fuhren auseinander, als Astrids Stimme die wiedergefundene Nähe unvermittelt beendete. Entschuldigend hob Astrid die Hände. »Ich will euch nur vorm Erfrieren bewahren. Außerdem suchen alle schon verzweifelt nach dem Geburtstagskind.«

Emma sah Lisa an, und diese lächelte etwas zerknirscht. »Astrid hat recht, deine Freunde warten. Ich bin ja nicht die Einzige, die dir gratulieren will.«

28

Kaum hatte Emma die Kneipe wieder betreten, war sie auch schon von Gratulanten umringt, wurde geherzt und in immer neue Arme gezogen. Dennoch suchte ihr Blick immer wieder den von Lisa. Sie wollte keinen Augenblick verpassen, so als gebe es kein Morgen mehr, als könne alles im nächsten Moment vorbei sein. Jedes einzelne Detail wollte sie erfassen und speichern.

Erst durch Lisas Auftauchen, wurde ihr bewusst, war sie am richtigen Ort. Auf dieser Feier, in ihrem Leben. Durch Lisa spürte sie eine innere Ruhe, die nicht mit dem Kribbeln im Widerspruch stand, das jeder Blick in Lisas Augen auslöste.

Emma hatte nicht daran geglaubt, dass Lisa kommen würde, sie hatte es nicht einmal zu hoffen gewagt. Nicht nach allem, was geschehen war, nach all der Kälte, die in den letzten Tagen zwischen ihnen geherrscht hatte. Es war die mit Abstand schönste Geburtstagsüberraschung in dieser Nacht.

Und durch die Umarmung vorhin war Emma unmissverständlich klargeworden, wie sehr sie Lisa vermisst hatte. Mit jeder Faser ihres Körpers hatte sie sich nach ihr gesehnt. Trotz Kathrins Rückkehr, trotz der alten verwirrenden Gefühle, die Kathrin mit sich brachte. Dieses Vermissen fühlte sich ganz anders an: ehrlicher, wahrhaftiger.

Emma versuchte in Lisas Blick zu ergründen, ob es ihr genauso ging. Und doch flüsterte eine leise Stimme in ihrem Kopf immer wieder die gleichen Worte: eine Freundschaft mit Extras. Eine Freundschaft, in der derartige Gefühle am falschen

Platz waren. Eine Freundschaft, die das ausschloss, was Emma unleugbar zu fühlen begann.

Dennoch zog es sie wie magisch in Lisas Nähe. Sie konnte sich einfach nicht mehr dagegen wehren.

Wie mechanisch nahm Emma die Glückwünsche entgegen und strahlte im Akkord, um ihre Gäste glücklich zu machen. Doch ihre Gedanken waren woanders. Sie waren bei ihr, die nur wenige Meter von ihr entfernt saß, das Treiben still beobachtete und vielleicht auch darüber nachdachte, was das zwischen ihnen eigentlich war. Wie gern hätte Emma gewusst, was in diesem Moment in Lisas Kopf vorging. In diesem Moment, in dem sie Emma anlächelte und ihr einmal mehr den Boden unter den Füßen entzog.

Ob sie sie einfach danach fragen sollte?

Allein bei diesem Gedanken fühlte Emma ihre Zunge erneut zu Blei werden. Wenn doch nur diese unerträgliche Unsicherheit nicht wäre ... Ihre Gedanken, Gefühle, Ängste und Hoffnungen auf Papier zu bringen, das war ein Kinderspiel, aber sie in Worte zu fassen und laut auszusprechen, fiel ihr meist unendlich schwer. Sie konnte ihre Romanfiguren stark erscheinen und mutig voranschreiten lassen, sie Gefühle äußern lassen, wenn sie das wollte, und schüchtern sein lassen, wenn ihr danach war. Beim Schreiben hatte sie das Geschehen in der Hand und konnte es steuern. Nur das hier, das konnte sie nicht steuern.

Sie wünschte sich den Mut, den sie ihren Figuren verlieh. Aber sie konnte sich selbst nicht ändern. Ihre Schüchternheit war ein Teil von ihr.

Als Emma die letzten Glückwünsche entgegengenommen hatte und die Menschentraube sich allmählich zerstreute, um weiterzufeiern, saß Lisa immer noch auf dem Barhocker am Tresen und zog Emma mit ihren Blicken förmlich zu sich. Auf wackligen Beinen ging Emma zu ihr.

Schritt für Schritt schien Lisa sie an ihre Seite zu tragen. Emma hielt den Atem an, als Lisas Hand kurz die ihre berührte.

»Was wolltest du mir vorhin eigentlich noch sagen?«, fragte Lisa, während Emma sich auf den Hocker neben ihr setzte.

Emma sah Lisa fragend an.

»Ich meine, als Astrid uns unterbrochen hat. Du sagtest ›vielleicht sollten wir ...‹, und dann hat sie unser Gespräch gestört.«

»Ach, das meinst du.« Emma sah Lisa an und versuchte die Nervosität, die in ihr aufstieg, hinunterzuschlucken. »Was ich sagen wollte ... also ... vielleicht klingt es vollkommen verrückt, ich weiß auch nicht.« Sie knetete den Daumen ihrer linken Hand. »Was ich sagen wollte, war ... vielleicht sollten wir dort weitermachen, wo wir aufgehört haben, bevor Kathrin zurückgekommen ist.«

Es war heraus. Emma wurde heiß. Sie hatte ihrer Sehnsucht nach Lisas Nähe die Führung überlassen und Lisa damit die Tür zu ihrer verletzlichen Seite aufgestoßen. Fast hatte sie das Gefühl, der dämmrige Raum um sie herum löse sich auf, die ganze Welt gerate aus den Fugen.

»Du meinst«, fragte Lisa leise, »unsere Freundschaft und die kleinen Abenteuer? Glaubst du denn, wir können einfach so weitermachen wie zuvor, Emma?«

Emma hielt den Atem an. Wieso klang Lisas Frage so vorwurfsvoll?

»Ich dachte, du hättest die Zeit auch vermisst ... aber vielleicht habe ich mich einfach getäuscht«, stammelte sie und verfluchte sich selbst. Es sah ganz so aus, als habe sie das Falsche getan. Als habe Lisa dieses Kapitel für sich doch bereits abgeschlossen.

»Natürlich habe ich das, aber ...« Lisa atmete tief aus. »In den letzten Tagen hat sich so viel geändert. Ich habe sehr oft über uns nachgedacht. Kathrin ist wieder hier, und ...« Sie brach ab.

»Und was, Lisa?« Emma griff nach Lisas Hand, die auf dem Tresen ruhte. Doch nach wenigen Sekunden zog Lisa sie zurück.

»Schon in Ordnung, Emma. Es ist nichts.«

»Kathrin ist Geschichte. Dass sie momentan bei mir wohnt, hat gar nichts zu bedeuten«, erklärte Emma mit Nachdruck. Aber gleichzeitig spürte sie, dass Kathrin nicht der Hauptgrund für Lisas Zögern war. Es musste noch etwas anderes geben, das an ihr nagte.

»Wir werden sehen, was wird, okay?« Lisa zog den linken Mundwinkel nach oben und versuchte ein Lächeln, das jedoch alles andere als fröhlich wirkte.

Panik stieg in Emma auf. »Lisa, irgendetwas stimmt doch nicht mit dir. Habe ich die Situation vorhin wirklich so falsch aufgefasst?«

»Nein, ich glaube nicht«, seufzte Lisa, was Emmas Verwirrung nicht minderte, im Gegenteil. »Das Ganze ist einfach …«

Sie unterbrach sich erneut, als plötzlich ein Raunen durch den Raum ging und Emma und Lisa aufhorchen ließ. Einige Feiernde gingen ein paar Schritte zur Seite, um einer Person Platz zu machen, die sich wild mit den Armen wedelnd einen Weg durch die Menge bahnte.

Kathrin wankte zwei Schritte auf Emma zu. Alarmiert sprang Emma von ihrem Stuhl und machte einen Satz nach vorn, um zu verhindern, dass Kathrin halb lallend, halb singend – wenn man das noch singen nennen konnte – mit dem Kopf gegen den Tresen knallte.

»Aaaalles Gute zum Jeeeeeburtstag, meine Süüüüße«, grölte Kathrin unter unkontrolliertem Kichern. Emma betrachtete skeptisch das giftgrüne Getränk, das Kathrin trotz all der Turbulenzen sicher im Griff hatte, ohne auch nur einen Tropfen davon zu verschütten.

Lotta und Astrid, die nicht weit von Emma und Lisa entfernt standen, steckten die Köpfe zusammen. Lisa hingegen drückte der Bedienung ihre noch halbvolle Flasche Bier in die Hand. Schnell schlüpfte sie in ihre Jacke, murmelte kaum hörbar »Ich muss los« und nahm die Beine in die Hand. Emma konnte ihr nicht einmal folgen, weil Kathrin sich haltsuchend an sie klammerte und sie offenbar nicht mehr loslassen wollte.

Emma warf Astrid einen verzweifelten Blick zu. Doch nicht einmal sie schien für Emma in die Bresche springen zu wollen.

»Na dann, Happy Birthday«, brummelte Emma und stemmte beide Beine in den Boden, um Kathrin einigermaßen aufrecht zu halten. Eine Gruppe Männer neben ihr amüsierte sich köstlich. Emma hätte ihnen gern kräftig die Meinung gegeigt, aber leider machte gerade Madonna mit ihrem schrecklichen *Like a Virgin* jede Unterhaltung unmöglich. So sehr wie jetzt hatte dieses Lied noch nie an Emmas Nerven gezerrt.

»Wo ist denn je-je-jetzt deine Kleine hin?«, lallte Kathrin und versuchte sich nach Lisa umzudrehen, ohne Emma loszulassen.

Dabei ergoss sich in hohem Bogen das giftgrüne Getränk über ihre weiße Bluse. Etwas perplex verzog Kathrin die Lippen zu einem Schmollmund, um aber gleich wieder wie ein kleines Kind loszukichern.

Mittlerweile schien Astrid das ganze Theater nicht weiter mit ansehen zu können. Sie war zu Emma getreten und half ihr dabei, Kathrin zu einem Stuhl in der Ecke der Kneipe zu schleppen, wo sie sie absetzen konnten, ohne dass sie sofort wieder die Aufmerksamkeit sämtlicher Feiernden auf sich zog.

»Warum ist Lisa denn so plötzlich verschwunden?«, flüsterte Astrid, als Kathrin endlich aufgehört hatte, ebenso lautstark wie sinnlos vor sich hin zu grölen.

Emma sah zu Boden und schluckte schwer. »Ich habe ihr gesagt, dass ich unsere gemeinsame Zeit vermisst habe. Und dann war sie auf einmal wie ausgewechselt. Eine Scheißidee war das.«

»Was hast du denn genau gesagt? Ihr habt doch vorhin so vertraut gewirkt.«

»Nur, dass ich mir wünsche, dass es wieder so wird, wie es war, bevor Kathrin aufgetaucht ist. Aber wieder einmal macht mir Kathrin einen Strich durch die Rechnung.« Emma warf Kathrin einen vernichtenden Blick zu. Was Kathrin hier brachte, das war einfach nicht fair.

Astrid hatte die Stirn in Falten gezogen und schien angestrengt nachzudenken. »Ich glaube, es ist besser, du bringst sie jetzt nach Hause«, sagte sie unvermittelt. »Ich bestell euch ein Taxi. Ist das okay für dich?« Schon wandte sie sich ab, um zu telefonieren.

»Astrid, warte!« Emma stellte sich ihr in den Weg. »Was habe ich bitte falsch gemacht?« Sie gab sich keine Mühe, die Verzweiflung in ihrer Stimme zu verbergen.

Mitgefühl lag in Astrids Blick, als sie Emma ansah. »Ich glaube, nichts, Emma. Zumindest nicht bewusst. Vielleicht solltet ihr einfach noch mal miteinander reden? In Ruhe und in sicherer Entfernung zu Kathrin.« Die rutschte gerade laut lachend von ihrem Stuhl auf den Boden. Astrid schüttelte fassungslos den Kopf. »Die Frau ist doch vollkommen außer Kontrolle. Zurückhaltung hat sie versprochen? Von wegen.«

29

»Kathrin, bitte ... gib mir jetzt endlich deine Jacke und zieh die Schuhe aus.« Emma atmete schwer. Ihr ganzer Körper bebte vor Anstrengung.

Der Weg vom Taxi in die Wohnung war eine halbe Weltreise gewesen. Eine Stufe nach oben, zwei zurück und wieder von vorn. In solchen Momenten bereute es Emma, keine Erdgeschosswohnung zu haben. Und vor allem bereute sie es, Kathrin bei sich aufgenommen zu haben – trotz ihres ausgeprägten Mutter-Teresa-Gens. Bis jetzt hatte es ihr nur Ärger eingebracht. Nicht einmal ihren eigenen Geburtstag konnte sie noch in Ruhe feiern.

Emma ersehnte den Augenblick, in dem Kathrin endlich in ihrem Bett lag und Ruhe einkehrte. Doch Kathrin schien dabei nicht mitmachen zu wollen. Schwankend und singend ließ sie sich von Emma stützen, während sie unverständliches Zeug vor sich hin brabbelte.

»Mensch, Kathrin!«, zischte Emma, als diese sich anschickte, sich auf den Boden des Flurs zu legen. »Das kann doch alles nicht wahr sein.« Sie schickte einen hilfesuchenden Blick nach oben. Von anderer Seite war Unterstützung wohl nicht mehr zu erwarten.

»Schon gut, schon gut ... nicht böse werden.« Langsam rappelte Kathrin sich auf und schien in ihrem Rausch immerhin noch mitzubekommen, dass das Fass nahe am Überlaufen war. »Ich geh ja schon ins Bett.«

Emma atmete tief durch, um sich selbst zu beruhigen. Endlich ... Gleich würde Kathrin eingeschlafen sein und dieses Theater ein Ende haben. »Schaffst du es allein?«

»Bin ja schon groß«, protestierte Kathrin und stampfte wie ein kleines Kind auf den Boden, ehe sie Richtung Gästezimmer schlurfte. »Vielleicht wär ein Glas Wasser ganz gut«, fügte sie hinzu und hielt sich den Kopf.

»Leg dich hin, ich bring dir eine Flasche und Aspirin«, bot Emma an. Je schneller das hier überstanden war, desto besser.

Als Emma mit einer Flasche Wasser zurückkam und sie mit

der Packung Aspirin auf das kleine Nachtkästchen stellte, lag Kathrin bereits im Bett und ihre Kleidung wild verstreut daneben. Mit einem kleinen Seufzer betrachtete Emma das Chaos auf dem Boden und stellte plötzlich fest, dass Kathrin sie genau beobachtete.

»Tut mir leid, Emma. Das war wohl etwas zu viel Alkohol«, flüsterte Kathrin entschuldigend. Ihre Augen waren mit einem Mal klar, ganz so, als sei sie von einer auf die andere Minute wieder nüchtern, als hätten die Ereignisse der letzten beiden Stunden nie stattgefunden.

»Etwas zu viel ist gut gesagt. Was war das überhaupt für ein giftgrünes Zeug?« Emma vergrub ihre Hände in den Hosentaschen und sah Kathrin vorwurfsvoll an.

»Keine Ahnung. Tom oder Tim, oder nee ... Tobi? Ach, is' doch egal! Der hat dieses Zeug bestellt. Und es war lecker.« Kathrin fuhr sich mit der Zunge über die Lippen, als habe sie gerade einen letzten Schluck genommen. Dann versuchte sie sich langsam aufzusetzen. Vorsichtig streckte sie eine Hand nach Emma aus.

Doch Emma wich einen Schritt zurück. »Ich glaube, du solltest wirklich schlafen. Das ist immer noch das beste Mittel, um nüchtern zu werden.«

»Emma, warte!« Kathrins Stimme klang schrill. »Bleib doch noch etwas bei mir. Ich will nicht allein sein.«

Emma war wie angewurzelt stehen geblieben. Aber sie war entschlossen, sich diesmal nicht um den Finger wickeln zu lassen. »Lass uns doch einfach morgen reden«, versuchte sie Kathrin zu beschwichtigen und sich zugleich von ihr loszueisen. »Du weißt doch heute gar nicht mehr, was du sagst. Schlaf lieber, morgen geht es dir besser.«

Doch sie hatte die Rechnung ohne Kathrin gemacht. Die schien plötzlich wieder im Vollbesitz ihrer Kräfte zu sein. Sie warf die Decke beiseite, sprang auf und stand in nichts als Unterwäsche vor Emma.

Emma konnte nicht anders, als ihren Blick über den so vertrauten Körper wandern zu lassen. Sie musste schlucken. Ihr Puls begann zu rasen.

Langsam ging sie rückwärts Richtung Tür. Ihr einziger Gedanke war: Raus hier. Weg von Kathrin, weit weg von alten Erinnerungen, die auf sie einprasselten. Sie konnte nicht leugnen, dass sie Kathrin immer noch attraktiv fand, daran hatte sich nichts geändert. Kathrin war wunderschön – ihre leicht gebräunte Haut, die Muskeln, die sich am Bauch und den Armen abzeichneten, und ihre geschmeidigen Bewegungen, als sie auf Emma zukam ... Ihr Blick ... Emma kannte ihn nur zu gut. Sie sah Sehnsucht und Verlangen darin. Wie gern hatte sie immer in diese Augen gesehen und genau diesen Blick geliebt, der so deutlich davon sprach, dass Kathrin sich nach ihr verzehrte.

Doch alles andere war nicht mehr das, was es einmal gewesen war.

Emma wurde unerträglich heiß. Sie wollte fliehen, raus aus diesem Zimmer, am besten raus aus dieser Wohnung. Doch zu ihrem Entsetzen musste sie feststellen, dass ihr Körper ihr nicht mehr gehorchte. Sie schaffte es nicht, sich zu bewegen, und stand da wie festgewachsen.

Stattdessen kam Kathrin Stück für Stück näher, auf leisen Sohlen wie ein anmutiges Tier. Die Kontrolle über ihren Körper hatte sie offenbar tatsächlich wiedergewonnen. Und ihre Augen verrieten, dass das auch für die Kontrolle über ihre Sinne galt. Kathrin wusste genau, was sie hier tat.

»Was ist los, Emma? Gefalle ich dir nicht mehr?« Kathrins Stimme klang sanft und fordernd zugleich.

»Kathrin, bitte, was soll das bringen? Was hast du vor?«, brachte Emma mühsam hervor. Ihre Kehle war wie zugeschnürt.

»Ich sehne mich so nach dir«, hauchte Kathrin. »Du fehlst mir so sehr, meine Süße.«

»Das ... das ist nicht der richtige Zeitpunkt«, wehrte Emma ab, aber sie wusste kaum, was sie da sagte. Es gelang ihr, einen erneuten Schritt rückwärts zu machen. Nun stand sie mit dem Rücken an der Wand und konnte nicht mehr weiter.

»Für so etwas gibt es keinen richtigen oder falschen Zeitpunkt.« Kathrin folgte Emma und griff nach ihrer Hand. »Du fehlst mir, und ich weiß, dir geht es ganz genauso.«

Mit verzweifelter Hoffnung und zitternder Stimme versuchte Emma, noch einmal an Kathrins Vernunft zu appellieren:

»Glaubst du, du kannst so einfach zurückkommen, und alles ist gut?« Aber sie wusste nicht mehr wohin. Ihre Hände wurden feucht.

Kathrins Lippen näherten sich den ihren. »Ich sehe doch, dass du mich noch nicht losgelassen hast.« Eine sanfte Berührung. Vertraute Lippen. Ein Kuss zwischen zweien, die dachten, alles voneinander zu wissen. Dann wurde der Druck von Kathrins Lippen fordernder, sie drückte Emma gegen die Wand, ließ ihr kaum Luft zum Atmen. Ganz allmählich öffnete sie die Lippen, und ihre Zunge begann mit Emmas zu spielen.

Emma fühlte Kathrins Körper an ihrem, fühlte ihre Zunge, ihre Leidenschaft, doch ihr Herz blieb unberührt. Im Gegenteil – alles in ihr sträubte sich gegen die altbekannte Wärme und die Berührungen. Wonach sie sich all die Jahre gesehnt hatte, war nicht mehr das, was sie in diesem Augenblick und in Zukunft wollte. Sie wollte etwas ganz anderes. Nein: jemand ganz anderen.

Unsanft stieß sie Kathrin von sich. Sie ertrug diese Nähe nicht mehr; sie schnitt ihr die Luft ab. Ihre Lippen brannten, jedoch nicht vor Verlangen.

»Es ist vorbei«, sagte sie mit leiser Stimme. »Das mit uns … das war einmal.« Sie mied Kathrins Blick. Trotz allem tat es weh, Kathrin so zu sehen – zu beobachten, wie diese langsam begriff.

»Geh bitte, Emma.« Kathrins Stimme bebte, als sie nach einem Shirt griff und es überzog. »Lass mich bitte allein.«

Emma klammerte sich an ihren Kaffeebecher. Nur das Ticken der Küchenuhr war in der Wohnung zu hören. Die ganze Nacht hatte sie kein Auge zugetan. Sie hatte sich hingelegt, um wenig später wieder aufzustehen und leise durch die Wohnung zu schleichen. Doch die Müdigkeit wollte sie einfach nicht einholen; zu viele Gedanken kreisten unaufhörlich in ihrem Kopf.

Dazu mischte sich eine leise Traurigkeit. Der Schritt in ein neues Leben ohne Kathrin war nun endgültig – es gab kein Zurück mehr. Die Liebe war gegangen, zunächst leise und unbeachtet unter dem Deckmantel von Enttäuschung und Wut, doch in den letzten Tagen so klar und unübersehbar, dass es keinen

Zweifel mehr gab: Dieses Kapitel von Emmas Leben war zu Ende geschrieben. Sie wollte die gemeinsame Zeit nicht zurück, wollte die Gefühle nicht erzwingen, wo keine mehr waren. Doch trotz allem bedauerte sie, dass alles so enden musste.

Nur Sehnsucht konnte die Traurigkeit hin und wieder überdecken. Die Sehnsucht nach ihr, die Zugang zu Emmas Herzen gefunden hatte, ohne es zu wollen. Die Gefühle ausgelöst hatte, obwohl sie beide etwas anderes wollten. Oder vielleicht doch nicht? Wollten sie im Grunde gar nichts anderes? Egal, was der anfängliche Plan gewesen war – das hier nun war das Ergebnis.

Emma konnte nicht aufhören, an sie zu denken. Und daran, was letzte Nacht geschehen war. Sie wollte sie wiedersehen, so schnell wie möglich.

Doch wollte Lisa das auch?

Emma dachte an ihre Worte, die sie zusehends verunsichert hatten. An den kleinen Moment vor der Kneipe, der nur ihnen gehört hatte und der so viel eindeutiger zu sein schien als die Worte. Vielleicht war es wirklich an der Zeit, die Unsicherheit zu überwinden und die Karten auf den Tisch zu legen. Was hatte sie schon zu verlieren? Sie konnte nicht weiter leugnen und schon gar nicht rückgängig machen, dass sie ihr Herz an Lisa verloren hatte.

Ein lautes Klingeln an der Tür riss Emma aus ihren Gedanken. Sie sah verwundert zur Küchenuhr. Acht Uhr morgens. Draußen begann es gerade erst langsam zu dämmern, dicke Schneeflocken tanzten vor dem Fenster. Emma erwartete keinen Besuch, schon gar nicht zu so früher Stunde.

Erneutes Klingeln hallte durch die Wohnung.

Schnell sprang Emma auf, um den Gast von weiteren Klingelstürmen abzuhalten. Sie wollte nicht, dass Kathrin geweckt würde. Solange sie schlief, konnte sie keinen Unfrieden stiften.

Eiligen Schrittes ging sie zur Tür, öffnete sie ein kleines Stück und spähte durch den Spalt auf den unerwarteten Gast.

»Frau Beck?«, entfuhr es ihr überrascht. Sie öffnete die Tür ganz, um Kathrins Mutter hereinzulassen. »Wollen Sie zu Kathrin?«

Mit grimmigem Blick betrat Frau Beck die Wohnung. »Allerdings«, brummte sie und sah sich mit zusammengekniffenen

Augen um. »Also, wo ist sie?«

»Sie schläft noch. Es ist ja erst acht Uhr.«

»Ich weiß, wie spät es ist, Emma. Und es spielt keine Rolle. Also, wo kann ich sie finden?«

»Wollen Sie vielleicht eine Tasse Kaffee, bis Kathrin aufsteht?«, bot Emma halbherzig an. Auf ein nettes Schwätzchen mit Kathrins Mutter, die ihr gegenüber immer eine missbilligende Haltung an den Tag gelegt hatte, konnte sie gut verzichten. Aber nach wie vor wollte sie Kathrins Aufwachen gern so weit wie möglich hinauszögern.

»Nein, danke. Ich muss mit meiner Tochter sprechen – sofort. Das Ganze duldet keinen Aufschub. Also *bitte,* Emma, wo ist sie?«

»Ähm, na gut, dann wecke ich sie«, meinte Emma etwas zögerlich in der Hoffnung, dass Frau Beck es sich vielleicht doch noch anders überlegen könnte.

Doch deren Miene machte deutlich, dass sie keinerlei Kontra duldete. Sie stellte ihre Handtasche ab und sah Emma auffordernd an. »Welches Zimmer?«

»Das Gästezimmer, zweite Tür links.«

Perplex sah Emma Frau Beck nach, wie sie mit festem Schritt auf die Tür zuging, sie aufstieß und Kathrin mit einem »Guten Morgen« aus dem Schlaf riss, das weniger ein Gruß war als eine scharfe Anklage.

Emma stand immer noch neben der Wohnungstür, hin- und hergerissen zwischen Diskretion und Neugier. Ihr Zögern traf die Entscheidung. Den Wutausbruch, der wenige Sekunden später über Kathrin hereinbrach, bekam sie in voller Lautstärke mit.

»Wie konntest du uns das nur antun? Bist du von allen guten Geistern verlassen? Du hast uns bis auf die Knochen blamiert und unsere guten Geschäftsbeziehungen ruiniert. Hast du eigentlich völlig den Verstand verloren? Hast du auch nur eine Minute überlegt, was du uns damit antust? Oder hast du mal wieder nur an dich gedacht?«

»Nicht so laut«, erklang Kathrins schlaftrunkene Stimme. »Denk an Emma, sie muss das hier nicht mitbekommen.«

Doch sie konnte Frau Becks Standpauke kein Paroli bieten.

»Emma kann ruhig hören, was du dir geleistet hast. Wer weiß, was du der Armen erzählt hast, warum du zurückgekommen bist. Hast du ihr vorgeschwindelt, wie sehr du sie vermisst? Kathrin!« Frau Beck hob die Stimme, fast so, als wolle sie, dass Emma alles klar und deutlich hören konnte.

Und Emma konnte nun tatsächlich nicht mehr weghören. Frau Becks Worte schossen ihr durch Mark und Bein. Sie musste sich gegen die kühle Wand neben der Garderobe lehnen, damit ihre Beine nicht unter ihr nachgaben.

»Mutter, bitte. Können wir nicht woanders reden?«, flehte Kathrin. »Ich zieh mir schnell was an, dann reden wir in Ruhe.«

»Ich gehe nirgendwo hin! Was fällt dir ein, mit der Frau des Geschäftsführers in die Kiste zu steigen? Und dann vor lauter Feigheit alles hinwerfen, nachdem er euch erwischt hat. Und was um alles in der Welt hast du Emma weisgemacht, dass sie dich wieder aufgenommen hat? Etwa, dass es dir leid tut, sie verlassen zu haben? Ich dachte, ich hätte dich zu einem ehrlichen und anständigen Menschen erzogen!«

Das gab Emma den Rest. Als hätte jemand sie mit einem Baseballschläger zu Boden gestreckt, ließ sie sich an der Wand hinunter in die Hocke sinken und vergrub ihr Gesicht in den Händen. Kathrin war nur zurückgekommen, weil ihr Chef sie mit seiner Frau in flagranti erwischt hatte? Sie hatte sie erneut eiskalt belogen und ausgenutzt? Das war zu viel. Viel zu viel nach einer schlaflosen Nacht. Und erst recht nach allem, was Emma für Kathrin getan hatte.

Das restliche Gespräch zwischen Kathrin und ihrer Mutter verschwamm zu einem eintönigen Rauschen. Aber Emma brauchte nichts mehr zu hören, jetzt, da sie wusste, auf welch mieses Spiel sie hereingefallen war.

Kathrin war nicht mehr die Frau, in die sie sich vor fünf Jahren verliebt hatte. Sie hatte sich um 180 Grad gedreht. Was war nur aus ihr geworden? Und warum nur hatte Emma ihr Glauben geschenkt und gedacht, dass sie wirklich bereute, was sie getan hatte? War sie so naiv? Oder hatte Kathrin sich zu einer exzellenten Lügnerin gewandelt? Emma musste die Übelkeit, die in ihr aufstieg, vehement unterdrücken. Von vorn bis hinten belogen, und sie hatte es nicht einmal geahnt.

Irgendwann stürmte Frau Beck an ihr vorbei, eine Verabschiedung murmelnd, aber Emma nahm es kaum wahr. Erst als Kathrin aus dem Zimmer kam, sich vor Emma kniete, ihre Hände auf Emmas Schultern legte und wimmernd Entschuldigung um Entschuldigung hervorstieß, kam wieder Leben in sie.

»Raus hier, sofort!«, unterbrach sie Kathrin grob mitten im Wort. »Geh mir sofort aus den Augen, oder ich vergesse mich!«

»Emma, bitte, lass uns doch reden«, flehte Kathrin. »Du hast das vollkommen falsch verstanden.«

Doch alles, was Emma noch fühlen konnte, war lodernde, heilige Wut. »In zehn Minuten bist du aus der Wohnung, mitsamt deinen Sachen und vor allem für immer!« Sie stieß sich vom Boden ab und eilte in die Küche. Die aufsteigenden Tränen waren nicht für Kathrin bestimmt. »Verschwinde aus meinem Leben. Endgültig!«, schrie sie, bevor ihre Stimme brach.

30

Kathrin und ich haben uns ja noch nie verstanden, aber das übertrifft wirklich alles. Das hätte ihr wohl keiner zugetraut.« Astrid kam aus dem Kopfschütteln gar nicht heraus, als sie Emma dabei zusah, wie diese auch die letzten Erinnerungsstücke in die Mülltonne pfefferte.

Emma schloss den Deckel der Tonne mit einem lauten Knall. »Und ich bin auch noch so dumm und nehm sie bei mir auf. Wie dämlich kann man eigentlich sein?« Sie gab dem Schneemann, der neben der Tonne stand, einen heftigen Tritt, so dass die Karottennase zu Boden fiel. »Ich hätte es besser wissen müssen! Ich hätte ihre Lügen doch sofort bemerken müssen.«

»Das konnte nun wirklich keiner ahnen«, seufzte Astrid, beugte sich hinab und griff nach der Karotte. »Und unser Mr. Frost hier kann erst recht nichts dafür.«

Doch das Wohlergehen des Schneemanns war Emma egal. Am liebsten hätte sie ihn in Grund und Boden getrampelt, besann sich dann aber darauf, ihrer noch immer kochenden Wut besser auf weniger aggressive Weise Luft zu machen. Mit bebender Stimme fuhr sie fort: »Erst macht sie einen auf ›ich fehl ihr‹ und küsst mich, und dann erfahr ich am nächsten Morgen, welches miese Spiel sie eigentlich die ganze Zeit mit mir gespielt hat. Von wegen Sehnsucht, Liebe, trallala.«

Astrids Augen weiteten sich. »Moment, Moment, jetzt mal ganz langsam. Sie hat dich bitte was?«

»Du hast schon richtig gehört. Besser gesagt, wir haben uns geküsst – gestern, als wir zuhause angekommen waren. Sie hat mich einfach überrumpelt.« In Emmas Zorn mischte sich so etwas wie schlechtes Gewissen und der vage Eindruck, sich rechtfertigen zu müssen. Rasch fügte sie hinzu: »Aber ich habe ziemlich schnell gemerkt, dass ich mit uns abgeschlossen habe. Dass dieses Gefühl für sie einfach nicht mehr da ist. Ich will gar nicht mehr daran denken ... Der Kuss hatte keinerlei Bedeutung für mich.«

»Die ganze Geschichte klingt wie ein schlechter Film«, meinte Astrid nachdenklich. »Wie kann ein Mensch sich derart ändern?«

Emma gab keine Antwort, sondern sah zu Boden und zeichnete mit ihrer Fußspitze kleine Kreise in den Schnee.

»Dich nimmt das alles sehr mit, oder?«, fragte Astrid teilnahmsvoll und legte einen Arm um Emma.

Mit einem Seufzer sah Emma wieder auf. »Die Geschichte mit Kathrin ist durch. Endgültig vorbei. Ich komme damit klar, auch wenn's zuerst ein riesiger Schock war.« Sie presste die Lippen aufeinander. »Wenn, dann bin ich einfach nur maßlos wütend.«

»Aber abgesehen von all der Wut bedrückt dich doch irgendetwas ganz gewaltig.« Astrid ließ Emma los und nahm ihr den leeren Papierkorb aus der Hand. »Und wenn es nicht die Sache mit Kathrin ist, was ist es dann?«

»Wollen wir vielleicht oben weitersprechen?«, schlug Emma halblaut vor. »Frau Braumandl fällt vor Neugierde bald aus ihrem Fenster.« Mit einer leichten Kopfbewegung deutete sie Richtung Erdgeschoss.

Beim Anblick der kleinen, pummeligen Frau, die dort trotz der Kälte am offenen Fenster saß und sich mit einiger Mühe über ihre Fensterbank beugte, konnten sich beide ein Grinsen nicht verkneifen. Schnell hakte sich Astrid bei Emma unter und zog sie Richtung Haustür.

»Warum macht ihr beide es euch so schwer?« Astrid legte die Stirn in Falten und sah Emma über den Küchentisch hinweg mit einer Mischung aus Mitgefühl und Unverständnis an.

Doch Emma erwiderte den Blick nicht, sondern trat ans Fenster und starrte hinaus. »Lisa hat mir mehr als einmal deutlich gemacht, dass sie an mehr als einer Affäre nicht interessiert ist«, erklärte sie zum mittlerweile gefühlt hundertsten Mal.

»Und das behauptet sie nach wie vor?« Astrid stellte sich neben sie und folgte ihrem Blick nach draußen in die Dämmerung. »Dinge ändern sich ab und zu. Gerade Gefühle sind unberechenbar.«

Verzagt hob Emma die Schultern. »Ich habe dir doch erzählt, wie sie reagiert hat, als ich sie darauf angesprochen habe, oder? Die Reaktion war nicht gerade das, was ich mir erhofft hatte. Und seitdem habe ich nichts mehr von ihr gehört.«

»Ja, aber ... du hast sie auf eure Affäre angesprochen. Also das, was euch *bisher* verbunden hat, oder?«

»Auf was denn sonst? Was willst du mir damit sagen?« Emma wandte sich zu Astrid und musterte sie forschend. Doch nun war es Astrid, die weiter aus dem Fenster starrte. »Astrid!«

»Vielleicht will sie keine Affäre mehr«, sagte Astrid schulterzuckend. Sie trat vom Fenster weg und setzte sich wieder an den Tisch.

Emma folgte ihrem Beispiel. »Das heißt wohl, ich soll sie am besten in Ruhe lassen?« Ein heftiger Stich fuhr ihr durchs Herz. Das wollte sie nicht. Das konnte sie nicht.

Langsam sagte Astrid: »Ich bin ja nur eine Außenstehende, aber wenn man euch beide so vor der Kneipe stehen gesehen hat ...« Sie hielt bedeutungsvoll inne.

»Mann, Astrid, spann mich doch nicht länger auf die Folter«, beschwerte sich Emma. Doch plötzlich durchzuckte es sie wie ein Blitz. »Du meinst doch nicht etwa ... du meinst, es könnte vielleicht sein, dass sie doch mehr wollen könnte als nur eine Affäre? Dass sie deshalb so abweisend war?«

»Frau Kross hat endlich die Leitung verlassen, auf der sie gestanden hat«, grinste Astrid. »Das sieht doch ein Blinder mit Krückstock, dass es zwischen euch beiden gewaltig gefunkt hat. Das hat man euch bei dem Abendessen vor Wochen schon angesehen.«

»Na super«, sagte Emma ernüchtert. »Und nur ich bin mal wieder zu dämlich, es zu merken.«

»Na ja ... es gibt da allerdings noch etwas, das du wissen solltest.«

»Okay, was hab ich jetzt wieder verpasst?« Emma wurde unruhig. Astrid wusste offenbar mehr, als sie offen ausgesprochen hatte, und sie begann sich zu fragen, welche verstörenden Wahrheiten noch ans Licht kommen würden.

Langsam sagte Astrid: »Kathrins Auftauchen hat Lisa doch mehr verunsichert, als sie uns allen gegenüber zugeben würde. Sogar Lotta gegenüber. Aber ihr Verhalten hat doch alles gesagt. Ich glaube, sie hat Angst, dass Kathrin immer noch ein wichtiger Teil deines Lebens ist.« Sie sah Emma eindringlich an.

»Aber Kathrin ist weg«, wandte Emma ein. »Und ich habe Lisa doch gesagt, dass zwischen uns nichts mehr ist.«

»Das mag ja sein, nur ... soviel ich weiß, hat Lisa die Stadt verlassen. Ist wohl für die zwei Wochen Ferien zu ihrer Mutter gefahren. Ich glaube, sie hat einfach Abstand von allem gebraucht. War doch etwas viel in letzter Zeit.«

Emmas musste schlucken. »Du meinst, sie ist gar nicht mehr in Regensburg?«

»Das und auch, dass sie Angst hat, nur ein Lückenfüller zu sein. Wie gesagt ... sie hat es nicht selbst gesagt, es ist nur meine Meinung. Und Lottas.«

»Und Lotta kennt sie schließlich seit Jahren«, seufzte Emma. Dann sprang sie so hastig auf, dass der Stuhl bedrohlich ins Kippeln geriet. »Astrid, ich glaube, ich weiß, was jetzt zu tun ist. Auch wenn es wahrscheinlich mehr als unvernünftig ist.«

31

Fröstelnd lief Emma auf und ab, vorbei an Läden, in denen nach und nach die Lichter gelöscht und die Türen für diesen Tag abgeschlossen wurden. Es war Feierabend. Keine Menschenseele überquerte den Platz, an dessen Rand sie mittlerweile zigmal entlanggestapft war, hin und her. Die Stadt schien unter der dicken Schneeschicht zu schlafen. Kein Wunder bei diesem Ausnahmewinter, der mehr Schnee mit sich brachte als all die vergangenen Jahre zusammen. Ein Bruchteil davon hätte auch ausgereicht, dachte Emma und trat mit dem Fuß in eine Schneewehe, dass der Schnee nur so stob.

Immer wieder sah sie zu dem einzigen erleuchteten Fenster des alten Gebäudes am nördlichen Ende des Platzes hinauf. Würde dieses letzte Licht denn nie erlöschen? Musste ausgerechnet heute der Unterricht überzogen werden?

Der Wind pfiff durch die engen Gassen, die sich an den Platz anschlossen, und Emmas Füße hatten sich inzwischen zu schweren Eisklötzen gewandelt, die sie mühevoll durch den Schnee zog. Dann begann auch noch die einzige Laterne, die den Platz beleuchtete, hektisch zu flackern. Großartig, nun würde sie zu allem Übel auch noch völlig im Dunkeln dastehen ... Doch die Laterne hatte Erbarmen und nahm ihre Arbeit nach der kleinen Showeinlage wieder auf. Emma atmete erleichtert auf. Das hätte ihr gerade noch gefehlt.

Ein Teil von ihr bereute bitter, nicht einfach die bequemere Variante gewählt zu haben: Ein Griff zum Telefonhörer, und die Sache hätte sich innerhalb weniger Minuten erledigt. Doch Emma hatte das seltsame Gefühl, auf dem persönlichen Weg mehr erreichen zu können. Zumindest würde sie über eine bessere Verhandlungsbasis verfügen, wenn sie von Angesicht zu Angesicht sprechen konnte. Lotta würde ganz sicher nicht so einfach nachgeben. Und Emma wollte unmissverständlich deutlich machen, dass sie Lisa nicht in den Rücken fallen wollte. Dass es keinen Grund gab, Lisa vor ihr beschützen zu wollen.

Was sie allerdings mit größter Wahrscheinlichkeit erreichen würde, war eine dicke Erkältung. Emma klatschte ein paarmal fest in die Hände, um das Taubheitsgefühl darin loszuwerden. Da endlich öffnete sich die schwere Holztür des Gebäudes, und in heller Aufregung machte sie einen Satz nach vorn. Doch der kleine, dicke Mann, der ins Freie trat, sah sie nur verwundert an, zog seinen Hut tiefer ins Gesicht und verschwand um die Ecke.

Lange würde Emmas Durchhaltewille in dieser Eiseskälte nicht mehr anhalten. Doch zu ihrem Glück schien die Veranstaltung drinnen nun endlich beendet zu sein, denn nach und nach gab das Gebäude immer mehr Menschen frei, die vorsichtig die Stufen herabstiegen und sich langsam am Geländer vortasteten, um auf dem Eis nicht auszurutschen.

Nach weiteren endlos langen Minuten – Emma kamen sie zumindest vor wie eine Ewigkeit – erlosch auch das Licht im zweiten Stock, und Emma näherte sich dem Eingang. Ihr Herzschlag beschleunigte sich mit jedem Schritt. Von den heraustretenden Personen erntete sie mitleidige Blicke. Mittlerweile musste sie Mr. Frost zum Verwechseln ähnlich sehen, nur die Karottennase fehlte zu ihrem Glück.

»Lotta!«, rief Emma der Frau zu, die als Letzte aus dem Gebäude trat.

»Emma?« Lotta kniff die Augen zusammen. »Wie siehst du denn aus?«

»Warum musst du auch gerade heute den Unterricht überziehen?« Emmas Zähne klapperten, während sie von einem auf den anderen Fuß tippelte. »Du bist doch sonst so überpünktlich.«

Lotta riss die Augen auf. »Du wartest nicht wirklich seit einer halben Stunde hier draußen? Du hättest ruhig nach oben kommen und im Vorzimmer warten können. Wäre jedenfalls die wärmere und trockenere Alternative gewesen.« Vorsichtig stieg sie die Stufen herab und befreite Emma als Erstes mit raschen Handbewegungen von der dicken Schneeschicht, die sich auf ihrem Mantel gebildet hatte.

»Genau genommen warte ich seit einer Stunde. Ich wollte euch nicht stören«, erklärte Emma. Sie schlang die Arme um ihren Körper, doch auch das brachte nicht die ersehnte Wärme.

»Du hättest mich doch auch anrufen können. Oder wir hätten uns in einem Café treffen können.« Lotta schien Emma für komplett wahnsinnig zu halten. Nun gut, die ganze Aktion *war* wahnsinnig.

Zitternd entgegnete Emma: »Ich wollte das alles nicht am Telefon besprechen und dachte, ich komme einfach vorbei. War Astrid heute gar nicht in der Stunde?« Sie sah an Lotta vorbei, doch die Tür blieb geschlossen.

»Nein, heute war gar kein Unterricht. Jahresabrechnung und solche Sachen. Aber sie hat mir schon erzählt, was passiert ist.« Lottas mitfühlender Blick ruhte auf Emma.

Nach all den Tagen, an denen Lotta höchstens ein paar kühle Worte für Emma übriggehabt hatte, war dies eine erste leise Annäherung. Vielleicht hatte Lotta endlich erkannt, dass Emma keine Gefahr für Lisa war, nur darauf aus, ihr das Herz zu brechen? Viel wahrscheinlicher war jedoch, dass Astrid sie längst ins Bild gesetzt hatte.

»Ich brauche deine Hilfe, Lotta«, brach es aus Emma heraus. Sie konnte nicht mehr länger warten. Nicht nur wegen der Kälte; vor allem aufgrund der Sehnsucht, die sie mit einem Mal übermannte und immer mehr wuchs.

Lotta sah sie überrascht an. »Meine Hilfe bei was?« Dann nickte sie. »Du meinst wegen Lisa? Aber wie soll ich dir helfen?«

»Du weißt bestimmt, wo sie jetzt ist, oder?« Die Frage brannte Emma auf den Lippen, seit sie mit Astrid darüber gesprochen hatte. Sie wollte einfach zu ihr. So schnell wie möglich.

Doch Lotta wich ihrem Blick plötzlich aus. »Ich glaube, das ist keine allzu gute Idee, Emma. Sie ist nicht ohne Grund weggefahren. Sie will Abstand … und ich glaube, das tut euch beiden ganz gut. Ich weiß nicht, ob es so sinnvoll ist, ihr nachzulaufen.«

»Aber ich muss dringend mit ihr reden.« Emma hatte schon viel zu lange gewartet. Sie hatte keine andere Wahl, als hartnäckig zu bleiben.

»Willst du nicht einfach warten, bis sie wieder zurück ist?«, versuchte Lotta es erneut. »Es sind doch nur ein paar Tage. Gib ihr einfach die Zeit, die sie braucht.«

»Lotta, bitte. Du bist die Einzige, die mir helfen kann. Glaubst du wirklich, es ist besser, dass ich noch länger warte und Lisa sich was weiß ich welche Gedanken macht, die gar nicht stimmen?«

Lotta seufzte und schüttelte den Kopf. »Ich will einfach nicht, dass ihr erneut wehgetan wird. «

»Das habe ich doch nicht vor«, erwiderte Emma und zwang sich, ruhig, aber bestimmt zu klingen, obwohl sie die Worte am liebsten empört geschrien hätte. »Ich will nur mit ihr reden und sicherstellen, dass sie alles weiß, was sie wissen muss. Alles andere liegt nicht in meiner Hand. Aber ich muss sie sehen.«

Langsam schien Lotta zu begreifen, dass Emma nicht so schnell aufgeben würde – und dass sie noch länger in der Kälte stehen würden, wenn sie weiter argumentierte. Jedenfalls öffnete sie zu Emmas großer Erleichterung schließlich ihre schwere Ledertasche und kramte einen kleinen Zettel und einen Stift hervor. Sie kritzelte ein paar Zeilen auf den Zettel und streckte ihn Emma entgegen. »Ich will nicht diejenige sein, die euch im Weg steht«, sagte sie dabei.

32

Emma warf einen prüfenden Blick auf den Heizungsregler ihres Autos, doch der war bereits bis zum Anschlag aufgedreht. Trotzdem fröstelte sie. Die Aufregung hatte sie fest im Griff. Immer wieder sah sie in den Rückspiegel, begegnete ihrem eigenen unruhigen Blick und schüttelte ein ums andere Mal den Kopf. Was war nur in sie gefahren, dass sie sich tatsächlich auf diese unsichere Reise begeben hatte?

Es schien alles so unwirklich. Sie konnte selbst kaum glauben, dass sie tatsächlich auf dem Weg in den Bayerischen Wald war. Während der zweistündigen Fahrt hatte sich das Schneetreiben zusehends verdichtet, und sie hatte nicht nur einmal daran gedacht, umzudrehen und nach Regensburg zurückzufahren. Obendrein konnte sie nichts dagegen tun, dass ihr Körper verrückt zu spielen schien, ihr mal siedend heiß, mal eiskalt war und ihre Gedanken ständig Purzelbäume schlugen. Sie wollte Lisa so viel sagen, aber wo und wie sollte sie überhaupt anfangen? Schließlich wollte sie Lisa nicht gleich am Anfang mit all ihren Gedanken und Wünschen auf einmal überfahren. Und was, wenn Lisa gar nicht hier war? Was, wenn sie sich spontan entschieden hatte, die Feiertage woanders zu verbringen? Emma wollte gar nicht daran denken.

Als sie endlich die kleine, verkehrsberuhigte Straße entlangfuhr, deren Name auf Lottas Zettel stand, begann sie nervös mit den Fingern auf das Lenkrad zu trommeln. Suchend sah sie von einer Straßenseite zur anderen.

»Nummer vier, Nummer fünf, Nummer sechs«, murmelte sie leise vor sich hin. Je höher die Hausnummern wurden, desto mehr begann Emmas Puls zu rasen.

Die meisten Häuser in der Straße waren festlich geschmückt in Erwartung des morgigen Weihnachtsabends. Warm leuchtende Lichterketten ließen den Schnee in den Gärten und auf den Dächern glitzern und zauberten so etwas wie Heimeligkeit in die Luft. Eine leise Traurigkeit beschlich Emma beim Anblick dieser Lichterwelt und verdrängte für einen Moment sogar die Aufregung. Sie selbst hatte Weihnachten nie gefeiert – nie mehr seit jenem Tag, der ihr Leben völlig verändert hatte. Für sie war dieses Fest alles andere als ein Tag der Freude oder Anlass zum Feiern. Und bisher hatte sie es all die Jahre geschafft, es erfolgreich zu umgehen. Aber dennoch, selbst nach so vielen Jahren holten sie die Erinnerungen und damit die Trauer immer wieder ein. Sie holte tief Luft, schluckte krampfhaft und konzentrierte sich wieder auf die Suche.

Lisas Elternhaus stand am Ende der Straße. Ein kleines Holzhaus, aus dessen Kamin es behaglich rauchte. Emma bog in die Einfahrt ein und stellte den Motor ab. Dann blieb sie einige Minuten einfach nur still sitzen und betrachtete das Haus. Das Fenster war mit bunten Zuckerstangen geschmückt. *Das ist also ihr Zuhause,* dachte Emma, und erneut stieg die Traurigkeit in ihr auf. Zuhause.

Ein kleines Mädchen mit geflochtenen Zöpfen erschien am Fenster und hielt kurz inne, als sie Emmas Wagen in der Einfahrt bemerkte. Neugierig drückte sie ihre Nase an die Scheibe und starrte wie gebannt zu Emma heraus. Emma versuchte ein kleines Lächeln.

Schließlich gab sie sich einen Ruck, warf einen letzten prüfenden Blick in den Rückspiegel und griff nach dem Karton auf dem Beifahrersitz, in dem sich ein selbstgebackener Kuchen befand. Sie wollte nicht mit leeren Händen vor der Tür stehen.

Als sie aus dem Auto stieg und erneut zum Fenster sah, war das kleine Mädchen bereits wieder verschwunden. Zaghaft watete Emma durch den hohen Schnee und näherte sich der Haustür. Dabei sprach sie sich selbst immer wieder Mut zu. Die Möglichkeit, dass Lisa sie vielleicht gar nicht sehen wollte und sie unverrichteter Dinge wieder nach Hause fahren müsste, hielt sie mit aller Macht auf Abstand.

Mit zittrigem Finger drückte Emma die Klingel, unter der der Name »Brecht« in ordentlicher, sauberer Handschrift stand. Lisas Handschrift.

Nur Sekunden später hörte sie schnelle Schritte von drinnen. Als sich die Tür öffnete, blickte sie in die Augen des kleinen Mädchens, das am Fenster gestanden hatte. Mit einem breiten Grinsen sah sie Emma an, drehte sich dann plötzlich um, ohne ein Wort zu sagen, und rief aufgeregt: »Oma! Oma!«

Eine Frau mit kurzem, lockigem Haar, Emma schätzte sie auf etwa Mitte fünfzig, trat in den kleinen Hausflur. Sie wischte sich die Hände an ihrer Schürze ab, bevor sie auf Emma zukam. Mit freundlichem Lächeln erkundigte sie sich: »Guten Abend, wie kann ich Ihnen helfen?«

»Guten Abend, Frau Brecht«, begrüßte Emma sie und nahm den Karton in eine Hand, um ihrem Gegenüber die Hand reichen zu können. »Ich bin Emma, eine Freundin von Lisa. Aus Regensburg.«

Immer noch lächelnd griff Frau Brecht nach Emmas Hand und rückte mit der anderen ihre Brille zurecht, als könne sie Emma dadurch noch genauer betrachten. »Ach, das ist ja schön. Lisa hat gar nicht erzählt, dass sie noch Besuch erwartet. Da wird sie sich aber freuen.«

»Ehrlich gesagt, sie weiß gar nicht, dass ich hier bin. Ein Überraschungsbesuch sozusagen«, erklärte Emma und lächelte entschuldigend. »Ich hoffe, ich störe nicht?«

»Oh nein, nein, natürlich nicht. Ich backe nur gerade und muss schnell zurück in die Küche. Aber kommen Sie doch rein ... draußen ist es so kalt. Lisa ist gerade mit dem Hund unterwegs. Sie müsste aber gleich zurück sein.«

Emma nickte dankbar und hielt Frau Brecht den Karton mit dem Kuchen entgegen. »Eine Kleinigkeit, weil ich hier einfach so reinplatze.«

Mit einer Handbewegung winkte Frau Brecht ab: »Ach, das wäre doch überhaupt nicht nötig gewesen. Und nun rein in die gute Stube. Sie haben bestimmt nichts gegen eine Tasse Tee, oder? Bei dem Wetter ... Ich wundere mich, wie man heute überhaupt noch mit dem Auto irgendwo hinkommt.«

Emma legte ihren Mantel ab und folgte Frau Brecht in die Küche, wo ein alter Holzofen wohlige Wärme spendete. Mit einem erleichterten Aufatmen stellte Emma sich davor, froh, ihre Hände wärmen zu können. Das kleine Mädchen hatte sich währenddessen ins angrenzende Wohnzimmer zurückgezogen und malte ganz versunken an einem Bild.

»Das ist meine Enkelin Anna«, erklärte Frau Brecht, »die Tochter meines Sohnes, also Lisas Nichte. Sie wohnt bei mir, wenn mein Sohn und meine Schwiegertochter unterwegs sind.«

Durch die offene Tür sah Emma Anna eine Weile zu. In diesem Haus schien ein Frieden zu herrschen, der geradezu ansteckend war und ihren Herzschlag sogar ein wenig beruhigte. »Sie haben es wirklich schön hier«, sagte sie. »So gemütlich.«

Frau Brecht strahlte. »Danke, Emma. Darf ich fragen, woher Sie und Lisa sich kennen?«

»Wir arbeiten zusammen an einem Projekt in ihrer Schule«, erklärte Emma. Dabei musste sie die Wehmut zurückdrängen. Die schöne Zeit, die sie dabei miteinander verbracht hatten, gehörte womöglich für immer der Vergangenheit an.

»Oh, dieses Buchprojekt, nehme ich an?«, fragte Frau Brecht interessiert, während sie ein weiteres Blech mit Plätzchen in den Ofen schob. »Lisa hat mir schon viel darüber erzählt. Dann sind Sie die Schriftstellerin?«

»Genau die bin ich«, erwiderte Emma lächelnd.

Aus dem Wohnzimmer schaltete sich Anna ein: »Schreibst du auch Kinderbücher? So was wie der Grüffelo? Mit ganz vielen Bildern?« Mit großen Augen blickte sie zu Emma herüber. Sie hatte anscheinend das Gespräch genau verfolgt.

»Bis jetzt nicht, aber vielleicht mache ich das mal.« Emma ging ins Wohnzimmer und setzte sich neben Anna an den großen Tisch. »Nur leider kann ich nicht so schön malen wie du.« Eingehend betrachtete sie das Bild, das Anna soeben fertiggestellt hatte.

»Das sind Oma, Papa, Mama, Lisa und ich«, erklärte die Kleine aufgeregt.

Emma stutzte. Lisas Mutter war also allem Anschein nach alleinstehend, wenn es keinen Opa gab. Ihr wurde bewusst, dass sie bisher nur sehr wenig über Lisa und ihre Familie wusste. Sie hatten noch nie wirklich darüber gesprochen – nicht nur über Lisas, sondern auch nicht über ihre eigene Familie. Es gab so vieles, das sie nicht von Lisa wusste, und sie wollte doch am liebsten alles von ihr wissen.

Während Emma sich in diesen Gedanken verlor, kündigte das Knarzen der Haustür die Ankunft weiterer Bewohner an. Ein schnee- und schlammbedeckter Hund schoss schwanzwedelnd um die Ecke und direkt auf Emma zu. Erschrocken fuhr Emma zurück, und Anna lachte herzlich.

»Lilli tut doch nichts. Sie will dich doch nur begrüßen.«

Frau Brecht schien weniger erfreut, als sie sah, welche Wasserspur Lilli hinter sich herzog. »Lisa, hättest du sie nicht wenigstens ein bisschen abtrocknen können? Die ganze Küche sieht wieder aus . . .«

»Tut mir leid, Mutter, Lilli war heute kaum zu halten. Ich . . .« Lisa verstummte, als ihr Blick auf Emma fiel, die sich erfolglos gegen Lillis Begrüßungsattacke zu wehren versuchte. Erst als Lisa sie zurückpfiff, ließ Lilli von ihrem Ritual ab. Doch da war Emma bereits durch und durch nass.

Regungslos war Lisa in der Küche stehen geblieben und starrte Emma durch die offene Tür zum Wohnzimmer an. »Was . . . was machst du denn hier?«, fragte sie schließlich leise.

An ihrem Gesichtsausdruck konnte Emma nicht erkennen, ob sie nun Freude oder Entsetzen über ihren Besuch empfand. Sie glaubte ein winziges Lächeln wahrzunehmen, das aber genauso schnell wieder verschwunden war. Doch vielleicht wünschte sie es sich einfach so sehr, dass sie es sich nur einbildete.

Allerdings erforderte Lisas Frage eine Antwort, und das

brachte Emma ein wenig in Verlegenheit. »Ich wollte dich sehen ... und dachte, ich besuche dich ganz spontan.« Unsicher sah sie zwischen Lisa und ihrer Mutter hin und her. So sympathisch ihr Frau Brecht auch war – den Grund für ihren Besuch hätte sie Lisa lieber unter vier Augen erklärt.

Doch Frau Brecht schien ihre Gedanken lesen zu können. Sie holte das Blech mit den fertigen Plätzchen aus dem Ofen und stellte es zur Seite, um anschließend mit Anna an der Hand Lilli ins Bad zu bringen und abzutrocknen.

Als sie beide allein zurückblieben, stand Emma auf und ging auf Lisa zu, die immer noch dastand wie festgewachsen und nicht ganz zu begreifen schien, was hier vor sich ging. Fahrig trocknete sie ihre nassen Hände an ihrer Jeans. Ihr Blick schien Emmas zu suchen, wandte sich aber jedes Mal sofort wieder ab, wenn ihre Augen sich begegneten. Sie lächelte nicht.

»Woher weißt du eigentlich, dass ich hier bin?«, fragte sie, als Emma direkt vor ihr stand. Der Klang ihrer Stimme ließ Emma leicht frösteln.

»Lotta hat mir die Adresse gegeben«, erwiderte Emma, und es drängte sie regelrecht, ihre Hand auszustrecken und Lisas Wange zu berühren. Doch sie hielt sich zurück.

Lisa zog die Augenbrauen nach oben und seufzte. »Natürlich, woher auch sonst ... Ich wollte allein sein, Emma. Ist das so schwer zu verstehen? Ich bin nicht ohne Grund hierher gefahren.«

»Ich weiß. Aber ich muss unbedingt mit dir reden, Lisa.« Emmas verzweifelte Hoffnung begann zu schwinden. Sie spürte die Barriere, die Lisa zwischen ihnen aufgebaut hatte, beinahe körperlich.

Lisa lehnte sich gegen den schweren, hölzernen Küchentisch und verschränkte die Arme vor der Brust. »Na ja ... ich kann dich ja schlecht rauswerfen, wo du schon mal da bist. Außerdem wäre es verantwortungslos, dich bei diesen Straßenverhältnissen fahren zu lassen.«

Emma durchfuhr ein heftiger Stich. Nach Begeisterung klang das nun eher weniger. Wie in aller Welt hatte sie nur glauben können, dass es eine gute Idee sei, hierherzukommen?

Frau Brecht, die gerade wieder in die Küche kam, schien die

Anspannung zu spüren. Sie wich ein wenig zurück und sah sich etwas ratlos um. »Wollt ihr euch nicht ins Wohnzimmer setzen?«, fragte sie dann. »Frau Krug hat heute eine Flasche Weißwein vorbeigebracht. Greift ruhig zu.«

»Nein, danke. Ich muss ja noch fahren. Für mich kein Alkohol«, wehrte Emma freundlich ab und sah verstohlen zu Lisa.

Die kaute auf ihrer Unterlippe und schlug dann unvermittelt vor: »Du kannst natürlich gern hierbleiben, das Gästezimmer ist frei.« Sie sah Emma nicht an, und ihre Gesichtszüge blieben hart. »Ich sagte ja, bei diesem Wetter ...«

So freundlich die Worte klangen, so unnahbar wirkte Lisa nach wie vor – als stehe sie hinter einer Glasmauer, die alles und jeden vor ihr fernhielt. Emma zögerte. Sollte sie das Angebot annehmen, um ihrer eigenen Sicherheit willen? Oder war es besser, den Rückzug anzutreten? Lisas Verhalten legte eindeutig Letzteres nahe. Und Emma wollte nicht noch mehr Unfrieden stiften.

Doch Lisas Vorschlag war für Frau Brecht offenbar bereits ein feststehender Entschluss. Sie bot sofort an, frische Bettwäsche und Handtücher bereitzulegen, und eilte wieder davon.

Emma schluckte. Am liebsten wäre sie im Erdboden versunken. Noch nie war sie sich derart fehl am Platz vorgekommen. Aber was hatte sie auch erwartet? Dass Lisa ihr freudestrahlend um den Hals fallen würde?

Dennoch – das hier war schlimmer als ihre düstersten Befürchtungen. Sie war nicht darauf vorbereitet, dass Lisa eine solche Kälte ausstrahlen würde. Langsam löste sich auch ihr letzter Funke Mut in Rauch auf.

»Sollen wir?«, unterbrach Lisa ihre trüben Grübeleien.

»Sollen wir was?«, fragte Emma irritiert zurück.

»Na, uns setzen. Rumstehen macht es auch nicht gerade besser«, gab Lisa zurück und bedeutete Emma, sich ins Wohnzimmer zu begeben. »Geh doch schon mal vor, ich hol dir noch einen trockenen Pullover von mir. Lilli hat wirklich ganze Arbeit geleistet.«

Emma sah an sich herab und nickte dankbar. Die Vorderseite ihres Pullovers war vollständig bedeckt von einem nassen Brei aus Schnee und Schlamm.

Sie ging wieder ins Wohnzimmer, wo auf dem Tisch immer noch Annas Malsachen verstreut lagen. Wenig später kehrte Lisa mit einem trockenen Pullover und zwei Weingläsern zu ihr zurück.

»Da denke ich, hier weit genug von allem entfernt zu sein – und dann stehst du auf einmal vor der Tür.«

Kaum zu glauben, Lisa lächelte. Sie lächelte tatsächlich. Emma fiel ein Stein vom Herzen, eher schon ein dicker Felsbrocken. Vielleicht hatte Lisa nur etwas Zeit gebraucht, um den ersten Schock über den unerwarteten Besuch zu verdauen.

»Ich kann es selbst noch nicht so ganz glauben, dass ich jetzt hier sitze«, beteuerte Emma. Im Grunde war das beinahe untertrieben. Die ganze Situation erschien ihr völlig unwirklich, geradezu märchenhaft. Solange in Lisas Gesicht ab und zu dieses Lächeln aufblitzte …

Lisa reichte Emma den Pullover, schenkte ihnen beiden von dem Weißwein ein und setzte sich auf den Sessel gegenüber Emma, die sich auf der großen Couch ganz verloren vorkam. Nur Lisas Duft legte eine warme Hülle um sie, als sie deren Pullover überstreifte.

33

Auch nachdem Lisas Mutter sich zurückgezogen hatte, war Emmas Unruhe nicht weniger geworden – im Gegenteil. In ihr braute sich ein Sturm zusammen, der sämtliche Gefühle der letzten Wochen aufwirbelte. Sie konnte es kaum ertragen, Lisa anzusehen. Doch sie nicht mehr zu sehen, hätte sie noch viel weniger ausgehalten.

Als sie es endlich wagte, Lisa in die Augen zu sehen, traf sie die Gewissheit mit voller Wucht.

Lisa war alles, was sie wollte. Alles, was sie brauchte. Sie durfte Lisa nicht verlieren.

Sie nahm all ihren Mut zusammen, der in den vergangenen Stunden schon schwere Einbußen erlitten hatte, und machte einen zittrigen Schritt nach vorn: »Lisa, ich wollte dir ...«

»Nicht, Emma«, unterbrach Lisa sie schroff und legte den Finger auf ihre Lippen. »Nicht.«

Emma sah sie irritiert an. Doch sie traute sich nicht, nachzuhaken.

»Ich weiß, was du mir sagen willst, Emma«, sagte Lisa nun leiser und legte den Kopf schief.

»W...was denn?« Emma umklammerte die Couchlehne immer fester.

»Uns verbindet eine schöne Zeit. Und du vermisst sie, stimmt's?«

Emma nickte leicht. Was sollte sie auch groß sagen, da Lisa bereits alles zu wissen schien?

»Das tue ich auch«, sagte Lisa, und ihre Stimme klang nun ganz sanft. »Das tue ich wirklich. Es waren schöne Wochen mit dir.«

Emma Herz machte einen Sprung. Sie wagte kaum zu atmen, geschweige denn zu glauben, dass das alles war, was Lisa zu sagen hatte. Irgendetwas musste doch noch kommen, irgendein riesengroßes *Aber.*

»Die kleinen Ausflüchte aus dem Alltag, den Spaß, den wir zusammen hatten«, fuhr Lisa fort und schien mit den Gedanken weit weg zu sein. »Es war so unkompliziert, es fühlte sich so frei und einfach an.«

»Das, und ...«

»Und du wünschst dir, es würde wieder genauso locker und unkompliziert werden zwischen uns?«, fiel Lisa Emma erneut ins Wort. Allmählich bekam Emma das Gefühl, in einer Art Verhör zu sitzen, in der es ihr nicht gestattet war, ihre Sicht der Dinge zu erklären.

»Klar willst du das wieder«, beantwortete Lisa prompt ihre eigene Frage. »Schließlich war es wirklich eine schöne Zeit. Aber Emma, glaubst du tatsächlich, uns könnte mehr verbinden als ein bisschen Spaß und, ja klar, die Arbeit?«

Das saß. Emma schluckte schwer. Beinahe hätte sie das Weinglas fallen lassen, aber in letzter Sekunde gelang es ihr, es sicher auf dem Tisch vor sich abzustellen.

»Lisa«, sagte sie mit bebender Stimme, »glaubst du wirklich, ich wäre wegen ›ein bisschen Spaß‹, oder wie du es auch immer nennen magst, hierhergekommen?« War sie wirklich die ganze Zeit so blind gewesen und hatte die Zeichen nicht gesehen, dass sie sich gehörig verrannt hatte? Emma konnte, wollte es nicht glauben.

Beinahe trotzig erwiderte Lisa: »Gerade du solltest wissen, wie viel Gefühle und Beziehungen und das ganze Trallala tatsächlich wert sind.«

»Und du glaubst, man kann sie deshalb so einfach ausblenden, als würden sie nicht existieren?« Jetzt regte sich auch in Emma so etwas wie Wut. »Ich kann mich doch nicht so getäuscht haben.«

Lisa wandte ihren Blick ab. »Erzähl mir jetzt bitte nichts von echten Gefühlen.«

»Was ist los? Was soll dieser Zynismus? Ich erkenne dich kaum wieder.« Emma rang um Fassung, war hin- und hergerissen zwischen widersprüchlichen Impulsen – zu verharren oder aufzustehen, Lisa zu schütteln und zu gehen. Schließlich setzte sie nur leise hinzu: »Lisa, das bist doch nicht du!«

»Doch, Emma, genau das bin ich. So und nicht, wie du es gern hättest oder wie du es dir ausmalst. Ich kann nicht aus meiner Haut.«

Emma sprang auf, nun endgültig nicht mehr in der Lage, still sitzen zu bleiben und Lisas Kälte an sich abprallen zu lassen. »Ich weiß, dass da mehr hinter der Fassade steckt, als du vor mir zugeben willst«, rief sie fast verzweifelt aus. »Ich fühle es doch.«

»Du verstehst es einfach nicht. Wie solltest du auch.« Lisa seufzte und stand ebenfalls auf.

Langsam ging sie auf Emma zu und berührte vorsichtig ihren Arm. Der Kontakt dauerte nur ein paar kurze Sekunden, doch er verfehlte seine Wirkung nicht. Über die Spannung, die den Raum erfüllt hatte, legte sich plötzlich sanft ein Mantel der Nähe, der Vertrautheit. Emma hielt inne. Wartete. Was würde als Nächstes geschehen? Würde überhaupt etwas geschehen? In diesen wenigen Augenblicken, das spürte sie deutlich, könnte sich ihre Zukunft entscheiden. Sie hielt den Atem an.

Der Zeiger der großen, alten Standuhr war jedoch alles, was sich bewegte. Sekunde für Sekunde.

Behutsam ließ Lisa ihre Fingerspitzen an Emmas Arm entlanggleiten. Wärme durchfloss Emmas Körper. Sie wagte immer noch kaum zu atmen. Währenddessen tastete Lisa sich weiter vor, bis sie schließlich Emmas Hand ergriff und festhielt.

»Komm mit«, flüsterte sie, »ich muss dir etwas zeigen.«

Emma sah beinahe ungläubig auf Lisas Hand, die in ihrer ruhte und langsam den Druck verstärkte. »Was willst du mir zeigen?«

Ein kleines, unsicheres Lächeln umspielte für einen kleinen Augenblick Lisas Lippen. »Du wirst es gleich sehen. Vertrau mir und komm einfach mit.«

Emma folgte Lisa durch die Küche hinaus ins Treppenhaus. Im oberen Stock war das Licht längst gelöscht. Nur das Pfeifen des Windes, der draußen den Schnee vor sich herwirbelte, hallte durch die Nacht. Die Holzdielen knarzten unter jedem Schritt, den Lisa Emma in Richtung Kellertreppe zog.

Emma sah sich ratlos um. Was hatte Lisa nur vor? Die Anspannung in ihr wich zusehends der Neugier. Sie atmete fast wieder normal, aber ihr Herz klopfte, als sie hinter Lisa die Treppe hinunterschlich.

Eine einsame Glühbirne beleuchtete den kleinen Kellerflur, von dem drei Türen abgingen. Zielstrebig ging Lisa auf die letzte davon zu und drückte die Klinke nach unten. Eisige Kälte schoss ihnen entgegen, als Lisa die Tür aufschwang, eintrat und in der Dunkelheit verschwand. Unschlüssig blieb Emma vor der Tür stehen.

Als Lisa mit leisem Klicken eine kleine Wandleuchte betätigte, offenbarte der Kellerraum auch Emma seine Schätze.

Großformatige Schwarzweißfotos säumten die Wände, und jedes einzelne erzählte offenbar sein eigenes Kapitel Familiengeschichte. Ein glückliches Paar mit ihrem kleinen Mädchen auf dem Arm; Kinder, die durch einen kleinen, gepflegten Garten tobten; Familienfeiern; vertraute Blicke. Große weiße Laken bedeckten Möbel, die den größten Teil des Raumes einnahmen. Ein altes Piano stand abseits in der Ecke. Nur seine Tasten konnten sich an Lisas sanften Berührungen erfreuen, als diese gedankenverloren eine Hand darüber gleiten ließ.

Emma stand noch immer in der Tür, gebannt von dem Glück, das diese Bilder und Gebrauchsgegenstände festhielten, und zugleich einer wachsenden Scheu. Eine Ahnung baute sich in ihr auf, dass in diesem Raum mehr Emotionen und Erinnerungen ruhten, als sie sich in diesem Augenblick vorstellen konnte. Doch warum hatte Lisa sie hierhergebracht?

Ihr Blick blieb an einem Porträt hängen. Ein Mann mit markanten Gesichtszügen und stechenden Augen, die aufmerksam in die Kamera blickten. Lisa, die ihrem Blick gefolgt sein musste, ging langsam auf das Bild zu und hob ihre Hand, um über die Wange des Mannes zu streicheln.

»Er hat mir als kleines Mädchen das Baseballspielen beigebracht, obwohl Mama immer der Meinung war, das wäre nur etwas für Jungs. Doch ihm war das egal, er wollte die Tradition aufrechterhalten, da jeder in seiner Familie Baseball liebte.« Lisas Stimme klang ganz weich, und ein kleines Lächeln umspielte ihre Lippen. »Und er konnte sich nie entscheiden, ob er deutsch oder englisch mit uns sprechen sollte. Am Schluss war es meist eine ziemlich lustige Mischung. Er war Amerikaner, weißt du. Er war Soldat und in Deutschland stationiert, und er war einer der Wenigen, die nach der Militärzeit der Liebe wegen in Deutschland geblieben sind. Er hat immer großen Wert darauf gelegt, dass mein Bruder und ich zweisprachig erzogen werden. Er dachte, so hätten wir später mehr Möglichkeiten und Chancen, um im Leben voranzukommen.« Die Worte kamen zusehends stockender, Lisas Stimme verlor an Kraft, wurde brüchig.

Ein dicker Kloß bildete sich in Emmas Hals, sie konnte nichts dagegen tun.

»Mama hat dieses Foto so sehr geliebt, aber …« Lisa unterbrach sich und schlug sich eine Hand vor den Mund, als sich ihre Augen mit Tränen zu füllen begannen.

Die Tränen rannen ihr über das Gesicht und nässten ihren Hals und ihre Wangen. Doch als Emma auf sie zugehen und sie in den Arm nehmen wollte, hob Lisa abwehrend die Hand. »Bitte nicht. Tut mir leid, ich wollte dich nicht vollheulen. Es ist nur immer noch schwer zu begreifen. Und schwer, all diese Bilder zu sehen. Ich war lange nicht mehr hier unten und schon gar nicht mit jemandem zusammen. Noch nie war jemand Fremdes hier.« Hastig trocknete Lisa ihre Tränen und holte ein paarmal tief Luft.

Emma stand wie angewurzelt vor ihr, gelähmt von Hilflosigkeit und tiefem Mitgefühl. »Was ist passiert?«, hörte sie sich leise fragen – und bereute die Frage umgehend. Was fiel ihr ein, in alten Wunden zu bohren?

Lisas Hände zitterten. Emma griff danach, ließ Lisa dieses Mal nicht entkommen. Es schien ihr das einzig Richtige in diesem Moment, in dem sie nichts tun konnte als wenigstens zu versuchen, Lisa zu beruhigen. Und ihr zu zeigen, dass sie nicht allein war.

Tatsächlich verlangsamte sich Lisas Atem, doch der Schmerz und die überwältigende Trauer in ihren Augen blieben. Emma sah sie nur an. Sie wollte sie nicht bedrängen, sie wollte ihr einfach Zeit geben und etwas Nähe. Sanft drückte sie Lisas Hände. »Du musst mir nichts erzählen, wenn du nicht willst«, versicherte sie sanft.

Doch gleichzeitig begann ihr Herz wieder heftig zu klopfen. Sie wusste, dass sie es nicht mehr aufhalten konnte: Der Stein war bereits ins Rollen gekommen, die Tür zur Vergangenheit war weit aufgestoßen. Und Emma graute vor dem, was sie noch erwarten würde. Eine hilflose Ahnung, ein schlimmer Verdacht keimte in ihr, den sie nicht mehr beiseiteschieben konnte. Ihr Mund wurde trocken.

Tonlos stammelte Lisa: »Es ist immer noch so schwer zu erklären, Emma. Wir haben ihn so sehr geliebt, und er ist einfach gegangen ... für immer, als hätten wir keinen anderen Weg finden können.« Sie riss sich von Emma los und schluchzte. »Er hat keinen anderen Ausweg mehr gesehen.«

Emma stand wie erstarrt.

Ruhelos ging Lisa auf und ab, ohne aufzusehen, so als sei sie ganz tief in Erinnerungen versunken. »Er war krank, Emma, weißt du. Jahrelang hatte er an Depressionen gelitten, und die schlechten Phasen kamen immer häufiger, sie wurden immer schlimmer. Aber er wollte sich einfach nicht helfen lassen. Er war so stur und zu stolz, um Hilfe anzunehmen. Stattdessen hat er selbst allem ein Ende gesetzt. Vor drei Jahren, als er eines Abends nicht nach Hause gekommen ist, hat Mama ihn gesucht, und hinten im Wald ...« Sie konnte nicht weitersprechen. Haltsuchend stützte sie sich ans Piano.

Nur langsam ließ Emma die Wahrheit an sich heran – das Begreifen, welch schweres Schicksal, welch schwere Stunden in Lisas Vergangenheit verborgen lagen und sie noch heute gefangen hielten. Sie löste sich aus ihrer tauben Ohnmacht und stürzte zu Lisa, um sie in ihre Arme zu ziehen. Ihre eigene, vehement verdrängte Trauer suchte sich ihren Weg an die Oberfläche, doch Emma wollte stark sein. Für Lisa, deren Leid sich wie ein schwarzes Tuch über sie legte.

Emma schlang ihre Arme um Lisa und drückte sie eng an sich, als könne sie sie dadurch vor all den schlimmen Erinnerungen bewahren, die in diesem Moment mit voller Wucht auf sie einprasseln mussten. Lisa vergrub ihr Gesicht an Emmas Hals und zitterte.

Minuten verstrichen, in denen Emma Lisas bebenden Körper fest umschlungen hielt und ihr sanft über den Rücken streichelte. Dann wurde das Schluchzen ganz allmählich leichter, und Emma konnte Lisas heißen, aber ruhigeren Atem an ihrem Hals spüren. Trotz Lisas Wärme fröstelte sie. Erst jetzt bemerkte sie, dass sie den Atem angehalten haben musste, denn ihre Lungen gierten nach Luft.

Ein Auto blieb draußen mit quietschenden Bremsen stehen und durchbrach das bleierne Schweigen.

Langsam befreite sich Lisa aus Emmas Armen, wischte die letzten Tränen beiseite und deutete mit einer Kopfbewegung Richtung Tür. »Ich will hier weg. Gehen wir wieder nach oben?«

Emma hatte wieder auf der großen Couch Platz genommen, und Lisa setzte sich dieses Mal nicht auf den Sessel gegenüber, sondern direkt neben sie. Ihre Augen waren immer noch gerötet.

»Lisa, es tut mir so leid …« Emma suchte die richtigen Worte, betreten und unsicher nach all dem Gehörten. »Ich hatte ja keine Ahnung, was geschehen ist.«

Lisa schüttelte den Kopf. »Es muss dir nicht leid tun. Ich wollte nur, dass du besser verstehen kannst, warum ich so bin, wie ich bin.«

»Wie meinst du das genau?«, fragte Emma vorsichtig nach.

Sie wusste immer noch nicht wirklich, worauf Lisa hinauswollte. Um Lisa besser ins Gesicht sehen zu können, setzte sie sich seitlich auf die Couch, zog die Beine näher an ihren Körper und umklammerte sie mit beiden Armen.

Lisas Hände ruhten auf ihren Oberschenkeln, und sie schien in diesem Moment sehr gefasst. Mit fester Stimme begann sie zu sprechen. »Ich kann mich auf keine Beziehung einlassen. Das konnte ich noch nie. Ja, ich habe Beziehungen geführt, bevor das mit Papa geschehen ist, aber ich konnte mich noch bei keiner Frau richtig fallen lassen. Ich glaube auch nicht an solche Dinge wie ›Liebe überwindet alle Hindernisse‹. Weil ich weiß, dass es nicht so ist. Die Liebe meiner Mutter, die Liebe seiner Kinder konnte meinem Vater auch nicht helfen, egal wie sehr wir versucht haben, ihm Halt zu geben und ihn durch die schweren Phasen zu begleiten. Selbst die Liebe war nicht stark genug, das alles zu verhindern. Und wenn Liebe schon nicht stark genug ist, was dann? Warum soll ich mich also auf jemanden einlassen und mich damit verletzbar machen? Wo liegt der Sinn darin, sich zu öffnen und abhängig zu machen, nur um am Ende doch alles zu verlieren?«

Lisa hielt diese kleine Ansprache ohne zu stocken und ohne mit der Wimper zu zucken. Und Emma spürte deutlich den tiefen Ernst, der aus ihren Worten sprach. Lisa schien die Liebe ganz bewusst und offenbar auch erfolgreich aus ihrem Leben ausgesperrt zu haben.

Vorsichtig fragte Emma nach: »Also lieber Affären ohne Verpflichtungen, um ausbrechen zu können, wenn die Sache zu ernst wird?«

Sie registrierte Lisas leichtes Nicken.

Dennoch wagte sie zu widersprechen, wenn auch zaghaft: »Aber so ist es doch nicht immer. Ich meine … Gefühle zuzulassen bedeutet doch nicht automatisch, verletzt zu werden.«

»Ach ja … und wenn Liebe deiner Meinung nach also so stark sein kann, warum konnte sie dann meinem Vater nicht helfen?« Lisas Körperhaltung verkrampfte sich sichtlich. »Meine Mutter hat ihn über alles geliebt. Mein Bruder und ich ebenso. Soll ich es dir noch einmal erklären?«

»Manchmal ist man einfach machtlos«, seufzte Emma resigniert und meinte damit ebenso Lisa wie sich selbst. Diese Diskussion würde allem Anschein nach in einer Sackgasse enden.

»Ich will so etwas nicht noch einmal durchmachen müssen«, sagte Lisa leise, aber sehr bestimmt. »Ich will nicht noch einmal so sehr lieben und diesen Menschen dann verlieren.«

»Aber wer sagt dir, dass es wieder so sein wird? Natürlich weiß ich nicht, wie es so weit kommen konnte, was sich hinter diese Geschichte verbirgt und wie schwer all die Jahr zuvor gewesen sein müssen. Aber woher willst du so genau wissen, dass du wieder verlierst, wenn du liebst?«

Lisas Stimme wurde rauer, als sie entgegnete: »Emma, kannst du überhaupt verstehen, wie schlimm das für mich ist? Kannst du dir das nur ansatzweise vorstellen?« Verzweiflung zeichnete sich in ihrem Gesicht ab. »Ich habe einen Menschen verloren, der mich vom ersten Tag meines Lebens an begleitet hat und der mir so unglaublich nahe stand.«

Emmas Herz schien für ein paar Schläge auszusetzen. Lisas Worte waren wie ein gezielter Schlag in die Magengrube, sie bohrten sich wie Pfeile in ihre verletzlichste Stelle. Sie musste scharf die Luft einziehen, um den Schmerz nicht die Oberhand gewinnen zu lassen. Ihre Finger krampften sich ineinander, bis die Knöchel weiß hervortraten. Doch die Erinnerungen waren nicht mehr aufzuhalten. Lisa hatte eine Tür aufgestoßen, die sie nicht mehr schließen konnte. Ehe Emma weiter darüber nachdenken konnte, öffnete sie den Mund, und nach all den Jahren des Schweigens drängten die Worte unaufhaltsam hervor, brach ihr wohlgehütetes Geheimnis, das sie jahrelang in sich verschlossen hatte und von dem nur sehr wenige Menschen wussten, mit aller Macht aus ihr heraus.

»Wir waren den ganzen Tag spazieren. Stundenlang, selbst durch kniehohen Schnee. Und es schneite die ganze Zeit. Riesige, federleichte Flocken. Ja, es war so ein Tag wie heute. Papa hat mich immer wieder hochgenommen und durch die Luft gewirbelt, obwohl ich dafür eigentlich schon zu alt war, schließlich war ich schon zwölf. Abends haben sie mich dann zu Tante Hilde gebracht. Papa musste auf Geschäftsreise nach Peking, und Mama wollte ihn zum Flughafen bringen. Zu Weihnachten wollte er wieder zurück sein. Auf dem Spaziergang hat Papa mir viel über Peking erzählt. Ich war immer so neugierig und habe ihm ständig Löcher in den Bauch gefragt.« Emma machte eine Pause. Ihr war schwindlig; die Geschichte kostete Kraft. Gegen das Zittern in ihrer Stimme konnte sie jedoch nichts tun. »Im Radio hatten sie den ganzen Tag schon vor Glätte gewarnt. Überall war Stau, die meisten Autobahnen waren dicht. Mama hielt es für das Beste, die Landstraße zu nehmen, um pünktlich am Flughafen zu sein. Auf einem kurvigen Waldstück muss sie die Kontrolle über das Auto verloren haben. Tante Hilde hat immer versucht, mir alles zu erklären, aber ich wollte es lange Zeit einfach nicht verstehen, warum sie nicht wiederkommen würden.«

Sie schwieg und hob langsam den Blick, sah Lisa an, die betreten zu Boden schaute. Die tiefe Traurigkeit, die sie sonst erfolgreich verdrängte, erfüllte jeden Winkel ihres Körpers. Doch gleichzeitig regte sich auch noch etwas anderes in ihr: Erleichterung. Endlich war heraus, was sie all die Jahre innerlich zerfressen hatte. Noch nie hatte sie einem Menschen genug vertraut, um ihm ihre Geschichte zu offenbaren – bis jetzt. Erstaunt stellte sie fest, dass es half. Die Aussprache war wie eine lindernde Salbe auf den tiefen Wunden in ihrem Innersten.

Eine ganze Weile war es still. Jede von beiden schien mit ihren ganz eigenen Gedanken und Gefühlen beschäftigt zu sein, mit all den bedrückenden Erinnerungen, die wie Schatten zwischen ihnen standen und doch ein enges Band zwischen ihnen knüpften. Ganz unbemerkt und leise und doch spürbar. Durch das Gespräch war etwas entstanden, das nur schwer in Worte zu fassen war, aber unmerklich wuchs und Kraft entfaltete.

Lisa fand als Erste ihre Sprache wieder. »Ich hatte ja keine Ahnung, Emma ... Ich wusste nicht, dass du deine Eltern so früh verloren hast.«

»Ich habe meine Eltern verloren, und ja, ich habe Kathrin nach vielen gemeinsamen Jahren verloren. Aber weißt du was?« Emmas Blick war immer noch auf Lisa gerichtet, die es nun auch endlich wagte, Emma wieder anzusehen. »Den Glauben daran, dass es so etwas wie wahre Liebe gibt, den habe ich nie verloren. Dass es diesen einen Menschen gibt, mit dem ich mein ganzes Leben teilen kann und mit dem nicht alles in einer

Katastrophe endet. Man darf sich nur nicht davor versperren.«

»Aber ich bin nicht wie du, Emma«, wandte Lisa leise ein. »Ich bin glücklich ohne Liebe.«

»Bist du das denn wirklich?«

Lisa nickte, doch Emma glaubte ihr nicht. Das Nicken war zu zaghaft gewesen, eine Winzigkeit zu zögerlich. Und Lisa hatte den Blick erneut abgewandt, als könne sie Emma dabei nicht in die Augen sehen.

Einen Moment später stand Lisa auf und löschte die Kerze auf dem Tisch vor ihnen. Langsam ging sie zur Tür und drehte sich erst dort noch einmal zu Emma um. »Ich zeige dir jetzt das Gästezimmer.«

34

Unruhig wälzte sich Emma von der einen auf die andere Seite. Der Abend hatte so viele Erinnerungen wachgerufen, die sie so lange in sich unter Verschluss gehalten hatte. Doch noch mehr als ihre eigene Trauer bewegte sie Lisas Geständnis. Hinter ihrer lebenslustigen, offenen Art hatte Lisa ihr Leid und ihre Verzweiflung geschickt vor der Außenwelt versteckt. Nie hatte sie Emma auch nur ahnen lassen, dass ihr Inneres ein Scherbenmeer sein könnte. Vielmehr wirkte Lisa gefestigt, selbstsicher, so als könne sie nichts erschüttern. Den tief verletzten Kern, der sich hinter der Fassade verbarg, hatte sie Emma erst heute preisgegeben.

Das große Schwarzweißporträt hatte sich in Emmas Kopf eingebrannt: die stechenden Augen, die markanten Wangenknochen und die kleinen Lachfalten um die Augen. Dieses Bild hatte etwas Starkes und zugleich Sanftes; das Gesicht, das es zeigte, war das eines Vaters. Lisas Vater. Emma schauderte.

Ein Luftzug teilte die Vorhänge und gab den Blick frei auf den klaren Nachthimmel. Der eisige Windhauch strich um Emmas Nase. Schnell schlug sie die Decke zurück und sprang aus dem Bett, um das gekippte Fenster zu schließen.

Doch anstatt sich sofort wieder in die warmen Decken zu wickeln, blieb sie am Fenster stehen und sah hinaus in die Nacht. Die Weihnachtsbeleuchtung, die die Häuser der Straße zierte, war längst erloschen. Emma fragte sich, ob sie die Einzige war, die in dieser Nacht nicht schlief. Lag Lisa vielleicht auch wach?

Als Kind hatte sie die Nacht vor Weihnachten oft nicht schlafen können, in freudiger Erwartung des anstehenden Festes. Damals, als sie noch vereint waren und Weihnachten ein besonderer Tag in der Familie war. Mit Weihnachtsliedern und Plätzchen von früh bis spät und den unweigerlichen Diskussionen über die Unmengen an Essen und Kleidern, die bald aus allen Nähten zu platzen drohten. Mit Weihnachtsgeschichten, die Großvater mit seiner tiefen, warmen Stimme zum Besten gab, und Kinderpunsch, mit dem sie mit den Erwachsenen anstoßen durfte. Oft hatte Emma sich gewünscht, nicht das einzige Kind in dieser Runde zu sein. Und doch hatte sie es genossen, im Mittelpunkt zu stehen. Die ganze Familie war an diesem Abend versammelt, niemand blieb allein.

Seit damals hatte sich so viel verändert. Nichts war geblieben von diesem festlichen Beisammensein, der wunderbaren, vertrauten Familienatmosphäre. Außer den wenigen Erinnerungen an längst vergangene, glückliche Momente.

Im warmen Licht der Straßenlaterne sah Emma die Schneeflocken durch die Luft tanzen, ehe sie sich schlafen legten und die Erde in ihr weißes Kleid hüllten.

Alles war so friedlich. Und zum ersten Mal seit dem Unfall ihrer Eltern hatte Emma das Gefühl, allmählich mit der Weihnachtszeit Frieden schließen zu können. Zum ersten Mal stellte sie fest, dass sie wirklich daran glaubte und nicht nur hoffte, irgendwann endlich wieder nach vorn sehen zu können. Es war ein erreichbares Ziel geworden, eine mögliche Realität, nicht mehr nur ein verzweifelter Wunsch. Auch wenn sie sich nach wie vor nicht vorstellen konnte, das Fest selbst zu feiern.

Das Unbegreifliche in Worte zu fassen, hatte alles verändert. Es hatte ihr eine schwere Last von den Schultern genommen. Und sie wusste, dass sie sich der richtigen Person anvertraut hatte. Lisa war eine der Wenigen, die sie wirklich verstehen konnten.

Emma schob den Vorhang ein kleines Stückchen mehr zur Seite. Der Anblick des nächtlichen Schneetreibens war so beruhigend. Fast konnte sie den Druck in ihrem Magen, den die verdrängte und umso mehr die ans Tageslicht gebrachte Trauer erzeugte, für einen Moment vergessen.

Wie gern hätte sie jetzt Lisa an ihrer Seite gehabt. Wie gern hätte sie ihr gesagt, dass es sich lohnen konnte, Gefühle zuzulassen. Auch wenn Emma wusste, dass es wohl verlorene Mühe war. Lisa hatte eine Mauer errichtet, die sie nicht einreißen konnte. Aber sie wollte Lisa so gern einfach in den Arm nehmen, ihre Nähe spüren und nicht allein sein.

Im Grunde konnte sie Lisa gut verstehen, obwohl es wehtat. Den eigenen Vater auf diese schreckliche Weise zu verlieren, einsehen zu müssen, dass auch die innigste Liebe nichts hatte ausrichten können, hätte vielleicht auch Emma jeglichen Glauben an die Liebe genommen. Dabei hatte Lisa es doch verdient, glücklich zu sein!

Emma krampfte ihre Finger zu einer Faust. Sie würde für Lisa nie mehr sein als eine gute Freundin oder – vielleicht noch schlimmer – eine ehemalige Affäre, die bald vergessen sein würde. Vielleicht würden sie sich nach ihrem gemeinsamen Projekt nie wieder sehen … diese Möglichkeit durfte Emma wohl nicht länger ausklammern. Zu sehr verschloss Lisa sich davor, die Aussicht auf wirkliches, langfristiges Glück in ihr Leben zu lassen. Und Emma lief nur immer wieder gegen diese Mauer, in der es keine Tür zu geben schien. So sehr sie auch daran kratzte und dagegen hämmerte, es war aussichtslos.

Die Scheinwerfer eines vorbeifahrenden Autos warfen wandernde Schatten an die Wand. Langsam ließ Emma den Vorhang aus ihren Fingern gleiten. Sie konnte Lisa zu nichts zwingen. Sie konnte nur versuchen, ihren Standpunkt zu akzeptieren, egal, wie schwer es ihr fallen würde – vor allem nachdem sie nun begriffen hatte, wie sehr sie Lisa brauchte und wie stark ihre eigenen Gefühle für sie bereits waren. Doch der Wunsch nach Nähe, mehr als nur körperlicher Nähe, würde unerfüllt bleiben.

In ein paar Stunden würde sie abreisen. Sobald der Morgen graute, würde sie aufbrechen, bevor ein erneutes Zusammentreffen mit Lisa und ihrer Familie alles noch schwerer machen konnte. Sie wollte nur noch zurück nach Regensburg, zurück in ihre Wohnung. Dort würde sie sich verkriechen, bis Weihnachten vorbei war. Bis dieser Schmerz vorbei war, der Schmerz über die Aussichtslosigkeit und Hoffnungslosigkeit, der bereits aufkeimte, sobald sie nur an Lisa dachte.

Sie versuchte stattdessen an zuhause zu denken. Normalerweise kam Astrid jedes Jahr an Weihnachten zu Besuch, um gemeinsam mit Emma den Tag in ihrer weihnachtsfreien Zone zu verbringen. Doch dieses Jahr war auch dieses Ritual Geschichte. Astrid wollte zwar vorbeikommen, aber es würde ein kurzer Besuch werden, ehe sie gemeinsam mit Lotta zu deren Eltern fuhr, um dort ihr erstes gemeinsames Weihnachtsfest zu erleben. Astrid hatte diese Einladung Emma zuliebe ausschlagen wollen, doch Emma hatte sie förmlich dazu gedrängt, mit Lotta zu feiern. Sie war sich sicher gewesen, dieses Weihnachtsfest allein meistern zu können. Bis jetzt.

Mit steifen Beinen stakste Emma zurück Richtung Bett. Die Kälte begann zu schmerzen, und es dauerte eine ganze Weile, bis sie sich aufgewärmt hatte. Sie warf einen letzten Blick auf die Uhr, ehe sie die Augen schloss. Nicht mehr lange, und sie würde diesen Ort hinter sich lassen – als könne sie so auch ihre Gefühle zurücklassen.

Zaghaft tastete sich Emma die Treppe nach unten. Ganz langsam setzte sie einen Fuß vor den anderen, um jedes Geräusch zu vermeiden, das womöglich jemanden wecken könnte. Das gestaltete sich auf dieser alten Holztreppe allerdings schwieriger als gedacht. Etwas unbeholfen hangelte sie sich am Geländer entlang.

Im kleinen Hausflur angekommen, die rettende Haustür nur wenige Schritte entfernt, atmete sie erleichtert auf. Sie hatte es geschafft, sich mucksmäuschenstill nach unten zu schleichen, ohne zu stolpern oder sich zu stoßen. Auf diese Leistung war sie sogar ein kleines bisschen stolz.

»Guten Morgen! Wollen Sie denn nicht zum Frühstück bleiben?«

Erschrocken wirbelte Emma herum. Dabei stieß sie sich das Schienbein am Garderobenständer, der bedrohlich zu schwanken begann. Sie atmete tief ein, um einen Schmerzensschrei zu unterdrücken, und versuchte Lisas Mutter anzulächeln. Ein gequältes Lächeln im wahrsten Sinne des Wortes.

Frau Brecht lächelte verlegen zurück. »Oh, Entschuldigung, ich wollte Sie nicht erschrecken.«

»Schon gut. Ich habe nur nicht damit gerechnet, dass um diese Uhrzeit schon jemand wach ist.« Dass Frau Brecht ihre Fluchtpläne durchkreuzt hatte, erwähnte Emma lieber nicht.

»Ach, wir sind hier alle Frühaufsteher.« Frau Brecht lachte über Emmas überraschte Miene. »Ich habe für Sie mitgedeckt. Trinken Sie morgens lieber Kaffee oder Tee?«

Emma war überrumpelt. Alles, was sie wollte, war möglichst schnell von hier wegzukommen, aber sicher kein Frühstück in netter Familienrunde. Doch Frau Brechts herzliche und gleichzeitig resolute Art machte es Emma schwer, ihr den Wunsch – oder eher die Anweisung – auszuschlagen.

Das Knarzen der Treppe ließ beide Frauen aufblicken. Mit verschlafenen Augen erschien Lisa auf dem Treppenabsatz und kam Emma entgegen. Trotz ihrer offensichtlichen Müdigkeit musterte sie Emma aufmerksam.

»Willst du schon gehen?«

Und da war er wieder. Dieser warme, fesselnde Blick, der die Fähigkeit besaß, Emma wie von selbst in seinen Bann zu ziehen. Reflexartig wandte Emma sich ab und starrte stattdessen wie hypnotisiert ein Hirschgeweih an, das an der Wand gegenüber hing. *Wie hübsch,* schoss es ihr durch den Kopf, und sie wunderte sich prompt, wie sie in dieser Situation noch zu so etwas wie Ironie in der Lage war. Doch so geschmacklos ihr der Wandschmuck auch erschien – es war besser, in die leblosen Knopfaugen vor ihr zu schauen als in Lisas Augen.

Zu allem Überfluss begann in diesem Moment der Wasserkessel zu pfeifen, und Frau Brecht eilte zurück in die Küche. Emma blieb allein mit Lisa im Treppenhaus zurück und hatte das Gefühl, Lisas Anwesenheit raube ihr die Luft zum Atmen.

Langsam ging Lisa auf Emma zu. Im Vorbeigehen schloss sie die Küchentür, so dass sie für einen Moment ungestört waren.

»Du musst noch nicht gehen«, flüsterte Lisa und wollte nach Emmas Mantel greifen.

Doch Emma umklammerte das Kleidungsstück nur noch fester. »Was soll ich denn noch hier? Das alles hat doch gar keinen Sinn.« Verzweiflung ließ ihre Stimme kratzig klingen. »Es ist besser, ich gehe – lieber gleich als später. Für uns beide. Du wolltest ohnehin über Weihnachten lieber allein sein. Allein mit deiner Familie. Ich gehöre hier nicht hin.«

»Emma, ich will nicht, dass ...«, begann Lisa, doch sie stockte und sprach den Satz nicht zu Ende.

Emma schüttelte den Kopf. »Du willst das hier nicht ... das mit uns ... das habe ich verstanden. Ich mache dir auch gar keine Vorwürfe deswegen. Nur – ich kann mich jetzt nicht mit dir und deiner Mutter an einen Tisch setzen und so tun, als wäre alles in bester Ordnung. Das ist es nämlich nicht, nein, das ist es ganz und gar nicht. Und das kannst du auch nicht von mir verlangen.«

In diesem Moment öffnete sich die Küchentür erneut, und Lisas Mutter steckte den Kopf durch den Spalt. »Kaffee oder Tee?« Die Lockenwickler tanzten bei jeder Bewegung auf ihrem Kopf.

Lisa machte eine abwehrende Geste. »Emma muss leider schon los, sie hat eine lange Fahrt vor sich. Und bei dem Wetter dauert die Fahrt ohnehin noch einmal viel länger.« Sie deutete mit einer kleinen Kopfbewegung nach draußen, und ihre Gesichtszüge verloren dabei all ihre Sanftheit. »Wir sollten sie nicht länger aufhalten.«

35

Als Emma ihr Auto rückwärts in eine kleine Parklücke vor ihrer Wohnung setzte und den Motor abstellte, war ihr, als liege ein völlig neues Leben vor ihr. Unsicher, ob sie dafür stark genug sein würde, starrte sie regungslos hinaus auf die Straße.

Der viele Schnee der letzten Tage war nicht ganz geschmolzen. Traurig bildete er immer grauer werdende Haufen, die alle paar Meter aufgeschüttet die Straße säumten, als stünden sie Spalier. Kein Vergleich zu den weißen Feldern und glitzernden

Schneebergen in Lisas Heimat.

Plötzlich hatte Emma es eilig. Sie wollte nur noch allein sein. Rein in ihre Wohnung, weg von den Blicken der Passanten, die nur ihr zu gelten schienen, als wisse jeder von ihnen genau, was in der Nacht zuvor geschehen war.

Emma hastete ins Haus und hielt nicht eher, als sie atemlos vor ihrer Wohnungstür stand und den Schlüssel ungeduldig ins Schloss nestelte. Der Duft von deftigem Essen zog durch das Treppenhaus, und Emma musste unweigerlich an Frau Brechts behagliche Küche denken. Der nächste Gedanke war, dass diese Erinnerungen nichts als Erinnerungen bleiben würden. Sie würde Frau Brecht womöglich nie wiedersehen.

Draußen trieb der Wind die Wolken in großen Fetzen über den Himmel, und Emma wünschte sich, er würde auch ihre Sehnsucht mit sich tragen. Und all die Gedanken, die sich nur um *sie* drehten. Jede einzelne verdammte Minute. Sie wünschte sich ihre Gefühle weit weg.

Mit einem tiefen Seufzer ließ sie ihre Reisetasche neben dem Küchentisch zu Boden fallen und trat ans Fenster. Ihr Kinn hatte sie im Mantelkragen vergraben. Es widerstrebte ihr, den Mantel auszuziehen; nicht nur wegen der Kälte in der ungeheizten Wohnung, sondern auch, weil er ihr zerrissenes Inneres zu schützen schien. Er gab ihr den Halt, den sie jeden Augenblick zu verlieren drohte.

Wie sollte sie Lisa je wieder in die Augen sehen? Wie sollte sie ihr jemals wieder gegenübertreten, als sei nichts geschehen? Aber genau das musste sie, sobald die Ferien vorüber waren und sie in der Schule erneut aufeinandertreffen würden. Es war tröstlich zu wissen, dass sie Lisa wiedersehen würde, doch dieses Wissen war zugleich unerträglich schmerzhaft. Undenkbar, dass es je wieder so werden könnte wie bisher. Die unbefangene, sorglose Nähe zwischen ihnen würde es nicht mehr geben, vielleicht nie mehr.

Emma zog einen Stuhl ans Fenster und setzte sich, immer noch dick eingepackt mit Schal und Mantel, in der Hoffnung, die innere Kälte eindämmen zu können. Ihre Lippen presste sie fest aufeinander, um sie am Zittern zu hindern.

Sie starrte hinaus in das flimmernde Weiß, das unverhofft

wieder eingesetzt hatte und binnen weniger Minuten die graue Welt zu bedecken begann, und plötzlich sah sie ganz deutlich ihr altes Zuhause vor sich. Das Haus, in dem sie mit ihren Eltern gewohnt hatte, bevor sie zu Tante Hilde ziehen musste. Sie war wieder ein kleines Mädchen und rutschte das Treppengeländer nach unten, was dieses ganz besondere Kribbeln im Bauch erzeugte. Sie sah Mamas besorgten Blick, wenn sie Emma dabei erwischt hatte. Sie erinnerte sich an den alten Apfelbaum im Garten hinter dem Haus, auf den sie so gern geklettert war, und an ihre blauen Vorhänge im Kinderzimmer, die sie an das Blau des Meeres denken ließen. Und Mamas alter Plattenspieler und ihre Leidenschaft für Jazzmusik, die sie an Emma weitergegeben hatte …

Es waren versöhnliche Gedanken – Gedanken an Geborgenheit und unbeschwerte Freude, angereichert mit der Gewissheit, dass es auch großes Glück bedeutete, diese wundervollen Jahre erlebt zu haben. Diese Jahre zusammen mit ihren Eltern, all das Schöne, das sie mit ihnen hatte teilen können, waren ein großes Geschenk, das ihr niemand mehr nehmen konnte. Auch wenn die Trauer lange Jahre ihren grauen Schleier über diese wundervollen Erinnerungen gelegt hatte.

Kinderschreie drangen aus dem Hinterhof hinauf zu Emmas Fenster, und ein kleines Lächeln umspielte ihre Lippen. Sie stellte sich vor, selbst eines dieser Kinder zu sein. Unbekümmert, gedankenverloren Schnee in die Luft werfend, nur um ihm dabei zuzusehen, wie er langsam zerstäubte und zu Boden schwebte. Ein Gefühl von Leichtigkeit. All die Probleme, all die Trauer in weiter Ferne. Ein Zustand, der ihr an einem Tag wie diesem all die Jahre so fremd gewesen war. Doch dieses Weihnachten war anders.

Emma spürte es so deutlich, dass sie die friedliche Stille in ihrer Wohnung plötzlich nicht mehr aushielt. Eine innere Unruhe trieb sie nur wenige Augenblicke später wieder hinaus in Richtung Altstadt. Rastlos eilte sie im gleißenden Licht der Wintersonne davon.

Astrid drückte sich die Nase von außen an der Scheibe platt, als sie Emma in dem Café entdeckte. Sie wirkte glücklich. Jeder schien an diesem Tag glücklich und ausgelassen. Und auch Emma musste lächeln, als Astrid hereinkam und sie in ihr von der Kälte gerötetes Gesicht sah, das von einem strahlenden Grinsen überzogen war.

»Du traust dich an Weihnachten wirklich aus deiner Wohnung? Wer bist du, und was hast du mit meiner Emma gemacht?« Die Verwunderung, die in Astrids Stimme mitschwang, war deutlich zu hören.

»Es war doch längst an der Zeit, oder?« Emma lächelte. »Nach all den Jahren war es endlich Zeit. Ich kann mich doch nicht ewig in meiner Wohnung verkriechen. Das waren doch immer deine Worte, hast du das schon vergessen?«

Astrid schüttelte nur ungläubig den Kopf. Doch das Lächeln auf ihren Lippen zeigte ihre Erleichterung umso klarer. Für andere mochte so ein Cafébesuch an Weihnachten etwas ganz Gewöhnliches sein – für Emma war es ein großer Schritt, der Beginn einer neuen Ära.

»Ein schöneres Weihnachtsgeschenk hättest du mir gar nicht machen können«, erklärte Astrid, immer noch strahlend. Dann musterte sie Emma eingehend. »Aber irgendetwas muss doch passiert sein? Es muss doch einen Grund dafür geben, dass ...«

»Dass ich hier sitze? Ich weiß auch nicht. Es kamen plötzlich so viele Erinnerungen hoch. Keine traurigen ... im Gegenteil, so viele schöne Erinnerungen. An meine Eltern, an meine Kindheit. An blaue Vorhänge. An Glück, verstehst du?«

Astrid nickte. Und Emma spürte, dass sie sie wirklich verstand, weil sie auf genau diese Worte jahrelang gehofft und gewartet hatte.

»Ich glaube, meine Eltern hätten auch gewollt, dass ich diese Zeit nicht auf ewig verdamme«, sagte Emma leise und sah aus dem Fenster des Cafés. Draußen schoben sich Menschentrauben vorbei, mit Tüten und Paketen und den letzten Weihnachtseinkäufen bewaffnet.

»Sie hätten gewollt, dass du glücklich bist und nach vorn siehst«, ergänzte Astrid und folgte Emmas Blick. »Und du kannst dir ja auch nicht ewig diesen Weihnachtswahnsinn entgehen lassen.«

Als im selben Augenblick draußen eine betagte Dame direkt

vor ihren Augen vorbeieilte, im Schlepptau einen hageren Mann, der mit zig Taschen beladen war, konnte Emma nicht mehr anders, als laut loszuprusten. »Du meinst also *diesen* Weihnachtswahnsinn? Ja, ich scheine eine ganze Menge versäumt zu haben, da hast du wohl recht.«

»Zur Feier des Tages eine heiße Schokolade mit extra großer Portion Sahne?« Während Astrid fragte, hatte sie bereits die Kellnerin herangewinkt, und ihre Frage richtete sich eher an diese als an Emma.

Emma schmunzelte über Astrids Eifer. Es tat einfach gut, hier zu sein, inmitten des Lebens und des Trubels. Sie sog das alles förmlich in sich ein. Der Kummer, der sie verfolgte, seit sie Lisas Haus verlassen hatte, rückte in den Hintergrund. Vielleicht würde diese neue, großartige Lebendigkeit sogar dauerhaft stärker sein als er.

Die Gedanken an Lisa völlig auszublenden, gelang Emma zwar nicht – aber sicherlich wäre es vermessen zu glauben, ein Mensch könne vollkommen glücklich sein. Wahrscheinlich sollte sie der ganzen Situation und sich selbst Zeit geben. Zeit, um Wunden heilen zu lassen und vielleicht irgendwann zu akzeptieren, dass es so gekommen war. Aber einfach abwarten? Dasitzen, Däumchen drehen und hoffen, alles würde irgendwann besser werden? Nein, das war nicht ihre Art. Und genau deshalb war sie nun hier.

»Ach ja, ich habe übrigens deine Kurzgeschichte gelesen«, sagte Astrid unvermittelt.

Emma schrak aus ihren Gedanken auf. Sie hatte gar nicht mehr an die Geschichte gedacht, die sie vor ein paar Tagen fertiggestellt und Lisa zum Lesen gegeben hatte. »Und was denkst du?«

»Du sagtest, die Geschichte ist für eine neue Anthologie deines Verlages, die im Frühjahr erscheinen soll?« Astrid legte den Kopf schief.

»Ja, warum?«, fragte Emma verwundert zurück. Das alles hatte sie Astrid doch bereits erklärt.

»Nun ja, der Frühling steht vor der Tür … die Zeit für Schmetterlinge im Bauch, für Romantik schlechthin. Ich glaube, das war auch die Intention des Verlages, oder?«

»Ich glaube, ich weiß, worauf du hinauswillst«, seufzte Emma. »Wirf das Manuskript am besten einfach in den Müll, okay?«

»Nein, so war das doch auch nicht gemeint!«, protestierte Astrid. »Nur – ich finde, die Geschichte hätte etwas weniger Drama verdient. Ich habe nicht gesagt, dass sie schlecht ist. Das ist sie nämlich wirklich nicht. Nur etwas trübsinnig und melancholisch.«

Emma sah auf die Tischplatte. »Ich sollte momentan einfach die Finger von Liebesgeschichten lassen.«

»Auf dem Papier, oder ...?«

»Am besten in jeder Hinsicht«, vollendete Emma den Satz und begann lethargisch die Sahne von ihrer Schokolade zu löffeln.

Astrid schien überrascht. »Dann ... dann hat dein Überraschungsbesuch keinen Eindruck bei Lisa hinterlassen?«, fragte sie vorsichtig.

»›Eindruck hinterlassen‹ beschreibt es schon ganz gut«, sagte Emma und fixierte den Löffel, den sie nun zwischen ihren Fingern drehte. »Nur nicht ganz so, wie ich es mir vorgestellt hatte.«

Astrid zog fragend eine Augenbraue nach oben. Kleine Falten erschienen auf ihrer Stirn. »Willst du mir nicht erzählen, was vorgefallen ist? Du sprichst in Rätseln.«

Für einen kurzen Augenblick überlegte Emma, ob sie die ganze Sache nicht einfach für sich behalten sollte. Doch ihr Wissen machte sie schier verrückt, wenn sie nicht darüber sprechen konnte. Sie holte tief Luft. Die Worte kamen ihr nur schwer über die Lippen: »Wusstest du, dass Lisas Vater vor drei Jahren Selbstmord begangen hat?«

Alles in Emma zog sich zusammen, nachdem sie es ausgesprochen hatte. Es war, als werde die Luft gewaltsam aus ihren Lungen gepresst. Die stechenden Augen des Porträts schienen sie erneut zu durchdringen.

Seltsamerweise zeigte Astrid keine Reaktion. Kein erschrockener Ausruf, keine teilnahmsvolle Miene. Nur das nervöse Kauen auf den Lippen verriet eine gewisse Unruhe.

Emma sah sie eindringlich an. Am liebsten hätte sie sie geschüttelt, nur um zu hören, was ihr in diesem Moment selbst klarwurde: Lotta und Astrid hatten sie ins offene Messer laufen lassen. Natürlich hatten sie Bescheid gewusst. Doch sie hatten sie im Unklaren gelassen – und sie damit ungebremst in ein dunkles Loch fallen lassen.

»Warum?«, stieß Emma verzweifelt hervor. Der Löffel fiel ihr aus der Hand und landete klirrend neben der Tasse. Astrid zuckte zusammen. Eine Weile war nichts zu hören als gepresste Atemzüge. Von der Fröhlichkeit hingegen, der kurzzeitigen Freude über Weihnachten, die in Emma erwacht war, war nichts mehr zu spüren, als habe es sie nie gegeben.

Schließlich brachte Astrid bedrückt hervor: »Wir wollten dich nicht damit belasten und alte Gefühle aufwirbeln.«

»Mich nicht damit belasten?« Emma ließ sich nach hinten gegen die Stuhllehne sinken. »Kannst du dir eigentlich vorstellen, was das für ein Schock für mich war? Ich hatte doch keine Ahnung. Und dann stehe ich plötzlich inmitten all der persönlichen Erinnerungsstücke, völlig fertig und unfähig, Trost zu spenden ... Du hättest Lisa einmal sehen sollen!«

Emmas Stimme war immer lauter geworden, die letzten Worte hallten durch das ganze Café. Doch die neugierigen und teils erbosten Blicke von den Nachbartischen berührten Emma nicht. Eisige Leere hatte sich in ihr ausgebreitet. Die fröhlich klimpernde Weihnachtsmusik schien kleine Dolche in ihr Herz zu stoßen.

»Ich wusste doch auch nicht, was richtig oder falsch war«, versuchte sich Astrid zerknirscht zu rechtfertigen. »Wer weiß, was geschehen wäre, hätte ich es dir gesagt. Glaubst du wirklich, es wäre besser gewesen? Hätte es denn irgendetwas geändert?«

Doch Astrids Worte prallten an Emma ab wie Pingpongbälle. Wut, Verzweiflung und Hilflosigkeit mischten sich in ihr zu einem schweren, lastenden Brei, der zu wachsen und ihr Herz und ihren Verstand zu lähmen schien.

»Ich weiß einfach nicht, was ich noch machen soll. Ich weiß es einfach nicht ...«, flüsterte sie. Gehetzt begann sie sich umzusehen. Ihr war, als stehe sie erneut vor einer meterhohen Wand, in der keine Tür auf die andere Seite führte, keine noch so kleine Öffnung zu finden war und jedes Klopfen ungehört verhallte.

Als Astrids warme Hände die ihren umschlossen, rang Emma um das letzte Stück Fassung. Sie wollte nicht heulen. Nicht inmitten all der Leute, die nichts weiter als ein fröhliches Weihnachtsfest im Sinn hatten.

Der Druck um ihre Hände verstärkte sich. »Komm«, sagte Astrid sanft, »ich glaube, frische Luft wird dir guttun.«

Ohne ein Wort miteinander zu wechseln, kämpften sich Emma und Astrid durch die überfüllten Straßen und Gassen der Altstadt. Vorbei an den einladenden Ständen des Christkindlmarktes mit ihren gebrannten Mandeln in bunten Tüten, für die Emma an jedem anderen Tag alles hätte stehen und liegen lassen. Doch nun war ihr schon der süße Duft zu viel. Übelkeit stieg in ihr auf.

Aufgeregte Kinderstimmen, Eltern am Rande des Wahnsinns, Geschenktüten über Geschenktüten, Weihnachtsmusik und Weihnachtsbeleuchtung, so weit das Auge reichte ... Der Trubel drohte Emma zu ersticken, die flackernden Lichter und das Gedudel machten sie schwindlig. Hatten die Leute nichts Besseres zu tun, als am 24. Dezember die Stadt zu fluten?

Sie beschleunigte ihre Schritte, wühlte sich fast im Laufschritt wie blind durch die Menschenmengen. *Nur weg hier* war der einzige Gedanke, den sie in diesem Moment fassen konnte. Weg hier. Am besten so weit wie möglich. Kopf aus, Füße an, Herz auf Sparflamme oder noch besser außer Betrieb.

Erst als sie in eine kleine, etwas abgelegene Gasse einbog, in die sich außer ihnen keine Menschenseele verirrt hatte, verlangsamte Emma ihre Schritte und gönnte sich eine Pause, um Luft zu holen. Das Herz schlug ihr bis zum Hals. Und ausnahmsweise trug nicht Lisa die Schuld daran – das erste Mal, seit sie sich kannten.

Astrid folgte ihr in einigem Abstand. Ihre Wangen waren gerötet, und ihr Atem ging schwer. »Geht es dir jetzt besser?«, presste sie japsend hervor. »Marathon gegen Liebeskummer?«

»Besser?«, wiederholte Emma trotzig. »Ich könnte ewig weiterlaufen ... ja, ewig davonlaufen. Aber genau das macht es auch nicht besser!«

Langsam ging Astrid auf Emma zu und legte, immer noch außer Atem, ihre Hand auf Emmas bebende Schulter. »Ich glaube, ihr müsst beide erst einmal sacken lassen, was geschehen ist. Weiß Lisa denn auch von deinen Eltern?«

Emma nickte kurz, aber heftig. Die Worte blieben in ihrer Kehle stecken und ballten sich dort zu einem dicken Kloß.

»Ihr tragt beide ein schweres Schicksal mit euch herum. Das braucht Zeit, Emma.« Aufmunternd strich Astrid Emma über den Rücken. »Weglaufen ist der falsche Weg.«

»Zeit …«, murmelte Emma und warf einen hilfesuchenden Blick nach oben in den weißen Winterhimmel. »Was bringt mir Zeit, wenn Lisa sich vehement vor jeglichen Gefühlen versperrt? Ich kann warten, solange ich will – es hat keinen Sinn, Astrid. Ich habe mich in die falsche Frau verliebt.«

Astrid hakte sich bei Emma unter und zog sie sanft vorwärts, bis sie langsamen Schrittes nebeneinander hergingen. »Du kannst sie natürlich zu nichts zwingen.«

»Das weiß ich selbst, Astrid«, antwortete Emma gereizt.

Astrid warf ihr einen langen Seitenblick zu. Ohne Emmas Einwand zu beachten, fuhr sie fort: »Aber ich habe gesehen, wie sie dich angesehen hat. Wie sehr sie deine Nähe gesucht hat.« In ihrer Stimme schwang etwas Liebevolles mit.

»Trotzdem will sie es nicht zulassen. Selbst wenn da etwas wäre«, erwiderte Emma. Aber gleichzeitig erinnerte sie sich an jede noch so kleine Berührung und jedes Lächeln, so deutlich, als sei Lisa hier bei ihr. Als gebe es keine Mauer zwischen ihnen.

»Das heißt also, du willst aufgeben und sie einfach gehen lassen?«

Astrids Frage traf zielsicher Emmas wunden Punkt. Sie drehte den Kopf zur Seite und sah Astrid an. »Natürlich will ich sie nicht gehen lassen. Aber was bleibt mir anderes übrig?«

»Lass dir was einfallen«, lächelte Astrid aufmunternd. »Was hast du denn zu verlieren?«

Für einen kurzen Moment schloss Emma die Augen, und alles, was sie sah, war Lisas Lächeln.

36

Die Weihnachtsfeiertage vergingen wie im Flug. Im Autopilotmodus holte Emma die liegengebliebene Arbeit nach und ließ sich kaum Zeit zum Durchatmen. Durchatmen bedeutete Nachdenken: über Lisa. Über alles, was in den letzten Wochen passiert war – oder auch nicht passiert war. Das Gedankenkarussell sprang automatisch an, sobald ihr Hirn einen winzigen Moment Leerlauf hatte. Doch solange sie arbeitete, blieb es beschäftigt. Und das war gut so, denn wenn sie nur eine einzige Sekunde an Lisa dachte, legte sich eine düstere, schwere Wolke der Verzweiflung über sie und die ganze Welt.

In den vielen Stunden, die sie nachts wach lag und die Zimmerdecke anstarrte, konnte sie jedoch nichts dagegen tun, dass die immer gleichen, tagsüber verdrängten Wünsche, Hoffnungen und Ängste sie doch noch einholten. Ohne an ein Ziel zu führen. Also versuchte sie zu arbeiten, bis sie buchstäblich nicht mehr konnte und nur noch, schon halb schlafend, ins Bett fiel.

Mit den Tagen wurden die Kaffeemengen immer größer, und die Papierknäuel mit verworfenen Ideen türmten sich rings um den Schreibtisch. Ein stummes Publikum zu Emmas Füßen, das nur ein leises Rascheln von sich gab, wenn sie mit dem Fuß wippte.

Spontane Weihnachts- und Aufmunterungsbesuche wehrte Emma rigoros ab. Ihr stand nicht der Sinn nach Small Talk oder gut gemeinten Ratschlägen wie »Zeit heilt alle Wunden« – denn das tat sie eben nicht. Und Mitleid brauchte sie erst recht nicht.

Stift und Papier waren ihr in diesen Tagen genug Gesellschaft. Sie war entschlossen, sich endlich voll und ganz auf das zu konzentrieren, dessentwegen sie dieses Jahr Auszeit überhaupt genommen hatte: das Schreiben, das neben ihrer eigentlichen Arbeit als Lehrerin normalerweise zwangsläufig immer nur die zweite Geige gespielt hatte. Für ihr Sabbatjahr hatte sie große Pläne gehabt, und es war endlich an der Zeit, sie auch in die Tat umzusetzen. Sie konnte sich nicht ewig davon ablenken lassen. Also kramte sie nun alte, teils nie abgeschlossene Manuskripte hervor, las sie wie im Rausch immer und immer wieder, strich komplette Szenen heraus und fügte neue Gedanken hinzu, bis zum Schluss nur noch wenig von der ursprünglichen Geschichte vorhanden war. Vor allem aber wollte sie ihre Energie dazu verwenden, zwei neue Buchprojekte abzuschließen: einen historischen Jugendroman, für den sie bereits lange recherchiert, aber noch keine ihrer vielfältigen Ideen zu Papier gebracht hatte, und die Fortsetzung zu ihrem letzten lesbischen Liebesroman. An dem zweiten dieser Manuskripte musste sie nur noch ein wenig feilen, dann sollte einer Veröffentlichung nichts mehr im Wege stehen.

Während sie wieder einmal in ihren alten Arbeiten grub, fiel ihr ein Manuskript in die Hände, das sie im nächsten Moment zurückschrecken ließ, als habe sie sich daran verbrannt. Sie starrte es an, wollte die Schublade schon wieder zustoßen, aber – es war zu spät, sie konnte es nicht mehr ignorieren.

Es war eine Kurzgeschichte, die sie vor über fünf Jahren für eine große, deutschlandweit erscheinende Familienzeitschrift verfasst und danach in der Schublade hatte verschwinden lassen, um nicht mehr daran denken zu müssen. Mit zittrigen Fingern griff Emma nun nach den wenigen Seiten, die an einer Ecke mit einer Klammer zusammengehalten wurden. Ihre Augen fixierten die kurze, prägnante Überschrift. Schwarze, schwere Buchstaben, die sich drohend in ihre Netzhaut zu brennen schienen: *Danach.*

Emma musste schlucken. Der Tag der Abgabe dieses Manuskripts, lange verdrängt, wurde ihr in allen Einzelheiten wieder gegenwärtig. Ein frühsommerlicher Tag im Mai. Ein stickiges Büro und eine Runde gieriger Chefredakteure, die sich händereibend auf ihre Geschichte gestürzt hatten in der Gewissheit, dass die Verkaufszahlen der nächsten Ausgabe gesichert waren. Emma selbst, seelisch entblößt und innerlich völlig ausgepumpt, hatte das große Verlagshaus wenig später im Eilschritt wieder verlassen mit dem quälenden Gefühl, einen Teil ihres Lebens dort abgegeben zu haben. Ein Tag, an den sie sich bis heute nur ungern erinnerte.

Auch die Entstehung der Geschichte hatte ihr einiges abverlangt. Wochenlang hatte sie damals mühsam nach den richtigen Worten gesucht für etwas, wofür es eigentlich keine Worte gab:

den tragischen Unfall ihrer Eltern und das Zerbrechen ihrer kleinen, heilen Welt. Aber sie hatte sich das Schreiben als Verarbeitungsstrategie verordnet und all ihre Kraft in das investiert, was ihre persönlichste Kurzgeschichte werden sollte – bis heute. An manchen Tagen hatte sie das schreckliche Gefühl gehabt, daran zu zerbrechen. Und sie hatte am Ende nicht gewusst, ob die Strategie ihren Zweck überhaupt erfüllt hatte, ob der qualvolle Weg sie wirklich weitergebracht hatte.

Die Veröffentlichung hatte beträchtliche Resonanz hervorgerufen, doch Emma hatte es nie fertiggebracht, den abgedruckten Artikel zu lesen. Das Exemplar der Zeitschrift, das ihr der Verlag hatte zukommen lassen, hatte sie umgehend im Papiermüll entsorgt. Ihre eigene Geschichte erneut zu lesen, dazu hatte ihre Kraft nicht mehr gereicht.

Fünf Jahre später hielt sie sie nun erneut in Händen – das erste Mal seit damals. Sie schluckte noch einmal kräftig, dann begann sie zu lesen.

Immer wieder las sie die ersten Zeilen, um immer wieder an der gleichen Stelle abzubrechen. Es ging nicht. Sie hatte gelernt, mit der Trauer zu leben und ihr Schicksal zu akzeptieren – in der letzten Zeit hatte sie sogar große Fortschritte gemacht. Doch der Schritt, es schwarz auf weiß zu lesen, explizit und unentrinnbar, war nach wie vor zu groß.

Emma legte den Kopf in den Nacken und schloss die Augen. Sie versuchte gleichmäßig zu atmen, bis ihr Herzschlag sich beruhigte. Leise zählte sie bis drei. Sie wusste nicht genau, warum. Aber als sie bei drei angekommen war, hatte sie einen Entschluss gefasst.

Mit dem Knie versetzte Emma der Schublade einen Stoß, so dass sie sich geräuschvoll schloss. Die Kurzgeschichte jedoch legte sie in die Mitte des Schreibtisches. Mit einem letzten Blick darauf knipste sie die Schreibtischlampe aus und verließ den Raum.

37

Ein kleines Glockenspiel ertönte, als Emma die Glastür des kleinen Schreibwarenladens um die Ecke öffnete und eintrat. Doch im Laden selbst blieb alles ruhig. Keine Verkäuferin weit und breit, keine Kunden, nicht einmal der kleine Hund war zu sehen, der sonst jeden Neuankömmling schwanzwedelnd begrüßte, um Streicheleinheiten zu erhaschen. Der Laden war wie leergefegt an diesem ersten Morgen nach den Feiertagen.

Emma trat an den Kassentresen heran, über dem ein leuchtend gelbes Postschild hing. Ihre rechte Hand ruhte auf ihrer Umhängetasche, und auch ihr Blick wanderte immer wieder dorthin. Prüfend, so als habe sie Angst, jemand könne hinter einem Regal hervorspringen, ihr die Tasche von der Schulter reißen und sich damit aus dem Staub machen.

Fahrig strich sie sich mit der anderen Hand durchs Haar, verdrehte die Augen und seufzte. »Nun aber Schluss mit diesen Wahnvorstellungen«, sagte sie leise zu sich selbst. Dann räusperte sie sich theatralisch, um endlich auf sich aufmerksam zu machen – jedoch vergeblich.

Je länger Emma allein im Laden stand, desto größer wurden die Zweifel. War das wirklich der richtige Weg? Ihre Finger hielten die Tasche mittlerweile krampfhaft umklammert. Was sollte sie hier? Sie musste das alles nicht machen. Wie war sie eigentlich auf diese Schnapsidee gekommen? Stand sie jetzt kurz vorm Durchdrehen? Es sah ganz danach aus.

Um sich zu beruhigen, musterte sie die kunstvoll errichteten Türme an Päckchen hinter dem Tresen. Vermutlich zu spät abgegebene oder noch nicht abgeholte Weihnachtsgeschenke. Unmengen an Spielzeug oder Küchengeräte, die ohnehin niemand brauchen konnte … Mama hatte die Geschenke immer mit blauem Papier verpackt, schoss es Emma durch den Kopf. Ein schwerer Kloß begann sich in ihrem Hals zu bilden. Und plötzlich war sie sicher, dass sie hier rausmusste, je schneller, desto besser.

Wie von der Tarantel gestochen wirbelte sie herum. Dabei

stolperte sie so unglücklich über ihre eigenen Füße, dass sie vornüber kippte, laut aufschrie und reflexartig ihre Rettung an einem Postkartenständer suchte. Prompt begann dieser bedrohlich hin und her zu schwanken und Emma mit ihm. Wie ein nasses Handtuch hing sie an dem Gestell und suchte vergeblich nach der Kontrolle über ihren Körper.

Ein bedrohliches Quietschen folgte ihrem Schrei, als sie sich verzweifelt abmühte, den Kartenständer zurück in die Senkrechte zu befördern. Aber schließlich gelang es ihr, festen Stand zu erlangen und den Ständer, bis auf ein paar in Mitleidenschaft gezogene Karten, beinahe unversehrt an seinen Platz zurückzuschieben. Erleichtert atmete sie auf und zupfte verlegen ihren Mantel zurecht. Was für ein Glück, dass sie die einzige Kundin im Laden war.

»Na, junges Fräulein«, ertönte unvermittelt eine kratzige Stimme hinter ihr.

Emma stieg die Röte ins Gesicht, als sie sich schuldbewusst umdrehte und in das lächelnde Gesicht einer älteren Frau sah. Zumindest hatte sie die Verkäuferin mit ihrer Aktion aus dem Versteck locken können. »Das tut mir wirklich leid«, stammelte Emma und griff nach den geknickten Karten. »Die bezahle ich natürlich.«

»Ist denn mit Ihnen alles in Ordnung?«, fragte die Frau besorgt, ohne dass dabei das Lächeln aus ihrem Gesicht wich. Wahrscheinlich amüsierte sie sich innerlich köstlich über Emmas Tollpatschigkeit und konnte sich nur mit Mühe davon abhalten, laut herauszulachen.

Emma nickte hastig. »Ich bin heute wohl mit dem falschen Fuß aufgestanden«, meinte sie mit einem verlegenen Lachen.

»Das kann doch jedem mal passieren«, erwiderte die Dame und sah Emma dann fragend an: »Was kann ich denn überhaupt für Sie tun?«

Noch hatte Emma die Chance zu gehen. Sie war hier niemandem Rechenschaft schuldig. Genau – einfach die Karten bezahlen und gehen und vor allem einfach vergessen, dass sie sich mal wieder zum Vollhorst gemacht hatte.

Doch anstatt genau das zu tun, griff sie wie ferngesteuert in ihre Tasche und zog einen großen, braunen Umschlag hervor.

Wenige Sekunden später hielt ihn die alte Dame bereits in der Hand und kassierte das Porto, und Emma stürmte wie gehetzt aus dem Laden.

Ungläubig starrte Emma auf die winterliche Tischdekoration vor ihr. Nachdem sie den Schreibwarenladen nicht schnell genug hatte verlassen können, war sie umso langsamer in Astrids Tee- und Schokoladengeschäft getreten, weil sie zuerst beinahe Zweifel daran hatte, sich am richtigen Ort zu befinden.

Gedankenverloren griff sie nach dem kleinen Porzellanelch, der in der Mitte der weißen Tischdecke zwischen zwei roten Weihnachtskugeln thronte, und drehte ihn zwischen den Fingern. Sehr skandinavisch und doch sehr heimelig erstrahlte Astrids Laden, seit Lotta in ihr Leben getreten war und seitdem auch ab und an hier aushalf. Natürlich hatte sie auch bei der Feiertagsdekoration ihren ganz eigenen Stil mit einfließen lassen. Nicht, dass Astrids Laden zuvor weniger gemütlich gewesen wäre, doch die Veränderungen waren sichtbar und spürbar. Es war offensichtlich, dass Lotta Astrid richtig guttat, in jeglicher Hinsicht.

Emma gönnte ihrer Freundin dieses Glück von ganzem Herzen. Doch immer, wenn sie Astrid zusammen mit Lotta sah, wie sie verliebte Blicke austauschten oder sich einfach nur im Arm hielten, regte sich ein Anflug von Neid in ihr, auch wenn sie ihn zu unterdrücken versuchte. Es war nicht die Tatsache, dass sie allein war; sie konnte sehr gut allein sein. Was diesen kleinen, scharfen Stich im Herzen auslöste, war die Sehnsucht nach Lisa und vor allem die Gewissheit, dass es Lisa im tiefsten Inneren eigentlich genauso ging wie ihr selbst. Vermutlich könnten sie beide ebenso glücklich sein wie Astrid und Lotta. Wenn … ja, wenn so vieles anders wäre. Emma lächelte bitter, als sie den Elch zurück an seinen Platz stellte.

Sie hob den Blick und sah hinüber zur Theke, um die sich eine Traube Menschen drängte und die köstlichen Pralinen in der Glasvitrine beäugte. Die Stadt war zum Brechen voll, ebenso wie jedes Geschäft und jedes Café unweit der Fußgängerzone, wie immer zur Ferienzeit. Was Lisa wohl gerade machte? War sie immer noch bei ihrer Mutter oder doch schon zurück in Regensburg? Befand sie sich vielleicht sogar unter den Menschenmassen, die sich in diesem Moment durch die Gassen der Altstadt schoben?

Es war zum Verrücktwerden. Egal, was sie tat, wo sie war oder wohin sie ging, sie konnte die Gedanken an Lisa einfach nicht abstellen. Entnervt winkte sie Marco heran, die Aushilfsbedienung, die Astrid für die stressige Ferienzeit eingestellt hatte. Ohne lange nachzudenken, bestellte sie einen Irish Coffee. Marco versprach, Astrid an ihren Tisch zu schicken, sobald der gröbste Ansturm vorbei war.

Eine geschlagene Stunde und einen weiteren Irish Coffee später ließ Astrid sich völlig geschafft auf den Stuhl neben Emma fallen. Der anstrengende Tag stand ihr ins Gesicht geschrieben. »Wäre es für mein Geschäft nicht so gut, würde ich die Ferien sofort abschaffen«, stöhnte sie und krempelte die Ärmel ihrer Bluse nach oben.

Draußen begann es erneut zu schneien. Doch der feine, glitzernd weiße Teppich wurde sofort von den zahllosen Schuhen der Vorbeieilenden zertrampelt, und Emma konnte den Anblick nur wenige Sekunden lang genießen. Die Melancholie, die sich heimlich und leise eingeschlichen hatte, ließ sie nicht mehr los. Sie musste sich zu einem Lächeln durchringen, als Astrid sie ansah. Die Zufriedenheit jedoch, die Astrid zu umgeben, förmlich um sie zu leuchten schien trotz ihrer Erschöpfung, machte es etwas leichter.

»Wie war euer Weihnachtsfest bei Lottas Eltern?«, erkundigte sich Emma und hoffte inständig, ihre Gedanken würden sich zumindest für einen Moment ersticken lassen. Wenigstens solange sie hier bei Astrid war, damit sie sich mit ihr freuen konnte.

Astrid beugte sich nach vorn und stützte die Ellbogen auf die Tischplatte. Ein Strahlen erschien auf ihrem Gesicht. »Es war so schön, Emma. Ihre Eltern haben mich so herzlich aufgenommen, als würden wir uns schon ewig kennen. Das Fest war richtig traditionell, gemeinsames Essen, Singen vorm Baum und anschließend Plätzchen und Glühwein. Irgendwie kitschig, aber wundervoll.« Astrids verträumter Blick zeigte deutlich, dass sie in den Erinnerungen geradezu schwelgte. »Und ich kann mittlerweile sogar ein paar schwedische Weihnachtslieder auswendig.«

Emma schluckte schwer. Und als hätte Astrid es bemerkt, fügte sie sofort hinzu: »Aber all die Antiweihnachtsfeste mit dir in den vergangenen Jahren kann niemand ersetzen. Schade, dass wir dieses Jahr an Weihnachten nicht zusammen sein konnten.«

Emma legte Astrid sanft die Hand auf die Schulter. »Das weiß ich doch. Und ehrlich, ich freue mich so für dich. Wegen Weihnachten und einfach für euch beide, dass ihr euch gefunden habt.«

Für einen Moment schien es Astrid vor Rührung die Sprache verschlagen zu haben. Dann zog sie Emma in ihre Arme und drückte sie fest an sich. »Ich bin so froh, dich zu haben. Und weißt du was? Silvester feiern wir auf jeden Fall zusammen. Bei mir und mit all unseren Freunden. An diesem Abend ist keiner allein.«

Emma wollte etwas sagen, doch Astrid entließ sie aus der Umarmung, um sie streng anzusehen. »Keine Widerrede. Außerdem musst du mit mir alle nötigen Besorgungen erledigen, für das Essen und, und, und. Wie soll ich das sonst alles allein nach Hause schleppen?« Sie zwinkerte schelmisch.

»Ach, ich darf also deinen Packesel spielen?«, beschwerte sich Emma mit übertrieben schmollender Miene. »Lotta hat sich wohl geschickt aus der Affäre gezogen?« Sie knuffte Astrid in die Seite und schüttelte lachend den Kopf.

»Das heißt also, du bist dabei?«, schmunzelte Astrid und nahm einen Schluck von ihrer kalten Cola.

»Was denkst du denn? Natürlich feiere ich mit euch«, sagte Emma. Dann fiel ihr Blick auf eine Gruppe älterer Damen, die gerade in den Laden strömte, und sie setzte nachdenklich hinzu: »Aber vorher muss ich noch etwas Wichtiges erledigen.«

38

Das Haus lag etwas verlassen am Ende des Dorfes direkt am Waldrand. Schneebedeckte Tannen standen Spalier, als Emma den Weg entlangstapfte. Der frische Schnee knirschte unter ihren Sohlen.

Ihr Auto hatte sie in weiser Voraussicht am Anfang der Straße geparkt. Schon früher war der Weg zum Haus eher selten mit dem Schneepflug geräumt worden, egal, wie oft Tante Hilde sich darüber schon bei der Gemeinde beschwert hatte. Manche Dinge änderten sich einfach nie.

Der Schnee glitzerte im Sonnenlicht auf dem Dach des Hauses, und das dunkle Holz der Fassade bildete einen wunderschönen Kontrast dazu. Aber im Gegensatz zu den anderen Häusern des Dorfes, das eine halbe Stunde von Regensburg entfernt lag, fand sich in keiner Ecke, in keinem der Fenster etwas, das auch nur ansatzweise an Weihnachtsdekoration erinnerte.

Emma atmete die frische, belebende Luft ein und hätte am liebsten sofort einen kleinen Waldspaziergang unternommen. Genau zu den Plätzen, an denen sie schon als Kind am liebsten gespielt hatte. Oder an die sie geflüchtet war, wenn sie allein sein wollte. Selbst dann noch, als sie bereits ein junges, fast erwachsenes Mädchen war und kurz vor dem Abitur stand. Sie hatte die Ruhe in dem kleinen, idyllischen Waldstück immer genossen. Es waren Orte, an denen sie alles Schreckliche ausblenden und klare Gedanken fassen konnte, wenn das anderswo nicht möglich schien.

In diesem Moment bereute es Emma, in den letzten Jahren nicht viel öfter hierhergekommen zu sein. Nur zu Tante Hildes Geburtstag und zu Ostern kam sie noch zu Besuch. In Regensburg hatte sie sich ein neues Leben aufgebaut. Sie hatte diesen Tapetenwechsel gebraucht, um nicht tagtäglich mit all den Erinnerungen konfrontiert zu werden, denen sie sich allzu oft nicht gewachsen fühlte. Trotzdem – Tante Hilde gegenüber war es vielleicht nicht fair.

Emma schaute durch das offene Gartentor, das bis zur Hälfte im Schnee steckte. Mit vorsichtigen Schritten trat sie näher an die Tür. Noch nie war sie unangemeldet hier erschienen. Doch heute war sie einfach losgefahren, ohne lange nachzudenken, nachdem der Entschluss dazu gestern in ihr gereift war. Er hatte Nervosität, aber auch Vorfreude ausgelöst, die sie die ganze Nacht kaum hatten schlafen lassen. Es war noch nicht einmal acht Uhr morgens gewesen, als sie ins Auto gestiegen war.

Entschlossen drückte sie den kleinen Klingelknopf und sah prüfend an sich herab. Dann atmete sie tief ein, um ihren schneller werdenden Herzschlag zu beruhigen. Und als endlich die Tür geöffnet wurde und sie in das ungläubig staunende Lächeln ihrer Tante sah, wusste Emma, dass der spontane Plan gelungen war.

Die kalten Hände um die Kaffeetasse geschlungen, saß Emma wenig später an Tante Hildes Küchentisch. In der kleinen Küche hatte sie sich all die Jahre immer wohlgefühlt. Tante Hilde schüttelte immer wieder verwundert den Kopf und griff nach Emmas Hand.

»Was für eine schöne Überraschung. Es tut so gut, dich endlich wieder hier zu haben, Kind.« Ihre Augen wurden ein wenig feucht.

Emma drückte die Hand ihrer Tante noch fester. »Ich weiß, ich war viel zu selten hier in der letzten Zeit.«

»Na ja, du hast dein Leben jetzt in Regensburg. Ich kann dich gut verstehen. Gerade jetzt, um diese Zeit . . .«

»Aber gerade um diese Zeit hätte ich bei dir sein müssen«, fiel Emma ihrer Tante ins Wort. »Du hast doch auch zwei geliebte Menschen verloren. Für dich ist das alles auch nicht einfacher. Ich hätte für dich da sein müssen, genauso, wie du es für mich immer warst.«

»Ich komm schon zurecht, Liebes. Um mich brauchst du dir wirklich keine Sorgen zu machen«, erwiderte Tante Hilde mit sanfter, gefasster Stimme. »Aber natürlich hätte ich dich gern öfter hier bei mir. Nur immer am Telefon, das ist doch nichts auf Dauer.«

»Es ist mir all die Jahre immer schwergefallen, vor allem an Weihnachten hierherzukommen«, gab Emma zu. »Ich hatte immer Angst, dem Ganzen noch nicht gewachsen zu sein. Den Erinnerungen, weißt du?«

Tante Hilde nickte kaum merklich.

»Gerade an diesen Feiertagen war es für mich auch so schon unerträglich«, fuhr Emma fort. »Doch irgendwas ist dieses Jahr anders.«

»Was meinst du mit anders?« Tante Hilde sah Emma erwartungsvoll an.

»Glaubst du, irgendwann wird es leichter?« Emma griff nach einem Bild, das an der Ecke des Tisches stand, ein gerahmtes Foto ihrer Eltern. Liebevoll ließ sie ihren Zeigefinger darüber gleiten. »Ich meine, dass irgendwann die schönen Erinnerungen triumphieren und nicht mehr die Trauer im Vordergrund steht?«

Tante Hilde folgte mit ihrem Blick Emmas Finger, der auf dem Bild verweilte. Nachdenklich sagte sie: »Ich denke, man lernt, damit zu leben, es irgendwann zu akzeptieren. Ja, ich glaube, dass es irgendwann leichter wird.« Sie hob den Blick und sah Emma lange an. »Sie hätten nicht gewollt, dass du auf ewig unglücklich bist. Vor allem nach so vielen Jahren ... Und du bist eine starke, selbständige Frau geworden. Sie wären stolz auf dich, meine Kleine.«

Eine Träne suchte sich ihren Weg über Emmas Wange, doch schnell wischte Emma sie beiseite. »Ich konnte mir nie vorstellen, dass ich irgendwann meinen Frieden damit schließen könnte. Jetzt kann ich es, glaube ich. Aber eine gewisse Trauer wird immer bleiben.«

Tante Hilde lächelte tröstend. »Es wird immer wieder Momente geben, in denen wir sie besonders schmerzlich vermissen. Aber es wird leichter. Es braucht nur einfach seine Zeit.«

Auf eine gewisse Weise wirkte sie gelöst, dachte Emma. Als habe ihre Tante lange auf dieses Gespräch gehofft, so dass nun eine Last von ihrem Herzen fiel. Doch auch Emma selbst tat diese neue Offenheit gut. Viel zu lange hatten sie kaum darüber gesprochen, es nicht gewagt, waren dem Thema ausgewichen. Nun endlich waren sie dabei, die Angst davor zu überwinden.

Als Tante Hilde gerade im Begriff war, den Frühstückstisch abzuräumen, hielt Emma sie zurück: »Warte, ich will dir etwas geben.«

Überrascht setzte Tante Hilde sich zurück an ihren Platz und sah Emma gespannt an.

Emma zog ein liebevoll verpacktes und mit einer großen Schleife geschmücktes, flaches Paket aus ihrer Tasche hervor. »Ich habe zu Weihnachten noch nie etwas verschenkt«, begann sie feierlich. »Ich habe wie du dieses Fest immer so gut es ging umgangen. Doch dieses Jahr, finde ich, ist es an der Zeit, das zu ändern. Mein allerererstes Weihnachtsgeschenk sollst du bekommen. Ich weiß, wie viel es dir bedeutet.«

Emma hielt das Geschenk über den Tisch ihrer Tante entgegen. Ihr Herz klopfte von der Aufregung, ein ganz besonderes Weihnachtsgeschenk zu überreichen – zum ersten Mal.

Tante Hilde schien vollkommen überrumpelt. Zaghaft griff sie nach dem Paket und starrte es erst einmal minutenlang an, bevor sie es endlich wagte, die Schleife zu lösen und das Papier behutsam zu entfernen. Als sich der Inhalt offenbarte, konnte sie ihre Tränen nicht mehr zurückhalten.

Auch Emma musste mit aller Macht gegen den Frosch in ihrem Hals ankämpfen. Die ganze Nacht hatte sie sich diesen Moment ausgemalt, ihn immer wieder in Gedanken durchgespielt, um im entscheidenden Moment stark zu sein. Doch auf die Emotionen, die nun in der Luft lagen und den Raum gänzlich auszufüllen schienen, hatte sie sich nicht vorbereiten können. Gefühle, die jahrelang eingesperrt gewesen waren, brachen sich mit aller Macht Bahn, durchfluteten sie, überwältigten sie. Aber es war nicht unangenehm – die Tränen, die sie hinunterschluckte, waren Tränen der Liebe und des tiefen Mitfühlens.

Sie stand auf, um ihre Tante in den Arm zu nehmen. Deren warme Tränen benetzten Emmas Gesicht.

»Ich weiß, wie gern du und Mama diese Platte von Frank Sinatra gehört habt. Daher sollst du sie aufbewahren. Vielleicht spielst du sie auch mal für sie«, flüsterte Emma ihr ins Ohr. Dann hielt sie ihre Tante lange fest, bis das Schluchzen leiser wurde.

Als Tante Hilde sich aus Emmas Umarmung löste und die Schallplatte an ihr Herz drückte, war Emma sicher, dass sie das Richtige getan hatte.

»Ich hätte da auch noch einen Wunsch«, sagte Emma leise. »Können wir zu ihnen ans Grab gehen? Ich habe sie lange nicht mehr besucht.« Sie lächelte. Lächelte, weil ihr niemand all die schönen Erinnerungen nehmen konnte, die fest in ihrem Herzen verankert waren. Und gerade jetzt dachte sie an Mama und Tante Hilde, die ganz und gar in die Musik versunken durch den Raum tanzten. Wie schwerelos. Fast schwebend.

39

Immer wieder spielte Emma mit dem Stück Papier in ihrer Manteltasche, ließ es durch ihre Finger gleiten, drehte, wendete und zerknüllte es. Ohne dass sie ihn hätte ansehen müssen, erinnerte dieser kleine Zettel Emma daran, dass ihre Post längst an ihrem Ziel angekommen sein musste.

Sie hatte den Umschlag am frühen Morgen des 27. Dezember abgegeben. An ihren denkwürdigen Auftritt im Laden wollte sie dabei lieber gar nicht mehr denken. Das war vor vier Tagen gewesen. Inzwischen musste der Brief seinen Bestimmungsort also längst erreicht haben. Doch noch hatte Emma keinerlei Antwort darauf erhalten. Ob sie überhaupt eine bekommen würde? Immer mehr begann sie daran zu zweifeln, dass es wirklich die richtige Entscheidung gewesen war. Was, wenn sie damit genau das Gegenteil erreicht hatte von dem, was sie hatte erreichen wollen? Nur alles rückgängig machen, das konnte sie jetzt nicht mehr.

Gedankenverloren blies sie kleine Eiswolken in die Luft. Zumindest der Himmel war an diesem Tag klar, keine einzige Wolke schwebte über ihr. Beste Voraussetzungen also für die heutige Nacht. Emma trat auf der Stelle, um sich warmzuhalten.

Astrid war der pünktlichste Mensch, den sie kannte. Warum musste sie ausgerechnet heute zu spät kommen?

Bevor Emma sich gänzlich in einen Eiszapfen verwandeln konnte, sah sie endlich Astrids roten Käfer mit Schwung um die Ecke biegen. Das Quietschen der Bremsen, als sie zu schnell in eine der Parkbuchten einschwenkte, hallte über den gesamten Parkplatz.

»Hatte ich erwähnt, dass ich Ferien hasse und insbesondere

das Einkaufen vor Feiertagen?« Astrid klang missmutig, als sie auf Emma zukam und sie zur Begrüßung kurz umarmte. Kein noch so kleines Lächeln umspielte ihre Lippen.

Emma sah sie prüfend an. »Das macht dir doch sonst nichts aus?«

»Aber heute macht es mir was aus«, schnaubte Astrid, ehe sie auf dem Absatz kehrtmachte und den Eingang des Supermarktes ansteuerte.

Was sollte das denn nun? Raschen Schrittes hechtete Emma hinter ihr her und bekam sie gerade noch an der rechten Schulter zu fassen, bevor sie im Getümmel der einkaufswütigen Menge verschwinden konnte. »Astrid, du sagst mir jetzt sofort, was mit dir los ist«, forderte Emma, weniger gelassen als beabsichtigt. »Oder ...«

»Oder was?« Astrids Augen funkelten gefährlich. »Du kannst gern wieder gehen. Ich komme hier auch ganz gut allein zurecht.«

Sofort hob Emma beschwichtigend die Hände. So außer sich hatte sie Astrid selten erlebt. Erst als Emma sie behutsam zur Seite lotste, in eine etwas ruhigere Ecke der angeschlossenen Bäckerei, schien Astrid sich zu besinnen. Zumindest machte sie nicht mehr den Eindruck, dass sie jeden Moment Amok laufen und den Supermarkt in Schutt und Asche legen würde.

»Tut mir leid«, sagte Astrid entschuldigend, aber immer noch mit bebender Stimme, »ich wollte nicht so aufbrausend sein. Aber ganz ehrlich, was bildet sich dieser Idiot eigentlich ein?«

Emma verstand nur Bahnhof. »Ganz langsam, Astrid. Welcher Idiot denn bitte?« Vorsichtshalber trat sie einen Schritt zur Seite für den Fall, dass sich ein neuer Furienauftritt anbahnen sollte.

»Wer wohl? Jack natürlich!«, zischte Astrid und biss sich vor Wut so heftig auf die Lippe, dass es blutete. Fluchend strich sie mit dem Finger über die Verletzung.

Mit großen Augen starrte Emma sie an. »Was ist denn um Himmels willen passiert?«

Astrid schnalzte mit der Zunge. »Taucht der doch heute Morgen in meinem Laden auf. Ein dickes Grinsen auf dem Gesicht, als wäre nie etwas passiert. Und weißt du, wen er dabei im Arm hatte? Glückselig grinsend wie ein verliebter Teenager?« Astrids

Stimme bekam einen schrillen Klang, der Emma zusammenzucken ließ: »Wollte er nicht nach Heidelberg abhauen und uns alle endlich in Ruhe lassen?«

Emmas Augen weiteten sich. »Sag jetzt bloß nicht, deine Schwester?«

»Doch, genau die!« Astrid lachte bitter. »Große Versöhnung an Weihnachten. Wir haben uns ausgesprochen, wir gehören doch zusammen, trallala.«

»Das ist ja ein Ding«, sagte Emma nur und beglückwünschte sich innerlich zu dieser überaus geistreichen Antwort. So würde sie Astrid sicher nicht beruhigen können, wenn das überhaupt möglich sein sollte.

Und tatsächlich war Astrids Miene kein bisschen weniger finster. Was Emma durchaus verstehen konnte. Nach allem, was Jack Astrids Schwester angetan hatte, war sich jeder sicher gewesen, dass dieses Kapitel ein für allemal abgeschlossen war. Cornelia hatte sich wochenlang in ihrer Wohnung eingeigelt und Jack ans Ende der Welt gewünscht – wobei er mit Indien ja auch nicht allzu weit davon entfernt gewesen war. Und jetzt das!

War Cornelia so blind vor Liebe, dass sie ihm alles verziehen hatte? Aber was für eine Art Liebe war das? Emma wollte erst gar nicht wissen, wie Jack sie erneut um den Finger hatte wickeln können. Wenn Kathrin das gelungen wäre ... Ein unangenehmer Geschmack machte sich auf ihrer Zunge breit.

Astrid hatte unterdessen mehrmals den Mund geöffnet, um etwas zu sagen, ihn aber dann jedes Mal gleich wieder geschlossen. Emma konnte ihr nicht verdenken, dass ihr die Worte fehlten. Nur Cornelia wusste, warum sie sich erneut auf Jack einließ – wenn sie es überhaupt selbst wusste.

Schließlich seufzte Astrid: »Jack muss in den kommenden beiden Wochen beruflich nach England. Vielleicht denkt sie ja noch mal darüber nach, wenn er nicht da ist.«

Emma fiel auf, wie blass und abgeschlagen ihre Freundin aussah. Bissig ergänzte sie: »Oder er taucht gar nicht erst wieder auf. Darin hat er ja Übung.«

Astrid winkte ab und ging an Emma vorbei in Richtung der Einkaufswagen. »Komm, lass uns loslegen. Ich will mir von diesem Kerl echt nicht Silvester verderben lassen.«

Schweigend gingen sie nebeneinander her und klapperten die Regalreihen ab. Emma stützte sich auf den Einkaufswagen, den sie vor sich herschob, während Astrid systematisch ihre ellenlange Einkaufsliste abarbeitete und der Wagen sich zusehends füllte. Entweder hatte Astrid die ganze Stadt eingeladen, oder sie hatte die Liste völlig ausgehungert geschrieben. Doch Emma ließ sie machen, ohne einen Kommentar abzugeben. Astrid schien heute alles andere als kritikfähig zu sein.

Während sie neben Astrid hertrottete, tauchten unversehens Bilder vor ihrem inneren Auge auf – Bilder des vergangenen Jahres, von Ereignissen und Personen. Die letzten glücklichen Momente mit Kathrin. Das schockierende Ende ihrer Beziehung.

Lisa.

Jacks plötzliches Auftauchen vor ein paar Monaten.

Der neue Job an der Schule.

Lisa.

Der Besuch bei Tante Hilde.

Lisa. Und immer wieder Lisa, Lisa, Lisa.

Es war zum Aus-der-Haut-Fahren. Lisa beherrschte ihre Gedanken noch immer, jede einzelne Sekunde. Sie ließ sich nicht ignorieren, nicht verdrängen.

Emmas Gedanken rasten, immer schneller, bis sie einem tosenden Sturm glichen. Ihr Kopf begann zu pochen. Was war ihr letztendlich von diesem Jahr geblieben? Welches Fazit konnte sie ziehen?

Ein wirklich positives wohl eher nicht.

Konnte sie dennoch einfach einen Schlussstrich unter das sich zu Ende neigende Jahr setzen und einen Neuanfang wagen? Neues Jahr, neues Leben, neues Glück …

Da stieß Astrid sie unsanft in die Seite. Emma fuhr zusammen und warf ihr einen verständnisheischenden Blick zu.

»Hörst du mir eigentlich zu?« Astrid sah sie forschend an und seufzte. »Anscheinend nicht. Also noch mal: Raketen ja oder nein?«

Da die Raketen ohnehin bereits ihren Weg in den Einkaufswagen gefunden hatten, nickte Emma nur, was Astrid zufriedenzustellen schien. Sie wandte sich sogleich wieder zum Weitergehen, und Emma blieb nichts anderes übrig, als ihr zu folgen. Ihr Kaugummi hatte bereits jeglichen Geschmack verloren. Missmutig schob sie ihn im Mund hin und her.

Endlich hatten sie die Kassen erreicht. Wie überall sonst ging es aber auch hier nur im Schneckentempo vorwärts. Emma sehnte den Moment herbei, an dem sie endlich wieder ihre Arme ausstrecken konnte, ohne die nette Omi neben sich in der Schlange k. o. zu schlagen.

»So, und nun nur noch der Sekt«, stellte Astrid mit einem prüfenden Blick auf ihren Zettel fest.

Emma konnte nicht anders, als die Augen zu verdrehen. Um Beherrschung bemüht, umklammerte sie mit den Händen den Griff des Einkaufswagens. »Wir stehen doch schon in der Schlange. Du willst nicht ernsthaft den ganzen Weg wieder zurücklaufen, oder?«

»Wir können gern mit Saft anstoßen, wie vor zwanzig Jahren auf dem Kindergeburtstag«, brummelte Astrid. Sie wies Emma an, sich einfach schon mal ohne sie an der Kasse anzustellen, und verschwand wieder im Getümmel.

Also blieb Emma stehen, wo sie war – umzingelt von kleinen Kindern, die neben ihr das Süßigkeitenregal zu plündern versuchten. Um Haltung zu bewahren und nicht laut loszuschreien, starrte sie konzentriert auf ein riesiges, pink leuchtendes Werbeplakat des Supermarktes. »Wir wollen Sie lächeln sehen!«, stand darauf.

Und wie sie lächeln würde! Wenn sie endlich diesen Wahnsinn hier hinter sich gebracht hatte. Wie konnte man nur einkaufen, als gäbe es kein Morgen mehr?

40

Mit geschlossenen Augen lauschte Emma den jazzigen Klängen aus dem kleinen Badradio. Leise summte sie die Melodie von *Moon River* mit und streckte sich wohlig im schaumigen, warmen Badewasser. Nach dem ganzen Drama im Supermarkt brauchte sie einen Ort der Ruhe mehr als alles andere. Die lärmenden Menschenmassen auf viel zu engem Raum und noch dazu ihre eigenen Gedanken, die ihr immer wieder scharfe Stiche ins Herz versetzten – es war einfach zu viel gewesen, ihr Akku war leer.

Die Sehnsucht nach Lisa würde allerdings auch das Schaumbad nicht wegspülen können. Warum konnte sie nicht einfach akzeptieren, dass es sinnlos war, an diesen Gefühlen festzuhalten? Warum musste sie sich selbst so sehr quälen? Die Welt hielt so viele neue Chancen und Perspektiven für sie bereit, sie musste sich nur dafür öffnen. Sich an etwas zu klammern, das sie lähmte und daran hinderte, nach vorn zu sehen, würde ihr auf Dauer all ihre Energie und Motivation rauben. Warum also konnte sie nicht loslassen?

Sie wusste es nicht. Sie wusste nur, dass sie diese Art Gefühl, dieses Unbedingte, Absolute, nie zuvor empfunden hatte – und dass es stärker war als alle Vernunft.

Emma ließ sich in der Wanne nach unten gleiten, bis auch ihr Gesicht unter Wasser war. Nur noch das Rauschen und Glucksen des Wassers war zu hören, und für einen kurzen Moment hatte sie das federleichte Gefühl zu schweben.

Am Abend würde die Welt bestimmt schon wieder freundlicher aussehen. Keine gestressten Familien ringsum, keine kreischenden Kinder, kein Jack und keine trübseligen Gedanken an Liebeskummer und unerfüllte Sehnsucht. Zwischen all ihren Freunden würde sie sicher gar keine Zeit haben, Trübsal zu blasen. So skurril und chaotisch das zu Ende gehende Jahr auch gewesen war, es hatte doch einen würdigen Abschied verdient.

Mit spitzen Fingern, an denen der Badeschaum klebte, griff Emma nach dem Weinglas, das am Wannenrand stand. Der Tag konnte nur noch besser werden. Und ein guter Tropfen Wein würde ihr helfen, die Weltuntergangsstimmung tapfer auf Abstand zu halten.

Egal was war, dachte sie philosophisch, während sie den rubinrot schimmernden Inhalt des Glases betrachtete – egal wie glücklich oder miserabel die letzten Wochen und Monate gewesen waren, die Zeit schritt unaufhörlich weiter. Sie würde neue Horizonte öffnen und den Weg zu neuen Ufern frei machen.

Doch stehen bleiben würde sie nie, auch wenn man es sich in gewissen Augenblicken noch so sehr wünschte. Nur noch wenige Stunden, dann würde dieser stetige, unaufhaltsame Fluss auch dieses Jahr an sein Ende bringen, und es würde endgültig Geschichte sein. Aus, vorbei, aber unvergessen, denn zu viele einschneidende Erinnerungen hafteten daran.

Gegen sechs Uhr war es langsam an der Zeit aufzubrechen. Emma schlüpfte in ihre neuen Stiefel und warf einen letzten Blick in den Spiegel. Sie lächelte, als sie sich selbst ins Gesicht sah; ihre Augen blitzten regelrecht. Ja, sie freute sich auf die Feier inmitten guter Freunde. Und vor allem freute sie sich auf das Feuerwerk um Mitternacht, das den Nachthimmel in die schönsten Farben und Formen tauchen würde. Das Kind in ihr würde sich auch von den bittersten, schmerzhaftesten Erinnerungen nicht davon abhalten lassen, jeden Eindruck, jede Wahrnehmung in sich aufzusaugen.

Auch wenn ein kleiner Wermutstropfen blieb: *Sie* würde nicht da sein in diesem besonderen Augenblick. Aber vielleicht dachte sie auch ein wenig an Emma, wo auch immer sie war. Genau in dem Moment, in dem die bunten Lichter den Nachthimmel über Regensburg hell erleuchten würden und die Welt für einen Moment stillstehen würde.

Silvester.

Etwa zwanzig Gäste, verteilt auf die drei Zimmer von Astrids gemütlicher Altbauwohnung im Herzen der Stadt, für die sie immer wieder neidische Blicke erntete.

Die Gäste waren vornehmlich Frauen, nur wenige Männer hatten sich eingefunden. Bereits bei ihrer Ankunft fiel Emmas Blick auf zahlreiche bekannte Gesichter. Astrid brachte es sogar fertig, mit ihren Exfreundinnen einen freundschaftlichen Kontakt zu pflegen. Was wohl Lotta dazu sagte?

Zwei von diesen Exfreundinnen kamen Emma bereits im Flur entgegen und verschwanden gemeinsam in der Küche, um wenig später mit kleinen Häppchen auf dem Teller und vor allem eng umschlungen zurück ins Wohnzimmer zu flanieren. Mit offenem Mund sah Emma ihnen nach. Karin und Petra ein Paar? Die Gesten waren eindeutig – und der Lauf des Lebens ohnehin unergründlich. Emma konnte sich ein Schmunzeln nicht verkneifen. Die erste Überraschung des Abends innerhalb der ersten fünf Minuten, noch bevor sie überhaupt ihren Mantel ausgezogen hatte. Das konnte ja heiter werden.

Sie ließ den Mantel von ihren Schultern gleiten und suchte im Jackengewirr an der Garderobe im Flur einen freien Platz, als jemand von hinten die Arme um sie schlang.

»Jetzt lassen wir uns von niemandem mehr die Laune vermiesen«, flüsterte Astrid ihr ins Ohr. »Jetzt wird nur noch gefeiert, und alles Schlechte bleibt vor der Tür.« Emma konnte ihr Lächeln spüren.

Sie wünschte sich, Momente wie diesen einfrieren und sie immer dann auftauen zu können, wenn die Welt grau und kalt war. Es war nur ein winziger Augenblick, eine kurze Geste, die jedoch so viel Wärme vermittelte, dass sie Zeit und Raum überdauern würde.

Astrid nahm Emma an der Hand und führte sie in die Küche, wo Lotta ein Sektglas nach dem anderen füllte und an die herumstehenden Gäste verteilte. Aus dem Wohnzimmer schallte Tanzmusik herüber, und Astrid wiegte sich im Takt. Eine Leichtigkeit lag in der Luft, von der Emma sich nur allzu gern mittragen ließ.

Lotta reichte Emma und Astrid je ein Sektglas und streckte ihr eigenes Glas feierlich in die Luft. »Lasst uns auf einen schönen Abend anstoßen.«

Die Gläser klirrten. Als sich Astrids und Lottas Blicke trafen und das Knistern zwischen ihnen förmlich zu hören war, fand Emma den Moment geeignet, sich unter die anderen Gäste zu mischen.

Astrids Wohnzimmer bildete den Mittelpunkt der Feier. Um es ihren Gästen so angenehm wie möglich zu gestalten, hatte Astrid keine Mühe gescheut. Sie hatte extra kleine Stehtische aus ihrem Laden in die Wohnung befördert. Auch zum Tanzen blieb genug Platz. Manche der Gäste bewegten sich rhythmisch zur Musik, andere wiederum gruppierten sich um die Tischchen, prosteten sich zu und unterhielten sich über Gott und die Welt, das alte und das neue Jahr.

Langsam bewegte sich Emma durch den Raum, blieb hier und

da stehen, um mit Freunden ein paar Worte zu wechseln, und gab sich der gelösten Stimmung hin. Plötzlich stutzte sie. Eine Frau drängte sich dicht an ihr vorbei, ohne dass sie ihr Gesicht sehen konnte, aber die blonde Lockenmähne und der federleichte Gang kamen ihr bekannt vor. Konnte es wirklich sein? Nach so vielen Jahren?

Die Frau trat zum Fenster, stellte ihr Rotweinglas auf der Fensterbank ab und wandte sich um. Sie war es. Lara. Emma hielt für einen kurzen Augenblick den Atem an.

So lange war es her – ihr kleines Intermezzo, aus dem vielleicht mehr hätte werden können, wenn Emma nicht Kathrin kennengelernt hätte. Daraufhin hatte Lara sich ohne ein Wort aus dem Staub gemacht und nie mehr von sich hören lassen. Seltsam, dass ihr Anblick nach all der Zeit immer noch ein wenig Herzklopfen auslöste.

»Diese Feier steckt voller schöner Überraschungen«, lächelte Lara, als Emma sich zu ihr durchgekämpft hatte. »Lotta scheint also eine gemeinsame Freundin zu sein. Wie klein die Welt doch ist.«

»Das ist sie«, bestätigte Emma schmunzelnd und drehte ihr Sektglas zwischen den Fingern. Für einen Augenblick fühlte sie sich um Jahre zurückversetzt, in eine Ära vor Kathrin und vor Lisa. »Schön, dich mal wieder zu sehen.«

»Wo hast du denn Kathrin gelassen?« Lara sah sich suchend um. »Seid ihr noch …?«

Emma überlegte kurz, was sie Lara erzählen sollte, und entschied sich letztendlich für die kurze, schmerzlose Variante. »Wir sind seit ein paar Monaten getrennt«, erklärte sie. Mehr musste Lara dazu nicht wissen.

Lara machte ein betretenes Gesicht. Oder besser gesagt, sie versuchte es, was ihr eher schlecht als recht gelang. Das Lächeln auf ihren Lippen siegte. »Das heißt, du bist ganz allein hier?«

»Das kann man wohl so sagen«, erwiderte Emma und nahm einen Schluck Sekt.

»Ach, weißt du, Emma«, meinte Lara leichthin, »diese Kathrin hat sowieso nicht wirklich zu dir gepasst. Ihre ganze Art … viel zu hochnäsig und arrogant. Sie weiß einfach nicht, wie man das Leben genießt. Und die Liebe.« Sie machte eine bedeutungsvolle Pause, bevor sie hinzufügte: »Ich weiß gar nicht, was du eigentlich an ihr gefunden hast – du bist doch ganz anders als sie.«

Beinahe hätte sich Emma an ihrem Sekt verschluckt. Das prickelnde Getränk kratzte in ihrer Kehle, und sie musste husten. Nach der Trennung schien jeder davon überzeugt zu sein, dass Kathrin nicht die richtige Frau für Emma gewesen war. Warum hatte niemand in all den Jahren zuvor etwas gesagt? Klar, danach wussten es immer alle besser!

Doch sie ließ Laras Bemerkung kommentarlos im Raum stehen. Sie hatte keine Lust, weiter über Kathrin zu reden. Nicht jetzt und am besten nie wieder.

»Sollen wir uns nicht setzen?« Lara deutete mit einer Kopfbewegung Richtung Couch, die soeben frei geworden war.

»Warum nicht«, stimmte Emma zu und folgte Lara. Dabei begann sie sich zu fragen, was sie von dieser unerwarteten Begegnung halten sollte. Ihr Körper war angespannt, als sie sich neben Lara auf die bequeme Couch sinken ließ, und auch ohne Lara anzusehen, konnte sie spüren, dass diese ihre Blicke nicht von ihr abwandte. In die Wiedersehensfreude mischte sich ein unbestimmt flaues Gefühl. Haltsuchend umfasste Emma mit beiden Händen den Stiel ihres Sektglases.

Lara schlug in einer eleganten Bewegung die Beine übereinander, strich anmutig ihr Kleid zurecht und fuhr sich mit einer Hand durch das ohnehin schon perfekt sitzende Haar. Mit ihrem bezaubernden französischen Akzent sagte sie: »Ich habe gehört, du hast dir deinen Traum, Schriftstellerin zu werden, also tatsächlich erfüllt?«

Na gut, solange es beim Small Talk blieb, hatte Emma wohl nichts zu befürchten. Sie nickte lächelnd. »Da hast du richtig gehört. Du bist wirklich gut informiert. Hat Lotta dir davon erzählt? Hauptberuflich bin ich Lehrerin, aber das Schreiben ist nach wie vor meine große Leidenschaft, und es funktioniert neben dem Beruf ziemlich gut.«

»Du weißt eben, was du willst und wie du es bekommst«, meinte Lara und sah Emma dabei tief in die Augen. Zu tief für Emmas Geschmack. Ihre Stimme klang samtig, als sie hinzufügte: »Genau das mochte ich immer so an dir.«

Emma schluckte krampfhaft. Was passierte hier? Eindeutiger konnten Laras Avancen kaum sein. Und Lara war eine äußerst attraktive Frau, die ihre Reize gekonnt einzusetzen wusste – und deren Ausstrahlung auch bei Emma ihre Wirkung nicht verfehlte. Ihre Blicke beförderten Emmas Puls in schwindelerregende Höhen, und ihre flüchtigen Berührungen, wenn ihre Hand immer wieder wie zufällig Emmas Oberschenkel streifte, waren wie kleine Blitzschläge.

Während Lara erzählte, wie es ihr in den letzten Jahren ergangen war, versuchte Emma sich mit aller Macht auf ihre Worte zu konzentrieren. Lara hatte sich einen Namen als Künstlerin gemacht und berichtete von ihrer Arbeit in Paris, Ausstellungen, Projekten und Reisen, die sie in alle Ecken der Welt führten. Beeindruckt hörte Emma ihr zu. Doch sie kam nicht umhin zu bemerken, dass Lara Stück für Stück – und keineswegs unauffällig – näher an sie heranrutschte, bis sich ihre Schenkel berührten.

Emma wurde heiß. Sicher, sie hatte Laras Nähe einmal genossen, doch das war Jahre her. Jetzt wurde sie ihr zusehends unerträglich.

Hilfesuchend sah sie sich um. Doch weder Astrid noch Lotta waren unter all den Gästen zu entdecken. Sie bot an, neue Getränke zu besorgen, doch Lara machte nur eine abwehrende Handbewegung und erzählte einfach weiter, wobei sie sich noch ein wenig näher zu Emma lehnte.

Schluss damit! Mitten in Laras Redeschwall stand Emma hastig auf, murmelte ein paar entschuldigende Worte und flüchtete Richtung Balkon. Sie brauchte frische Luft. Dingend.

Ein eisiger Windstoß nahm sie in Empfang, als sie ins Freie trat. Sie schloss die Augen und sog tief die kalte Luft ein. Laras Nähe hätte sie wirklich keine Minute länger ausgehalten.

»Sieht ganz so aus, als hättet ihr einen schönen Abend.«

Lottas tiefe Stimme ließ Emma zusammenfahren. Sie hatte nicht damit gerechnet, hier in der Eiseskälte noch jemanden anzutreffen. Doch in der hintersten Ecke des Balkons stand Lotta gegen das Geländer gelehnt und blies den Rauch ihrer Zigarette in die Luft.

Emma schloss die Tür hinter sich und gesellte sich zu ihr. Gänsehaut überzog ihre Arme. Temperaturen weit unter dem Gefrierpunkt und kurze Ärmel waren nicht die beste Kombination.

Durch das Fenster konnte Emma sehen, dass Lara noch immer auf ihrem Platz saß und wie versteinert in ihr Weinglas starrte. Ein Anflug von Mitleid rührte sich in ihr: Lara konnte nichts dafür, dass Emmas Herz nicht frei war. Sie seufzte. »Nicht so, wie du denkst, Lotta.«

»Ach, was denke ich denn deiner Meinung nach?« Lotta hob verschmitzt eine Augenbraue.

Aus dem Konzept gebracht, stotterte Emma: »Lara und ich ... also, ich meine, da ist nichts. Von meiner Seite aus bestimmt nicht. Die Sache mit uns ist lange vorbei – sehr, sehr lange, um genau zu sein.«

Lotta zog unbeeindruckt an ihrer Zigarette. »Ist doch schön, wenn es dir gutgeht. Schließlich wollen wir heute alle feiern und Spaß haben.«

Emma hob die Schultern. »Der Abend wäre bei weitem schöner, wenn ...« Ihre Stimme begann zu stocken und verlor sich schließlich.

Lottas Blick wurde weich. Sie drückte die Zigarette in einem Aschenbecher hinter sich auf dem Tisch aus. »Wenn Lisa hier wäre?«, vollendete sie Emmas Satz. »Ich weiß, Emma.«

Emma kämpfte gegen den Frosch in ihrem Hals, der sich dort einnistete und sich jetzt offenbar nicht mehr vertreiben lassen wollte. So sehr sie es auch zu verdrängen versuchte – Lisa fehlte ihr. Daran konnte keine Party etwas ändern und schon gar keine Lara. Nichts konnte daran etwas ändern.

Emma suchte Lottas Blick, doch die schien ihr bewusst auszuweichen. »Kannst du mir nicht wenigstens sagen, ob es ihr gutgeht?«, fragte Emma leise. »Du musst doch was von ihr gehört haben, oder?«

Endlich sah Lotta sie an. »Du musst dir wirklich keine Sorgen machen, Emma. Hab einfach etwas Geduld. Nur ein kleines bisschen.« Sie lächelte. Dann ging sie an Emma vorbei zurück in die Wohnung, zu den anderen Gästen.

»Geduld ...«, flüsterte Emma und starrte in die unendliche Dunkelheit der Nacht.

41

Es sind die kleinen, besonderen Momente, die uns nahe zusammenrücken lassen. Mit Freunden und sogar Fremden, die uns sympathisch sind. Diese Momente sind selten und gerade deswegen so kostbar: Momente, in denen etwas zu Ende geht und gleichzeitig etwas Neues, Aufregendes beginnen kann.

Emma versuchte diese besonderen Minuten in vollen Zügen auszukosten. Alle Feiernden hatten sich geschlossen nach draußen begeben, um pünktlich zu Mitternacht das neue Jahr mit Sektkorkenknallen und Feuerwerk zu begrüßen.

Während sich die Männer mit Raketen bewaffnet in Position brachten und wie kleine Jungen gänzlich in den Vorbereitungen aufgingen, stellten sich die Frauen dicht aneinandergedrängt in sicherer Entfernung zusammen, ihre Sektgläser in den Händen, und sahen gebannt auf die Uhr.

»Zehn, neun, acht«, stimmte Lotta feierlich an, und alle fielen im Chor mit ein: ». . . sieben, sechs, fünf . . .«

Das Strahlen in den Gesichtern, das Glitzern in den Augen und die freudige Erwartung in den Stimmen trugen das alte Jahr hinweg.

Emmas Herz klopfte aufgeregt. »Vier, drei, zwei, eins.«

Alle fielen sich wie berauscht in die Arme. Und doch begrüßte jeder das neue Jahr auf seine ganz eigene Weise: Pärchen mit dem ersten Kuss des Jahres, die Männer mit Raketen in den schönsten Farben, von lautem Knallen begleitet, und Emma schenkte wie jedes Jahr ihren ersten Gedanken ihren Eltern.

Doch dieses Jahr war da neben diesem gewohnten Ritual noch ein weiterer Gedanke: Ob Lisa jetzt gerade genauso aufgeregt war? Wie sie wohl diesen ganz speziellen Moment verbrachte?

Astrid zog Emma in die Arme, und Lotta trat hinzu und nahm sie beide in den Arm, so dass sie zu dritt eng umschlungen dastanden.

Um sie herum tobte und lärmte es. Die ganze Straße war auf den Beinen. Von überall her klangen fröhliche Stimmen, ausgelassenes Lachen und das Klirren von Sektgläsern. Der Himmel war hell erleuchtet und erstrahlte in allen Farben. Emma hätte diesen Augenblick am liebsten für immer festgehalten.

Erst eine Dreiviertelstunde später verstummten die Raketen allmählich, und die Ersten traten den Rückzug ins Warme an, um drinnen weiterzufeiern.

Emma blieb als eine der Letzten zurück. Sie wollte noch für einen Moment allein sein, ihre Gedanken ungestört an der langen Leine laufen lassen. Die Ruhe nach dem Lärm des Feuerwerks legte sich wohltuend über die Stadt und ihr Gemüt. Der kalte Wind, der ihr um die Nase blies, roch nach Freiheit und Neuanfang.

Erst als Emma sich allein wähnte, schickte sie sich an, den anderen ins Haus zu folgen. Sie drehte sich um – und sah Lotta wenige Schritte entfernt stehen, die auf sie zu warten schien. Als habe sie es sich zur Gewohnheit gemacht, Emma unerwartet aufzulauern.

»Na, du kleine Träumerin«, lächelte sie.

Verwundert fragte Emma: »Warum bist du denn noch nicht bei den anderen?«

»Vielleicht weil ich noch einen Moment mit dir allein sein wollte?« Lotta zwinkerte spitzbübisch.

Emma starrte sie irritiert an. »Mit mir?«

»Natürlich nicht so!« Emmas Unsicherheit schien Lotta köstlich zu amüsieren. Sie lachte und begann in der Innentasche ihres Mantels zu graben.

Emma verstand immer noch nichts. »Entschuldige, wenn ich gerade etwas auf dem Schlauch stehe, aber was ist los, Lotta?«

Da zog Emma einen kleinen, blauen Umschlag hervor und hielt ihn Emma entgegen. »Ich sagte doch, du musst nur etwas Geduld haben.«

Vorsichtig griff Emma nach dem Umschlag, als sei er zerbrechlich. Sie suchte nach einem Hinweis auf den Absender, aber erfolglos; nicht ein einziges Wort stand darauf.

»Ich wünsche dir ein schönes neues Jahr, Emma«, sagte Lotta leise, ehe sie sich umdrehte und Emma allein zurückließ.

Mit zittrigen Fingern drehte und wendete Emma den Umschlag. Dann riss sie ihn hastig auf und zog einen kleinen Zettel hervor.

Emma starrte auf die Buchstaben. Auf der Rückseite befand sich eine Adresse. Kein Name, nichts weiter. Doch Emma wusste sofort, wer ihr diesen Brief geschrieben hatte. Mit klopfendem Herzen eilte sie hinter Lotta her.

42

Emma war viel zu früh dran, doch sie verlangsamte ihr Tempo nicht, ganz im Gegenteil. Sie hatte das Gefühl, laufen zu müssen. Allein schon um vor Aufregung und Unsicherheit nicht zugrunde zu gehen.

Die ganze Nacht hatte sie kein Auge zugetan. Ständig hatte sie sich die Frage gestellt, was sie erwarten würde, zu besagter Zeit an besagtem Ort.

Wohin würde dieses Treffen führen? Falls es überhaupt ein bestimmtes Ziel hatte. Und warum genau dieser Ort? Emma konnte keinen Bezugspunkt finden. Die Adresse war ihr völlig fremd.

Sie eilte an der Donau entlang. Die Sonne war längst untergegangen und die Dunkelheit bereits über die Stadt hereingebrochen, obwohl es noch früher Abend war. Die Überreste der Silvesternacht säumten Emmas Weg: abgebrannte Raketen und leere Sektflaschen. Doch das Wasser des Flusses rauschte in gleichmäßigem, beruhigendem Klang, der den Trubel der vergangenen Nacht vergessen ließ.

Immer wieder sah Emma auf ihre Uhr. Die Zeiger schienen auf der Stelle zu tanzen. Es war, als stehe die Zeit still. Sollte sie einfach hingehen? Auf direktem Weg, viel zu früh? Nein, sie musste die Zeit irgendwie überbrücken, sie wollte nicht zu früh ankommen.

Da Emma wusste, in welchem Stadtviertel die Gasse lag, deren Name in dem Brief angegeben war, lief sie mit voller Absicht in die entgegengesetzte Richtung. Kreuz und quer durch die Stadt, doch niemals näher als zwei Querstraßen an ihr Ziel heran.

Wenige Minuten vor acht Uhr war es jedoch endgültig mit ihrer Geduld vorbei, und sie machte auf dem Absatz kehrt. Mit großen Schritten hastete sie durch die Gassen und kam wenig später an der Adresse aus dem Brief an.

Sie stand vor dem Eingang eines alten Stadthauses, das die Nebengebäude um zwei Stockwerke überragte. Ein Wohnhaus – kein Café, kein Geschäft, überhaupt kein öffentlicher Bereich, der sich für ein Treffen geeignet hätte. Merkwürdig.

Unsicher sah sie sich um und überprüfte die Adresse erneut. Kein Zweifel, sie stand vor dem richtigen Haus. Die schwere Holztür war nur angelehnt. Als Emma weit und breit niemanden erblickte, stieß sie sie auf und betrat vorsichtig das Treppenhaus.

Drinnen war es völlig still, das Pochen ihres Herzens war das einzige Geräusch. Langsam begann Emma die leise knarrenden Treppen hinaufzusteigen. Das war doch lächerlich! Sie irrte durch das dunkle Treppenhaus eines Gebäudes, in dem sie nie zuvor gewesen war. Was machte sie hier eigentlich? Warum war sie hier?

Es war hauptsächlich Neugier, die sie weiter die Treppen nach oben trieb.

Im letzten Stockwerk stand die Tür zu einer der Wohnungen offen, und ein schwacher Lichtschein drang heraus. Anders als an den übrigen Türen war hier kein Namensschild angebracht. Vorsichtig lugte Emma hinein. Sie konnte nichts erkennen, keine Möblierung, keine Bewegung; das spärliche Licht schien aus einem der angrenzenden Zimmer zu kommen. Zaghaft klopfte sie an.

Zunächst geschah nichts. Doch dann nahm sie einen Schatten wahr, und Schritte hallten durch die Wohnung. Emmas Anspannung stieg fast ins Unerträgliche. Sie hielt den Atem an.

Eine zierliche Gestalt erschien im Flur. Ihr Anblick war vertraut und auch nicht unerwartet. Dennoch wäre Emma beinahe in Ohnmacht gefallen.

Die Gestalt kam näher und streckte eine Hand nach Emma

aus, die vollkommen sprach- und regungslos dastand. Doch dieser Moment bedurfte keiner Worte. Emma brauchte nur nach Lisas Hand zu greifen, um zu wissen, dass sie am richtigen Ort angekommen war.

Schweigend führte Lisa sie in Richtung des Raums, aus dem das schwache Licht kam. Die Wohnung war vollkommen leer. Keine Möbel, nicht einmal Deckenlampen. Das Parkett knarzte unter jedem Schritt.

Emma brachte immer noch kein Wort heraus, wagte kaum zu atmen. Ihre Gedanken schlugen Purzelbäume – und ihre Beine gleich mit, wenn sie nicht aufpasste. Gern hätte sie Lisa in die Augen gesehen und versucht, darin zu lesen, irgendeinen Hinweis darauf zu finden, was Lisa vorhatte. Doch Lisa drehte sich nicht zu ihr um.

Dann betraten sie den Raum, den einige wenige Kerzen in sanftes, warmes Licht tauchten. Emma konnte gerade noch einen Berg Decken und eine Flasche Wein in einer Ecke des Zimmers ausmachen. Leise Musik drang an ihr Ohr: Ella Fitzgerald, begleitet von gelegentlichem Knistern. Nun erblickte sie auch einen alten Plattenspieler in der anderen Ecke. Ansonsten war dieser Raum ebenso leer wie die restliche Wohnung.

»Schön, dass du gekommen bist«, durchbrach Lisa mit leiser Stimme die Stille. »Ich wusste nicht, ob du dich darauf einlassen würdest. Aber es gibt so viel zu sagen.«

»Ich weiß ehrlich gesagt gerade gar nicht, was ich sagen soll«, flüsterte Emma.

Ihr Blick blieb am Fenster hängen, durch das in der Dunkelheit die Dächer der Stadt nur zu erahnen waren. Ruhig lagen sie da, als schliefen sie. Emma umfasste Lisas Hand ein wenig fester. Wärme durchfloss ihren Körper.

»Willst du dich vielleicht mit mir setzen?«

Lisas Stimme klang unsicher, fiel Emma auf. Jedes Mal, wenn ihre Blicke einander streiften, zitterten die Silben ein bisschen mehr.

»Ich dachte, hier können wir ungestört miteinander reden.« Die letzten Worte flüsterte Lisa nur noch.

Emma konnte ihren Blick nicht von ihr abwenden. Wie sehr hatte sie sich diesen Moment herbeigesehnt. Lisa hatte recht: Es gab so viel zu sagen, so viel, was zwischen ihnen stand und was es auszuräumen galt. Vielleicht war das hier der perfekte Ort dafür: leere Räume, die keinerlei Erinnerungen oder sonstige Hinweise auf die Vergangenheit bargen, sondern für einen neuen Anfang bereitstanden.

Lisa zog die Decken in der Zimmerecke zurecht, so dass sie beide Platz nehmen und sich in eine weitere Decke einwickeln konnten. Sie füllte zwei Gläser mit Wein und reichte eins davon Emma. »Ich weiß nicht, ob du mich jetzt für komplett verrückt hältst?«, sagte sie dabei, mit einem ganz kleinen, vorsichtigen Lächeln.

»Warum sollte ich das tun?« Emma hielt Lisa mit ihrem Blick fest.

»Na ja, ich bestelle dich in eine leere Wohnung irgendwo in der Stadt, nachdem ich mich tagelang nicht bei dir gemeldet habe ...«

Emma musste schlucken. Ja, die letzten Tage waren hart gewesen. Und obschon Lisa nun neben ihr saß, wusste Emma immer noch nicht, was das alles zu bedeuten hatte, was Lisa ihr zu sagen haben würde. Sie war ihr gleichzeitig so unglaublich vertraut und gänzlich fremd.

Eine Nähe auf Distanz. Das hatten sie schon mal gehabt, und Emma wollte doch eigentlich etwas ganz anderes ... Sie lehnte den Kopf gegen die kühle Wand und schaute nach draußen in den Nachthimmel. Versuchte die Verzweiflung niederzukämpfen, die unaufhaltsam in ihr hochstieg.

Währenddessen kramte Lisa geschäftig in ihrer Tasche und zog schließlich einen großen, braunen Umschlag hervor. Emma starrte darauf. Diesen Umschlag kannte sie. Er war geöffnet, so viel konnte sie sehen.

Wortlos reichte Lisa ihr den Brief. Ihre Miene verriet nichts. Keine Regung von Ärger, Wut oder Verständnis. Einfach nichts, *niente, nothing*. Emma hatte das Gefühl, in ein schwarzes, bodenloses Loch zu fallen.

»Tut mir leid, das war eine absolute Schnapsidee«, stammelte sie, während sie wie mechanisch die Hand ausstreckte und nach dem Umschlag griff. »Ich hätte das nicht tun sollen. Ich ... es tut mir so leid.«

Lisa sah sie weiterhin nur an. Lange. Regungslos. Ein leichtes Kopfschütteln. Dann endlich begann sie zu sprechen.

»Als mein Vater von einem auf den anderen Augenblick ...« Ihre Stimme überschlug sich leicht, sie musste neu ansetzen. »Als er einfach nicht mehr da war, ist eine Welt für mich zusammengebrochen. Alles war plötzlich so sinnlos. Ich wusste nicht, wie es weitergehen sollte.«

Wie versteinert saß Emma neben ihr. Sie wollte Lisa Stärke vermitteln, doch sie wusste nicht wie. Wieder einmal war sie wie gelähmt, unfähig zu trösten.

»Warum hast du mir diese Geschichte geschickt?« Lisas Lippen zitterten.

»Ich weiß nicht. Irgendwie hatte ich die absurde Idee, sie könnte dir helfen. Aber wahrscheinlich hat sie alles nur schlimmer gemacht. Ich hätte es wissen müssen.« Emma blickte zu Boden. Am liebsten hätte sie den Umschlag samt Inhalt in kleinste Stücke zerrissen. Und sich selbst gleich mit.

Doch da flüsterte Lisa: »Sie hat mir tatsächlich geholfen.« Erneut griff sie nach Emmas Hand. »Ich weiß nicht wie und warum, aber die Worte waren tröstlich. Es tat gut zu lesen, dass es doch irgendwie weitergehen kann, egal, wie hart das Schicksal zu einem ist.«

Einmal mehr hielt Emma den Atem an, wagte kaum zu glauben, was sie hörte. Wagte nicht, Lisa anzusehen oder etwas zu sagen, aus Angst, den Moment unwiderruflich zu zerstören.

Wortlos saßen sie nebeneinander und hielten sich einfach nur fest. Das Flackern der Kerzen zeichnete Schattenspiele an die sonst leere, weiße Wand.

Irgendwann begann Lisa mit ihrem Daumen zärtlich über Emmas Handrücken zu streichen. Die Berührung hinterließ ein süßes, prickelndes Brennen. Emma wünschte sich nichts sehnlicher, als die Zeit anhalten zu können. Was, wenn Lisa im nächsten Moment aufstand und verschwand ...

Aber das tat sie nicht, sondern sagte: »Die Geschichte aufzuschreiben, muss dich sehr viel Kraft gekostet haben.«

Emma sah auf. Lisas Augen leuchteten ihr so warm entgegen, dass sie ganz allmählich wieder festen Boden unter sich spürte.

»Um ehrlich zu sein, war es die Hölle«, seufzte sie. »Aber es hat mir auch gezeigt, dass ich endlich gelernt habe, nach vorn zu schauen. Verstehst du, was ich meine? Es wird immer schwer sein ... doch irgendwann dominieren die guten Erinnerungen. Und man lernt zu schätzen, welches Glück man doch hatte, mit diesen besonderen Menschen so viele schöne Momente erlebt zu haben.«

Lisa nickte. Lächelte sogar zaghaft. »Genau das habe ich beim Lesen zum ersten Mal gespürt. Und es hat mir gezeigt, dass ich mich nicht ewig davor verschließen kann, meinen eigenen Weg weiterzugehen. Egal, wie schwer die Erinnerungen wiegen.«

»Wir können die Vergangenheit nicht ändern, so sehr wir das auch wollen.« Emma zögerte kurz, dann zog sie Lisa ein Stück näher an sich. Und Lisa ließ es zu, sie ließ es tatsächlich zu. Leise, mit klopfendem Herzen fuhr Emma fort: »Aber wir haben es in der Hand, unser Leben im Jetzt und in der Zukunft so zu gestalten, wie wir das wollen. Wir können glücklich sein. Es liegt nur in unserer Hand.«

»Mit ein klein wenig Mut«, fügte Lisa hinzu und ließ ihren Kopf an Emmas Schulter sinken.

Emma legte ihren Arm um Lisa und sog ihren wunderbaren Duft tief in sich ein. Wie oft hatte sie von diesem Duft, diesen Berührungen geträumt, ohne wirklich daran zu glauben, dass sie ihr noch einmal vergönnt sein würden ... Ihr Herz begann immer heftiger zu pochen.

Konnte doch noch alles gut werden? Oder war dies lediglich ein klitzekleiner Schritt, der zwar in die richtige Richtung führte, aber keine weiteren nach sich ziehen würde? Nur eine Annäherung, ohne die ersehnte wirkliche Nähe?

Emma vergrub ihr Gesicht in Lisas Haaren. Ein kleiner Moment inniger Vertrautheit. Ein Gefühl von Ankommen. Genau das war es, was sie wollte, was sie brauchte.

Doch plötzlich und unerwartet befreite sich Lisa aus der Umarmung und sprang auf.

Sofort stieg Panik in Emma auf. War das alles? Ergriff Lisa nun erneut die Flucht vor zu viel Nähe? Wirre Gedanken, Ängste und Fragen schossen Emma durch den Kopf, lähmten sie. Wie erstarrt blieb sie sitzen und sah zu Lisa hoch.

Die jedoch machte keinerlei Anstalten zu gehen. Vielmehr sah sie Emma amüsiert an. »Welchen Geist hast du denn gerade gesehen?«

Als Emma nicht antwortete, streckte Lisa ihr die Hand entgegen. »Komm schon, ich will dir was zeigen.«

Bereitwillig ließ sich Emma hochziehen und folgte Lisa auf etwas wackligen Beinen ans Fenster. Während sie ihren Blick über die Dächer der Stadt schweifen ließ, legte Lisa von hinten die Arme um Emma und zog sie eng an sich.

Emmas Inneres schien dahinzuschmelzen, ihre Knie fühlten sich an wie Butter. Ganz sicher würde sie sofort zusammenklappen, sollte Lisa sie jemals wieder loslassen.

»Ist diese Aussicht nicht atemberaubend?«, flüsterte ihr Lisa ins Ohr.

»Ja, ich könnte ewig hier stehen und einfach nur nach draußen sehen«, stimmte Emma zu. Sie tastete nach Lisas Händen und hielt sie fest. Nur für den Fall, dass Lisa auf die Idee käme, sie doch noch loszulassen.

Doch Lisa schien das gar nicht vorzuhaben. Sie hauchte Emma einen zarten Kuss in den Nacken, der Stromstöße durch ihren ganzen Körper sandte. Überwältigt schloss Emma die Augen.

»Du kannst jederzeit hierherkommen«, wisperte Lisa, während sie fortfuhr, Emmas Hals mit kleinen Küssen zu bedecken. »Nein – du *sollst* sehr oft hierherkommen. Am liebsten jeden Tag.«

»Hierher?«, echote Emma. Sie drehte sich in Lisas Armen nach hinten, um Lisa in die Augen sehen zu können.

Lisa lächelte sie warm an, und kleine Lachfalten ummalten ihre Augen. »Ich will doch nicht immer von meiner Mitbewohnerin in ungünstigen Momenten überrascht werden.« Sanft streichelte sie mit einer Hand über Emmas Wange.

»Du ... willst mir also sagen, dass diese Wohnung dir gehört?«

»Richtig kombiniert, Miss Marple«, schmunzelte Lisa und legte eine Hand in Emmas Nacken. »Ich will endlich nach vorn sehen. Zusammen mit dir.«

Mit sanftem Druck zog sie Emmas Kopf zu sich heran. Vorsichtig berührten sich ihre Lippen. In Emma tobte ein Sturm des Glücks, als sie sich erst sanft, dann mit zunehmendem Verlangen küssten, immer wieder. Endlich, endlich war sie wieder bei ihr.

»Du bist verrückt«, flüsterte sie atemlos, als sie sich für einen Moment voneinander lösten, und küsste Lisa auf die Stirn.

»Ja, verrückt nach dir.«

Erneut trafen ihre Lippen aufeinander. Ein Feuerwerk entflammte in Emmas Innerem, noch schöner und prächtiger als das der Silvesternacht. Sie küssten sich voller Sehnsucht, drängten sich enger aneinander und ließen sich nicht mehr los. Der Kuss war wie eine Explosion, wie etwas, das viel zu lange aufgeschoben worden war und sich nun von selbst Bahn brach, mit einer Intensität, die ihnen beiden den Atem raubte.

Emma wurde schwindlig.

Nach einer kleinen Ewigkeit trennten sich ihre Lippen wieder voneinander, und Emma sah Lisa tief in die Augen. Ungläubig, staunend. Was in diesen Momenten geschah, war vielleicht zu wunderbar, um wahr zu sein.

Lisa lächelte, als sie Emma eine Strähne aus dem Gesicht strich. »Du bist unglaublich schön.«

Emma schüttelte verlegen den Kopf. »Gut, dass es hier dunkel genug ist und du nicht sehen kannst, wie rot ich werde.«

»Schade eigentlich«, hauchte Lisa und küsste Emma erneut voller Leidenschaft.

Emma wollte nichts mehr, als sich Lisas Berührungen hinzugeben und jeden einzelnen Augenblick auszukosten – mit allen Sinnen, ohne Ängste, ohne Zweifel. Doch ihre Gedanken ließen sich nicht ganz ausschalten. Es gab so viele Fragen, die sie beschäftigten, und die alte Unsicherheit begann sie einzuholen. Sie wich ein Stück zurück, um Lisa wieder ins Gesicht sehen zu können.

»Wie stellst du dir das vor, Lisa? Ich meine, was ist das zwischen uns ... jetzt ... wo soll das Ganze hinführen?«

»Spürst du das denn nicht?«

Natürlich spürte Emma es. Das Sehnen, das bedingungslose Verlangen, das in Lisas Küssen lag, aber ... »Du sagtest doch, mehr komme für dich nicht in Frage.«

»Da wusste ich noch nicht, wie sehr ich dich brauche«, flüsterte Lisa und schmiegte sich an Emma.

Unsicher sah Emma sie an, wagte den Gedanken nicht zu Ende zu denken. »Das heißt …«

»Das heißt, dass du die erste Frau bist, der ich mich vollkommen anvertrauen kann. Bei der ich mich wohlfühle und alles um mich herum vergessen kann. Dann ist alles andere plötzlich so unwichtig … zum ersten Mal.«

Gänsehaut jagte Emma über den Rücken. Sie schloss die Augen, überwältigt von einer Mischung aus Angst und wilder Hoffnung.

»Du bist mehr als eine Freundin«, hörte sie Lisa fortfahren, »und du weißt das, Emma. Wenn du tief in dich hineinhorchst, weißt du das schon lange.«

Zögernd fasste Emma die quälenden Zweifel in Worte: »Aber kannst du dich wirklich voll und ganz auf mich einlassen? Auf uns?«

»Ich weiß, dass ich mich nicht weiter gegen meine Gefühle für dich wehren kann. Und auch nicht wehren will.« Lisas Stimme klang fest.

Doch Emma ließ sich noch nicht überzeugen, konnte den schweren Riegel vor ihrem Herzen nicht gänzlich beiseiteschieben. »Aber ich will nicht, dass du doch noch merkst, dass es für eine Beziehung nicht reicht. Dass du dich bei mir nicht fallen lassen kannst.«

Schweigen erfüllte den Raum, während Lisa sich aus Emmas Armen löste, neben sie ans Fenster trat und hinaussah auf die Lichter der Stadt. Es dauerte eine Weile, bis sie wieder sprach, leise und stockend: »Ich kann dir nicht versprechen, dass ich von einem auf den anderen Tag den Schalter umlegen kann. Im Moment habe ich einfach noch große Angst.«

»Angst wovor?«

»Angst, zu verlieren.«

»Was verlieren?«

»Dich, Emma.« Nun schwang Verzweiflung in Lisas Worten mit. »Ich habe Angst, dich zu verlieren, wenn ich mich erst so richtig auf dich einlasse … mit Herz und Kopf und allem.«

Emma musterte Lisa von der Seite und schüttelte den Kopf. »Natürlich kann ich dir keine hundertprozentige Garantie geben, dass alles gutgeht …«

Lisa nickte leicht.

»Aber ich weiß, dass ich dich will, Lisa.« Emma legte all ihre Hoffnung und all ihre tief empfundene Zuneigung in ihre Stimme. »Ich will mit dir zusammen und für dich da sein, wann immer du mich brauchst. Ich werde nicht so einfach weggehen und dich allein lassen. Niemals.«

Lisa atmete tief ein und schloss die Augen, dann lächelte sie. »Das will ich doch auch. Ich will das mehr als alles andere. Aber …«

»Aber?«, flüstere Emma leise und griff nach Lisas Hand.

»Es wird sicher eine Weile dauern, bis ich wirklich begriffen habe, dass du es ernst mit mir meinst. Bis ich nicht mehr ständig denke, dass das alles jeden Moment vorbei sein kann.«

Sanft ließ Emma ihren Daumen über Lisas Handrücken streichen. »Und wenn ich es dir jeden Tag beweisen muss.«

Langsam öffnete Lisa die Augen wieder und sah Emma an. Zärtlichkeit und eine gewisse Verwirrung lagen in ihrem Blick. »Du hast mein Leben ganz schön auf den Kopf gestellt. Ich glaube, du hast keine Ahnung, wie sehr.«

»Ich habe eine leise Ahnung«, lächelte Emma.

»Bisher konnte ich Gefühle immer sehr gut ausblenden.«

»Immer?«

»Zumindest bis ich dich getroffen habe.«

»Und trotzdem wolltest du nie mehr als eine Affäre?«

»Ich dachte, ich könnte es kontrollieren«, rechtfertigte sich Lisa. »Ich dachte, es wäre nur eine kurze Schwäche.«

»Doch das war es nicht?« Jetzt wollte Emma es ganz genau wissen.

»Nein.«

»Warum hast du nie etwas gesagt?«

»Ich wollte dir keine Hoffnungen machen. Und ich wollte mich nicht noch mehr darauf einlassen, weil ich glaubte, mich doch noch erfolgreich gegen die Gefühle wehren zu können. Bis …« Lisa hielt inne und biss sich auf die Unterlippe.

»Bis …?«, fragte Emma behutsam nach.

Lisa gab sich einen sichtbaren Ruck. »Bis ich Kathrin gegenübergestanden habe und für mich klar war, dass sie zu dir gehört. Diese Gewissheit traf mich mitten ins Herz. Es tat einfach nur weh.«

»Aber ich habe dir doch erklärt, dass es nicht so war«, wandte Emma ein.

Lisa seufzte leise. »Ich weiß. Aber für mich war dieser Gedanke so richtig, so unwiderlegbar, dass mir letztendlich klar war, dass ich nie an deine Seite gehören würde.«

»Deshalb hast du mich gemieden?«

Ein fast unmerkliches Nicken. »Es tat weh, dich zu sehen und zu wissen, dass sie bei dir war. Für mich war klar, dass ihr beide wieder zusammenkommen würdet.«

»Ich hätte dir doch alles erklären können«, murmelte Emma.

Lisa hob ein wenig die Schultern. »Diese Begegnung hat mir gezeigt, dass es richtig war, allein zu bleiben. Weil ich merkte, wie verletzbar ich zu diesem Zeitpunkt bereits geworden war.«

»Und warum hast du dann doch nicht mit mir abgeschlossen?«

»Wie denn, Emma? Das Einzige, woran ich jede Minute denken konnte, warst du.«

Erneutes Kribbeln breitete sich in Emmas Körper aus und durchdrang sie bis in die Fingerspitzen. Sie hatte sich also nicht getäuscht. Sie hatte gespürt, dass es Lisa die ganze Zeit genauso ergangen war wie ihr selbst.

»Und dann warst du plötzlich bei mir zuhause, total unerwartet«, fuhr Lisa fort. »Am liebsten hätte ich dich sofort in den Arm genommen und nie wieder losgelassen. Aber die Situation war so seltsam für mich.«

»Warum seltsam?«

»Na ja ... wir haben vorher nie darüber geredet, woher wir kommen, was unsere Familien betrifft. Wir haben uns über so private Dinge nie unterhalten. Und auf einmal stehst du in meinem Elternhaus. An dem Ort, an dem so vieles passiert ist, wovon du nichts wusstest.«

Emma nickte. Wie gut sie Lisa verstehen konnte. Ganz sanft zog sie sie wieder in ihre Arme. Noch immer standen sie am Fenster, während all die vergangenen Wochen wieder Revue passierten, gleichsam zwischen ihnen in der Luft hingen, aber jetzt so viel mehr Sinn ergaben.

»Vielleicht hältst du mich für vollkommen verrückt«, flüsterte Emma, »aber ich habe genau in dieser Nacht gespürt, dass etwas zwischen uns entstanden ist . . . etwas ganz Enges, Festes, Wichtiges. Etwas, das man kaum in Worte fassen kann.« Sie vergrub ihr Gesicht an Lisas Hals. Ganz tief atmete sie ihren Duft ein.

»Und mir wurde in dieser Nacht klar, dass ich über meinen Schatten springen muss, wenn ich etwas ganz Besonderes nicht verlieren will«, wisperte Lisa. »Denn genau das hätte ich, wenn ich dich weiter auf Distanz gehalten hätte.«

Emma schlang ihre Arme noch fester um sie. »Ich hätte ewig auf dich gewartet«, flüsterte sie ihr ins Ohr. Das Glücksgefühl, das sie erfüllte, wuchs und wurde stärker, bis es beinahe wehtat.

Lange standen sie einfach da, versunken in die Nähe der anderen, in das überwältigende Gefühl des Angekommenseins nach einer unendlich langen, beschwerlichen Reise. Bis Lisa sich irgendwann aus Emmas Armen löste, ihr in die Augen sah und leise fragte: »Wir bekommen das hin, oder?«

Emma erwiderte den Blick und lächelte. »Ich bin mir ganz sicher. Wir können kleine Schritte machen, wenn du das willst.«

»Ich will dich ganz oder gar nicht, Emma«, sagte Lisa, nun nicht mehr leise und zaghaft, sondern sehr bestimmt. »Ich will mit dir zusammen sein. Lass mich bitte nicht mehr los.«

»Ganz sicher nicht«, erwiderte Emma und schob Lisa langsam vorwärts zu ihrem kleinen Deckenlager. »Ich lass dich nie mehr los.«

ENDE

Weitere Titel bei édition el!es

Ruth Gogoll: Wachgeküsst

Roman

Es war einmal ... Hadockville, Maine: Avalon Hadock ist die ungekrönte Königin der Stadt. Die neue Polizeichefin Ryleigh Grant lässt sich jedoch nichts befehlen, vor allem nicht, wenn es um die Aufklärung eines fünfzehn Jahre zurückliegenden Mordes geht, in den die Familie Hadock anscheinend verwickelt war. Während der Ermittlungen fühlen Ryleigh und Avalon sich trotz aller Differenzen recht schnell voneinander angezogen – zunächst körperlich, doch Ryleigh verliebt sich, während die Liebe in Avalon erst wachgeküsst werden muss ...

Nadine C. Felix: Gefühle kommen ohne Voranmeldung

Roman

Nach Jahren treffen sie sich wieder: Mona und Lisa kommen sich dabei näher, als ihnen beiden lieb ist. Lisa scheint nur an Sex interessiert, während bei Mona tiefere Gefühle im Spiel sind. Kaum, dass Lisa merkt, dass sie ein Paar sind, ist sie auch schon weg. Aber Mona gibt nicht auf, um Lisa zu zu kämpfen, doch Lisa plagen bald auch noch ganz andere Sorgen – und es scheint, als gäbe es keine gemeinsame Zukunft für sie ...

Anne Wall: Immer diese Sehnsucht

Roman

Kerstin und Andrea scheinen ein glückliches Paar zu sein, doch die Beziehung kriselt: Andrea lebt nur für ihre Arbeit, und Kerstin vermisst die Zweisamkeit. Da tritt die braungebrannte Abenteurerin Pat in Kerstins Leben und schenkt ihr die Aufmerksamkeit, die sie von Andrea vermisst. Nach einem schrecklichen Streit von Andrea tief verletzt folgt Kerstin Pat nach Südafrika, wo sie ein neues Leben beginnt; Andrea bleibt ahnungslos zurück. Doch unter der heißen Sonne Afrikas wächst in Kerstin die Sehnsucht nach Andreas Liebe ...

Terry Waiden: Diesmal für immer

Roman

Josi wähnt sich glücklich in ihrem Leben allein, da holt ihre Vergangenheit sie plötzlich ein: Ihr Pflegevater liegt im Sterben. Sie kehrt in die alte Heimat zurück und stellt entsetzt fest, dass Sonja, die Tochter ihres Pflegevaters, sie immer noch liebt. Aber Josi will nicht erneut enttäuscht werden und weist Sonja zurück, doch die lässt diesmal nicht mehr los ...

Julia Schöning: Mit Herz und Skalpell

Roman

Die neue Assistenzärztin Linda verliebt sich im Krankenhaus in die unnahbare Oberärztin Alexandra. Obwohl Alexandra keine Beziehung eingehen will, kommen sie sich näher. Der Kampf um die Stelle als Leitende Oberärztin und Alexandras Ex stehen jedoch wie eine Mauer zwischen ihr und Linda – aber Linda gibt nicht auf, um Alexandras Liebe zu kämpfen ...

Laura Beck: Der letzte Liebesdienst

Roman

Lara und Maja sind ein ebenso glückliches Paar wie Anke und Fiona. Doch das Schicksal entreißt Lara und Fiona ihre geliebten Frauen und lässt sie trauernd zurück. Sowohl Fiona als auch Lara glauben, nie wieder lieben zu können.

Nach ihrem Hinscheiden gerät Maja in eine Zwischenwelt, in der sie Anke trifft. Sie stecken dort fest, denn sie haben noch eine Aufgabe zu erfüllen: Ihre Frauen sollen wieder glücklich werden, und zwar miteinander. Und so versuchen die beiden (noch nicht ganz) Verblichenen ihre zurückgebliebenen Frauen miteinander zu verkuppeln, was sich als schwieriger erweist, als es zunächst den Anschein hat ...

Claudia Lütje: Über den Wolken fand ich dich

Roman

Petra und Anja, Stewardess und Pilotin bei derselben Fluggesellschaft, lernen sich im Dienst auf einem Flug nach Miami kennen und verbringen im Hotel intensive Stunden miteinander. Es könnte der Anfang einer wunderbaren Beziehung werden, wenn Anjas Ex-Freundin Beate nicht wäre: Denn die heckt einen gemeinen Plan aus, um die beiden Liebenden auseinanderzubringen, indem sie ihnen Schmuggelware unterjubelt. Doch die Anstrengungen, Anjas Karriere zu retten, schweißen Petra und Anja nur noch mehr zusammen – auch wenn Beate weiterhin nichts unversucht lässt, Anja zurückzugewinnen ...

Ina Sembt: Im Garten der Gefühle

Roman

Für eine brisante Reportage erhält Alexandra den Auftrag, undercover intime Details über die Mode-Magnatin Susanne von Saalfeld herauszufinden. Alexandra gibt sich als Gartenarchitektin aus und kommt Susanne näher als geplant. Doch noch bevor Alexandra ihren wahren Beruf beichten kann, prangen bereits skandalträchtige Schlagzeilen in der Boulevardpresse – Susanne zieht sich wütend zurück. Alexandra versucht verzweifelt alles Menschenmögliche, um Susanne von ihrer Liebe zu überzeugen ...

Mirjam Hoff: Gefährliche Geheimnisse

Roman

Zuerst knackt Helen Lils Türschloss, dann ihr Herz. Es könnte eine wunderbare Beziehung werden, wenn Helens Geheimnisse nicht immer wieder für unangenehme Überraschungen sorgen würden. Lil weiß im Grunde nichts über die wilde und leidenschaftliche Helen, erfährt nur immer wieder durch Zufall Details aus Helens Leben. Das stellt die Beziehung auf eine harte Probe, denn eines Tages wird Lil nicht mehr verzeihen können ...

Claudia Westphal: Die Schwester der Braut

Roman

Als Alicia heiratet, lernt deren Schwester Alex auf dem Junggesellinnenabschied die ältere Dana kennen und fühlt sich von Anfang an zu ihr hingezogen. Nur ist Dana die beste Freundin von Alex' Mutter, und die Mutter weiß nichts von der Vorliebe ihrer Tochter für Frauen. Und auch sonst spricht so einiges gegen eine Beziehung zwischen Dana und Alex. Doch die Gefühle sind stärker als die Vernunft, und so nehmen die Geschehnisse bis zum Happy End ihren Verlauf ...

Terry Waiden: Neptuns Tochter

Roman

Mika zieht den Zorn einer schönen Fremden auf sich, als sie in der Firma die Sprinkleranlage in Gang setzt – für einen guten Zweck. Die Überraschung ist groß, als Mika der Fremden wiederbegegnet, denn sie ist die Tochter von Mikas neuer Arbeitgeberin. Doch ›Neptuns Tochter‹, wie sie von Mika insgeheim getauft wird, schreitet auf dem Kriegspfad, so scheint es; fatal, denn Mika hat sich unsterblich verliebt ...

Lucy van Tessel: Traum von Amsterdam

Roman

Der Durchbruch als Künstlerin lässt auf sich warten, die Langzeitbeziehung gescheitert – in Lenkas Leben läuft einiges schief. Und auch ein vielversprechender Flirt mit Studentin Naomi endet im Rauswurf am nächsten Morgen. Doch Lenka kriegt Naomi nicht aus dem Kopf, während die Studentin den mit ihrer Ex geträumten Traum von Amsterdam nicht aufgeben will. Eine gemeinsame Zukunft kann es jedoch nur geben, wenn sich Naomi fürs Bleiben entscheidet ...

Manuela Kühn: Verborgene Liebe

Roman

Nach der Trennung von ihrer großen Liebe fällt Leonie in ein tiefes Loch der Trauer. Die Qual scheint endlos, bis ihr bester Freund Tobias einen Unfall hat. Denn im Krankenhaus entflammen leidenschaftliche Gefühle für die große, starke Krankenschwester Irene. Aber im Verborgenen wächst in Leonie eine Liebe für eine ganz andere Frau heran ...

Maren Frank: Liebe an Bord

Roman

Krankenschwester auf einem Kreuzfahrtschiff: Das klingt zu gut, um wahr zu sein. Diana wagt das Abenteuer und verliebt sich prompt in die große, dunkelhaarige Kapitänin Valerie. Viel Zeit, um herauszufinden, ob die Gefühle erwidert werden könnten, bleibt allerdings nicht: Das Schiff wird vom Ersten Offizier mit Hilfe fremder Seeleute gekapert, Diana und Valerie in einem Ruderboot auf See ausgesetzt – der gemeinsame Überlebenskampf beginnt ...

Ruth Gogoll: Widerstand ist zwecklos

Drei galaktische Geschichten in einem Band

Ein Handyroman, eine Fanfiction und ein utopisches Experiment – in diesem *el!es-Spezial* sind drei Geschichten von Ruth Gogoll zusammengefasst, die sich bereits als eBooks großer Beliebtheit erfreuen.
Widerstand ist zwecklos stellt eine Professorin fest, als sie sich erfolglos gegen die erotische Anziehung ihrer Assistentin wehrt;
Galaktische Gefühle hegt Captain Alyson McGuire für eine zur perfekten Frau umgewandelten Cyborg;
Neue Welt ist ein Planet voller Frauen, auf dem die von der Erde gesandte Corey ganz neue Erfahrungen macht ...

Claudia Westphal: Zeig, mir was Liebe ist

Roman

Äußerlich die Vorzeige-Lipsticklesbe, innerlich die größte Butch: Jefferson Fynn passt in keine Schublade. Im Beruf erfolgreich, das Privatleben in einen Schrank gesperrt. Doch eines Tages werden die Sehnsucht nach Liebe und der Wunsch nach Familie groß genug, so dass Jefferson ihre Karriere an den Nagel hängt und in ihre Heimat zurückkehrt. Wo neben neuen familiären Herausforderungen auch tatsächlich die große Liebe auf sie wartet ...

Anne Wall: Nur ein Blick von dir

Roman

Silke, frisch getrennt, lernt die Sozialpädagogin Marina kennen. Obwohl Silke immer wieder betont, dass Marina nicht ihr Typ ist, lässt sie sich nach einer Weile doch auf eine Beziehung ein, ohne Verpflichtungen, ganz locker, jederzeit kündbar. Aber die Idylle wird jäh unterbrochen, als Marina plötzlich verschwindet und Silke sich ihrer wahren Gefühle endlich bewusst wird.

Toni Lucas: Gefährliche Sehnsucht

Roman

Aufstiegschance Katze! In einer Welt, die von der Furcht vor Seuchen beherrscht wird, ist Anais Munroe froh, einen gutbezahlten Job als Katze in einem reichen Haushalt erhalten zu haben. Sumati Divari, eine einflussreiche Managerin eines Pharmakonzerns, bringt ihr jedoch zunächst nur wenig Sympathie entgegen. Erst, als Anais schwer verletzt wird, entspinnt sich zwischen ihnen ein Liebesverhältnis. Bald jedoch müssen beide feststellen, dass nicht nur ihre Beziehung, sondern auch das Leben vieler Menschen bedroht ist. Nur gemeinsam kann es ihnen gelingen, eine Katastrophe zu verhindern.

Jenny Green: Die Nacht, die es niemals gab

Liebesroman

Bevor Lena mit der Journalistin Meike nach Schweden zu einer Geschäftsreise aufbricht, kommt es zwischen ihr und ihrer besten Freundin Jacky zu einem Kuss – der Anfang einer schier endlosen Reihe von Verwicklungen. Während Lena sich auf der Reise auf Meike einlässt und jegliche Gedanken an Jacky zu verdrängen versucht, verzehrt sich Jacky wegen neu entfachter Gefühle nach ihr. Doch als Lena merkt, welches falsche Spiel Meike spielt, ist es fast schon zu spät. Im Gewirr von Missverständnissen scheint es unmöglich, dass Lena und Jacky endlich glücklich werden.

Julia Schöning: Klassentreffen

Liebesroman

Ein Klassentreffen führt Meike und Franziska, die sich in der Schule einmal geküsst hatten, wieder zusammen. Während Franziska seither offen lesbisch lebt, hat Meike einen Studienkollegen geheiratet. Romantische Gefühle flammen auf, bringen beide jedoch in Schwierigkeiten: Meike kann sich nicht eingestehen, lesbisch zu sein, und Franziska meint, ihre seit zwei Jahren tote Lebensgefährtin zu betrügen. Ein Hin und Her mit ungewissem Ausgang beginnt.

Toni Lucas: Geliebte Fremde

Liebesroman

Paula verschwindet aus Susannes Leben genauso plötzlich, wie sie erschienen war. Wütend, verletzt aber auch voller Sehnsucht macht sich Susanne auf die Suche nach ihr. Doch je länger diese Reise ins Ungewisse dauert, desto fremder und faszinierender erscheint ihr diese Frau, mit der sie einmal den Rest ihres Lebens verbringen wollte. Als sich die Spur zu verlieren droht, ändert ein unerwarteter Anruf alles ...

Julia Arden: Partnerin wider Willen

Liebesroman

Eine nicht ganz freiwillige Versetzung in die Provinz entwickelt sich zum Desaster für Kriminalkommissarin Ellen. Gleich beim ersten Fall kommt ihr die Journalistin Dana in die Quere und stört die Ermittlungen. Auch privat nervt Störfaktor Dana mit Schnüffeleien durch Ellens jüngste Vergangenheit – kein Wunder, dass zwischen beiden ständig die Fetzen fliegen. Doch schon bald springt auch der eine oder andere Funke über ...

Christine Volkmer: Entgleisungen

Liebesroman

Als Zugbegleiterin sieht Doreen täglich viele Menschen – und so trifft sie bei einer Fahrscheinkontrolle auf die Theaterschauspielerin Melina, deren graublaue Augen sie nicht mehr loslassen. Mit Doreens Partnerin Carmen liegt schon länger einiges im argen, so dass Doreen sich immer mehr zu Melina hingezogen fühlt, während sie sämtliche Aufführungen im Theater besucht ...

Kay Rivers: Küsse unter Palmen

Liebesroman

Dale Richards, ehemalige Offizierin der US-Army, rettet Kelly Bennett auf einem Supermarktparkplatz vor Rowdys, die sie überfallen wollen – und verschwindet sogleich in der Dunkelheit. Es scheint, als würden sich beide nicht mehr wiedersehen. Kelly, die gerade erst nach Miami gezogen und noch immer auf Jobsuche ist, macht sich keine großen Hoffnungen. Da erhält sie plötzlich eine Einladung für ein Vorstellungsgespräch ...

Ruth Gogoll: Nachts, wenn du schläfst

Liebesroman

Braungebrannt auf einem Segelschiff – Jachtunternehmerin Val scheint die Personifizierung ihres Berufes zu sein. Als Kira die große, dunkle Frau in einer Bar kennenlernt, fühlt sie sich sofort von ihr angezogen. Kiras Liebe ist jedoch für eine andere Frau reserviert.
Als Kira bei Val einzieht, stellt sie fest, dass Val nachts oft abwesend ist. Warum, bleibt ihr Geheimnis. Schließlich sind sie beide ja kein Liebespaar ... Statt dessen gehen sie getrennte Wege – Kira versucht ihre Jugendliebe Melanie zurückzuerobern, Val scheint hundert Geliebte zu haben.
Aber sind es wirklich nur andere Frauen, die Val nachts so oft von Kira fernhalten? Und ist Liebe zwischen Kira und Val tatsächlich kein Thema?

Jenny Green: Milchkaffee in New York

Liebesroman

Von Liebeskummer geplagt erhält Sophia die Chance, ein Praktikum in New York zu absolvieren. Begeistert stürzt sie sich ins Abenteuer: als Co-Trainerin einer aufstrebenden Frauenfußballmannschaft. Doch das Chaos läßt nicht lange auf sich warten. Fußballerin Nina verliebt sich in Sophia, während Sophia Gefühle für Flo entwickelt ... Wird Nina tatenlos zusehen, wie die Beziehung zwischen Sophia und Flo immer leidenschaftlicher wird?

Heike Fremmer: Herz verschenkt

Liebesroman

Verliebt in eine verheiratete Frau – aber Sarahs Hoffnung, Isabel würde Doris für sie verlassen, erfüllt sich nicht. Ein paar Liebesnächte, dann beendet Isabel die Affäre. Mit gebrochenem Herzen bleibt Sarah am Boden zerstört zurück. Doch eines Tages erreicht sie ein Anruf aus dem Krankenhaus, Isabel ist etwas Furchtbares zugestoßen. Sarah ist sofort zur Stelle, um Isabel zu pflegen und zu hoffen, daß ihre Gefühle diesmal erwidert werden – aber wird Isabel jemals *Ich liebe dich* zu Sarah sagen?